Lost Moon: Erdenstürme

TIMO LEIBIG

Lost Moon: Erdenstürme

Science-Fiction-Thriller

BE
Belle Époque Verlag

Timo Leibig
info@timoleibig.de
www.timoleibig.de

Korrektorat: Christian Reichenbach
Coverdesign: Timo Leibig
Innenlayout und Schriftsatz: Hans-Jürgen Maurer

Herstellung: Custom Printing, Wał Miedzeszyński 217/1,
04-987 Warszawa, Polen

ISBN 978-3-96357-073-5

Wo auch immer du bist,
wird Magie sein.

Kapitel 1

Bei Effelsberg, ehemaliges Max-Planck-Institut für Radioastronomie, 29. Dezember 2299

Nur eine Handvoll Sterne schimmerte am Himmel. Diese Nacht gehörte zu den stillen, aber auch besonders finsteren, wie Matthias fand. Das Gehölz aus krüppeligen Bäumen erfüllte das Tal im Ahrgebirge mit Schwärze, aus der einzig das Radioteleskop Effelsberg herausragte wie ein riesiges Auge.

»Ein müdes, fast trübes Auge.« Matthias seufzte und nippte an seinem Kaffee. Das Teleskop war ihm so vertraut wie eine alte Geliebte, doch gerade in so stillen, finsteren Nächten sehnte er sich nach einer aus Fleisch und Blut, mit der er reden und lachen, kuscheln und küssen konnte. Er seufzte. Denn er hatte sich dieses einsame Leben schließlich selbst ausgesucht. Sein Blick glitt hoch zu den Sternen über dem Teleskop, und Matthias lächelte. »Euretwegen.« Ein weiterer Schluck vom Kaffee. Und dann noch einmal leiser: »Euretwegen …«

Ein Piepen seiner Workstation signalisierte ihm, dass sich das Teleskop gleich einem anderen Objekt im All zuwenden würde. Der Radiowellenempfang war automatisiert. Matthias brauchte sich im Normalbetrieb um nichts kümmern, musste nur im Falle unvorhergesehener Ereignisse aktiv werden. Meistens handelte es sich um Reparaturen der alten Bauteile. Durchgebrannte Chips, ausgefallene Flashspeicher, geplatzte Kondensatoren, korrodierte Stecker. Für diesen Kleinkram bräuchte er sich im ehemaligen Institut für Radioastronomie nicht Rota um Rota um die Ohren schlagen, wenn er sich nicht noch für etwas anderes, Größeres begeistern würde – eine Hoffnung, die er nie aufgegeben hatte. Irgendwohin musste *er* ja verschwunden sein. »Wo bist du nur geblieben?«, flüsterte er fast andächtig.

Fast auf den Tag genau suchten sie den Mond jetzt seit zwei Jahrhunderten. Die meisten hatten die Hoffnung längst aufgegeben, und die Politik wollte ihn gar nicht mehr finden, aber Matthias schon. *Das Haus verliert nichts*, pflegte seine Mutter immer zu sagen, nur war dieses Haus namens Weltall ziemlich groß. Unvorstellbar groß sogar für die Maßstäbe eines Menschen, Milliarden von Lichtjahre dehnte es sich aus, was Trilliarden Kilometern entsprach. Allein diese Entfernung! Eine Trilliarde war eine Eins mit einundzwanzig Nullen. Einundzwanzig!

Und da saß er nun in einer Tallage in der Eifel mit dem mehr als dreihundert Jahre alten Radioteleskop, das nur noch in Betrieb war, weil er im Dienste von DeWitt Enterprises seine Lebenszeit dafür hingab. Dass ausgerechnet er ein Signal empfangen sollte, von dem sie nicht einmal wussten, ob es je gesendet wurde, war zweifellos als unwahrscheinlich zu bezeichnen. Aber *unwahrscheinlich* bedeutete immer noch *möglich*, und Matthias war seit jeher ein Optimist gewesen.

Bevor Matthias sich wieder an seinen Schreibtisch setzte, wandte er sich noch einmal dem müden Auge zu, das seinen Blick gemächlich in eine andere Richtung wandte. Sorgfältig prüfte er nun die zuletzt empfangenen Radiosignale. Zu seiner Überraschung war ein Signal eingegangen, das noch vom System durch die Filter gejagt wurde. Eine Seltenheit. Der LOSTMOON-Algorithmus war aus der SETI-Forschung und dem *Breakthrough Listen Project* entstanden, das noch von der Legende Stephen Hawking und irgendeinem vergessenen Milliardär nach der Jahrtausendwende ins Leben gerufen worden war. Eigentlich hatte man damit nach außerirdischer Intelligenz gesucht, heute suchten sie Profaneres: den Erdtrabanten.

Matthias' Finger huschten über den Touchscreen und riefen die Details der Untersuchung auf. Das Signal war LMX-7 genannt worden und hatte alle Filter überstanden, die menschengemachte Signale ausschlossen. Die Frequenz driftete, die Bandbreite war eng, und das Signal war wieder verschwunden, als sich das Teleskop weiterbewegt hatte. Vermutlich würde das System gleich zurückschwenken, um es im günstigsten Fall erneut aufzufangen.

Matthias streckte sich, um von seinem Arbeitsplatz aus dem Fenster zu blicken. Tatsächlich rotierte das Großteleskop zurück – und LMX-7 tauchte für die Dauer von wenigen Sekunden wieder auf, bevor es erneut abbrach.

Der Algorithmus beendete daraufhin seine Untersuchung und zeigte seine Empfehlung auf dem Monitor an.

Ein Zittern erfasste Matthias' Finger.

SIGNAL WEITEREN UNTERSUCHUNGEN UNTERZIEHEN.

So weit waren sie in seiner Lebenszeit noch nie gekommen. In den Jahren 2201 und 2223 waren ähnliche Signale eingegangen, die sich aber am Ende doch als Signale einer alten Raumsonde beziehungsweise eines defekten Relaissatelliten herausstellten. Drei Treffer in fast dreihundert Jahren.

Matthias stieß ein Keuchen aus, so sehr flutete Adrenalin seinen Körper. Wieder huschten seine Finger über den Monitor. Es war unglaublich, die Frequenzverschiebung des Signals könnte bedeuten, dass sich sein Ursprung bewegte, beispielsweise ein Planet, der um einen anderen rotierte. *Der Mond …*

Er musste unbedingt wissen, woher das Signal gekommen war, denn dann könnte er das Teleskop auf diesen Bereich einstellen, die Frequenzen modulieren, das Satellitennetz anpassen und eine Feinsuche initiieren, und wenn er Glück hatte, bekam er es wieder rein und konnte herausfinden, was es war und woher es stammte und …

Mit Schweißperlen auf der Stirn machte sich Matthias an die Arbeit. Er jagte die Daten durch diverse Programme, stellte Berechnungen an und sank schließlich mit offen stehendem Mund und rasendem Puls gegen die Rückenlehne seines Bürostuhls.

Das Signal LMX-7 war aus dem Sternbild Schwan gekommen, höchstwahrscheinlich vom Doppelstern Kepler-16, der zusätzlich von einem Exoplaneten umkreist wurde. Die Entfernung der Konstellation zur Erde betrug zweihundert Lichtjahre.

Matthias starrte auf die Zahl und meinte, ihm kippte der Boden unter den Füßen weg. Er krallte sich am Schreibtisch fest.

Sein Blick flatterte zur Datumsanzeige. Nur um sicherzugehen.

Es war weiterhin die Abendrota des 29. Dezembers 2299 nach Christus, fast auf den Tag genau zweihundert Jahre nach Verschwinden des Monds.

Zweimal die Zahl zweihundert.

Matthias glaubte nicht an Zufälle und aktivierte seinen Kommunikator.

Teil 1

Joris

Kapitel 2

Sechs Monate später, Bodenseeregion

Der Sturmwarner schaltete von Gelb auf Orange. »Bitte in Sicherheit bringen«, riet die geschlechtslose computergenerierte Stimme. »Suchen Sie einen Schutzraum auf!« Die Worte aus den fünf Sturmwarnern der Jugendlichen erfüllten wie ein Chor die Bushaltestelle.

»Orange!«, pfiff Prince abfällig. »Bei dem Lüftchen!« Der fünfzehnjährige Junge, der schon die breiten Schultern eines Mannes bekam, lehnte sich gelassen an das Häuschen aus nacktem Stahlbeton. Die Böen brachen sich an den Ecken und Kanten, heulten um die Wette und spielten mit seinen Haaren.

»Sieht aber schon recht finster aus.« Sarah blickte gen Süden, wo sich in der Ferne dunkle Wolken über dem Säntisgebirge zusammenballten.

Wieder pfiff Prince. »Das zieht vorbei. Wirst sehen.«

Joris, gerade mal ein Jahr jünger als Prince, war sich da nicht so sicher.

Der Wind kam aus Westen und brachte weitere Wolken mit sich. Bei der Konstellation konnte man nie sagen, ob der Sturm sie über die Schweizer Alpen drücken würde. Falls nicht, würden sie sich immer weiter auftürmen, bis sie sich auf der Seeseite entluden, die Donnerschläge würden scheppern wie in einer riesigen Blechtrommel, und zuckende Blitze würden den See aufrühren, bis meterhoch die Gischt spritzte.

Joris rief auf seinem Sturmwarner, der einer Armbanduhr glich, die Wetterdaten auf und studierte die Wolkendiagramme der letzten zwei Stunden. Es sah nach wenig

Bewegung auf der Schweizer Seite der Alpen aus. Wenn er wetten müsste, würde er gegen Prince setzen.

»Na, was meint der *Experte*?«

Joris ging auf Prince' Kommentar nicht ein, stattdessen fragte er lose in die Runde: »Was steht heute eigentlich an?«

»Doppelstunde Mathe, Doppelstunde Informatik und zwei Stunden Geschichte«, antwortete der zehnjährige Pete eifrig.

Joris rümpfte die Nase. »Geschichte.«

»Was denn?«, fragte Prince. »Ist doch super. Zwei Stunden träumen.«

So konnte man es auch sehen, aber Joris langweilte der Geschichtsunterricht. Statt die Zeit mit Tagträumen totzuschlagen, hätte er sie lieber auf den Feldern genutzt. Falls der Sturm vorbeizog, könnte er fast die gesamte Abendrota seinem Vater helfen. Eines der Gewächshäuser war beim letzten Orkan stark beschädigt worden, was George baldmöglichst reparieren wollte. Auch am Wall waren Ausbesserungen nötig. Außerdem konnte man die ersten Frühkartoffeln ernten.

Dieses Jahr hatten sie überwiegend *Annabelle* ausgesät, eine Sorte mit länglichen Knollen und festkochendem Fleisch. Kartoffelsalat und Pellkartoffeln wurden richtig gut aus ihnen.

Beim Gedanken an Essen knurrte Joris' Magen. Er hatte nichts gefrühstückt. Das selbst gebackene Brot war ihnen ausgegangen, und Kohlenhydrattinte hatten sie für den Juni nicht mehr.

Sarah setzte sich neben ihn auf den als Bank dienenden Betonblock. »Hast du wenigstens heute mal gefrühstückt?«

Joris schüttelte den Kopf.

Sie griff nach seinem Unterarm. Die Berührung war

14

sanft, zu sanft. »Ich habe zwei Scheiben Salzbutterbrot«, sagte sie. »Eine könnte ich abgeben.«

»Wofür?« Das Wort aus Joris' Mund war kaum zu verstehen, so leise sagte er es.

Sarah lächelte schief. »Das Küchenfenster klemmt immer mehr, und Mama bekommt es nicht hin. Vielleicht könntest du den Rahmen reparieren? So was kannst du doch.«

Ja, konnte er vermutlich. Joris seufzte. »Muss vermutlich abgeschliffen werden. Ich komm zur Abendrota mit dem Bandschleifer vorbei – vorausgesetzt der Sturm spielt mit.«

Sarah schien erleichtert, öffnete ihren Rucksack und holte eines der Salzbutterbrote heraus.

Joris winkte ab. »Lass stecken! Ist schon okay.«

»Ist es nicht. Dir fehlt die Stunde dann auf den Feldern.«

»Egal …«

»Nein, Joris! Nimm jetzt!«

Ein tiefer Atemzug, und dann griff er doch nach dem Brot.

Es schmeckte vorzüglich, und er hätte es wirklich genossen, wäre da nicht Prince gewesen. »Wieder nicht genug Tinte den Monat, was?« Auch er griff in seinen Rucksack und holte einen Schokokaramellriegel hervor. Lachend packte er ihn aus und biss hinein. Zwischen seinen Zähnen stand Schokolade und zwischen Lippen und Riegel zog sich ein Karamellfaden, bis eine heftige Windbö ihn davonriss.

Das Salzbutterbrot zitterte in Joris' Händen.

»Lass einfach!«, sagte Sarah. »Er ist und bleibt ein Arsch.«

»Oh ja«, pflichtete Prince mit vollem Mund bei. »Ich bin gern der Arsch, der Schokolade scheißt.«

»Da kommt der Bus!«, rief die stille Norea.

Zum Glück, wie Joris fand. Das klobige, tonnenschwere Gefährt mit den mannshohen Rädern für schweres Gelände rumpelte die alte Straße heran und trotzte gelborangen Staubwolken, die von den öden Feldern herüberwehten. Ab Alarmstufe Rot schmirgelte der Sand den Lack von den Fahrzeugen und mattierte normales Glas. Die fünf hörten das feine Rasseln, ebenso das Knirschen von Schotter und Asphaltbrocken unter den gewaltigen Reifen.

Der Bus hielt im Windschatten des Bushäuschens. Die Tür glitt mit einem Zischen zur Seite. Die Fahrerin sagte: »Seid ihr wieder nicht im Schutzbunker? Ach, Kinder! Bis mal was passiert.«

»Ist doch nur Orange!« Prince warf sich den Rucksack lässig über eine Schulter.

Die Fahrerin ließ sich davon nicht beeindrucken. »Das reicht, um dir das Fleisch von den Knochen zu schaben, wenn eine harte Böe dabei ist. Also: Los! Steigt endlich ein, Kinder, und lasst das Gehabe!«

Während der Fahrt saß Prince zum Glück ganz hinten, Joris vorne. Er saß immer vorne, weil ihm schlecht wurde, wenn er nicht raussehen konnte und nichts gegessen hatte. Heute hatte er etwas gegessen, aber trotzdem. Auch mit vierzehn hatte man schon seine Routinen.

Allerdings war die Sicht dieser Morgenrota bescheiden. Je näher sie dem Schulzentrum kamen, einem alten Firmengebäude abseits der Kolonie, desto heftiger wurde der Sandsturm. Der Himmel färbte sich orange, die Sicht betrug keine zweihundert Meter mehr.

Joris seufzte im Stillen. Das würde auf den Feldern wieder viel Zusatzarbeit bedeuten. Fenster reinigen, Gewächshäuser abkehren, Sand wegkarren. Tausende von Schubkarren hatte er schon zum Ufer runtergefahren und hineingekippt in den Bach, der den Sand in den See trug. Joris konnte sich gar nicht vorstellen, dass es noch Sand in der Sahara gab, wo doch so viel schon in Deutschland gelandet war. Sie hatten mal die Sage von diesem Griechen namens Sisyphus durchgenommen, der tagein, tagaus einen Stein einen Berg hinaufbeförderte, nur damit er kurz vor dem Gipfel wieder herunterrollte. So fühlte sich Joris auch. Aber was anderes blieb ihnen gar nicht übrig, wenn sie ihre Lebensmittelvorräte auffüllen wollten. Die Monatsrationen Tinte reichten einfach hinten und vorne nicht, sie konnten nur mit Landwirtschaft aufgestockt werden.

Und das würde er in der Abendrota wieder tun. Er prüfte noch einmal die Wetterdaten. Es sah mies aus; die Wolken ballten sich auf der Bodenseeseite zusammen. Aber vielleicht war das gar nicht mal so schlecht. Mit ein bisschen Glück würde sich das Unwetter bis nach der Schule entladen haben. Die Chancen standen fifty-fifty.

Weil die Sicht immer schlechter wurde, lehnte sich Joris zurück und bettete den Kopf gegen die Seitenscheibe aus Saphirglas. Vielleicht konnte er noch ein paar Minuten dösen, obwohl … sie hatten als Erstes Mathe. Da sollte er jetzt schnell noch seine Hausaufgaben erledigen.

Joris ergab sich also wie Sisyphus seinem Schicksal, zückte seine E-Ink-Paper aus dem Rucksack und widmete sich den Rechenaufgaben, während draußen der Sand gegen den Schulbus prasselte.

Zu Beginn der letzten beiden Schulstunden erreichte der Sturm seinen Höhepunkt. Er wütete so heftig, dass der Schulschutzbunker unter der Wucht der Winde ächzte. Da die Nacht der Morgenrota angebrochen war, hatte Frau Maier die Fenster nicht verdunkelt. Das gelegentliche Gleißen eines Blitzes, das den Klassenraum erhellte, schien sie nicht zu stören, der Lärm aber schon. Mit grimmiger Miene drehte sie die Lautstärke der Dokumentation lauter.

Joris las während der Einspielmelodie mit gefurchter Stirn den Titel der Doku.

200 Jahre ohne Mond.

Eine Reportage des Bundesministeriums für Bildung und Forschung

»Das auch noch«, hörte er Prince murren.

»Ruhe!«, rief Frau Maier. »Die Ereignisse der letzten zwei Jahrhunderte waren prägend – für den Planeten und für die Menschheit.«

»Aber das kennen wir doch alles schon!« Prince verschränkte die Arme vor der Brust. »Jedes Jahr hören wir denselben Käse.«

»Prince-Maximilian Weber! Es reicht! Oder möchtest du die Abendrota beim Hausmeister verbringen?«

»Nein, Frau Maier.«

»Dann weißt du ja, was zu tun ist.«

Joris verfolgte, wie Prince, seit Wochen schon in die vorderste Reihe strafversetzt, in sich zusammensank. Auch Joris lümmelte sich in den Stuhl, so gut es mit seinen schlaksigen langen Beinen ging. Im Gegensatz zu Prince fand er das Thema sogar spannend. Das Verschwinden des Monds hatte damals alles verändert, und alle mussten seitdem damit klarkommen.

Und da erschien er schon: eine Leinwand füllende Nahaufnahme des Erdtrabanten, ein marmorierter Planet in Grautönen, zerklüftet von Kratern, Rillen, Gebirgen und Maren. Der Anblick war Joris vertraut, wenn auch nur von einer Brosche.

Er fasste sich an die Brust und spürte das schlichte Schmuckstück aus Sterlingsilber unter dem Pullover. *Wo auch immer er ist, wird seine Magie sein.* Die verträumten Worte seiner Mutter. Einen Moment ließ ihn die Erinnerung mit Tränen kämpfen.

Die Stimme eines Sprechers vertrieb den Anflug von Traurigkeit. »Der Mond. Geheimnisvoller Begleiter unserer Erde – bis zum Jahr 2099, als er über Nacht verschwand. Wie kam es zu jenem verhängnisvollen Ereignis? Und wie war zuvor das Leben auf der Erde?

Fakt ist: Der Mond war von der Entstehung unseres Sonnensystems an unser ständiger Begleiter, zeigte sich nächtens als heller Himmelskörper. Von sich aus leuchtete er aber nicht, sondern reflektierte nur das Sonnenlicht. Er entstand vor etwa viereinhalb Milliarden Jahren, als vermutlich ein Impaktor mit der Masse des Mars die junge Erde traf. Seine Anziehungskraft sorgte für die Gezeiten, für Ebbe und Flut, hatte jeher eine besondere Wirkung auf uns Menschen. In vielen Kulturen wurde dem Mond eine besondere Stellung zugewiesen, um ihn rankten sich Geschichten und Mythen, etwa dass Mond und Sonne ein Liebespaar gewesen seien. Laut dieser Sage verliebten sich einst die feurige Sonne und der kühle Mond ineinander. In der Hochzeitsnacht wollte der Mond sich jedoch lieber ausruhen. Er drehte der Sonne den Rücken zu, was sie wütend machte. Sie schwor sich, nie wieder mit dem Mond eine Nacht zu verbringen. Seitdem sucht er die Sonne und jagt ihr Nacht um Nacht hinterher.«

Der Sprecher legte eine Kunstpause ein, während ein Bild des Vollmonds zu sehen war. Wieder knarrte der Schulschutzbunker, und Sarah hustete leise.

»Der Mond«, fing der Sprecher wieder an und klang ganz mitgenommen, »war fester Bestandteil unseres Lebens, prägte uns mehr, als wir ahnten. Erst als er nicht mehr da war, wussten wir, was wir an ihm hatten.«

Das Bild des Monds verschwand abrupt, und nur Schwärze erfüllte die Leinwand, bis ein Strom von Bildern auftauchte. Eine riesige Welle rollte auf New York zu, Stürme rissen Häuser davon, knickten Bäume wie Streichhölzer, die Sonne ging auf und unter, auf und unter, auf und unter. Die Bilder wechselten so schnell, dass Joris schwindlig wurde, dann stoppte die Animation wieder, und die Leinwand wurde schwarz.

Nein, es ist ein Nachthimmel mit einer Handvoll Sterne.

»Dort stand er einst«, sagte die Stimme, fast verärgert nun, »und was er hinterließ, war Chaos. Etwas mehr als sechzig Jahre Chaos. Wer hätte aber auch ahnen können, dass sein Verschwinden solche Auswirkungen haben würde? Der Anziehungskraft beraubt, flossen zuallererst die Meere auseinander. Neben den gewaltigen *global waves*, die unvorbereitet die Küsten trafen und Millionen Leben forderten, verschob sich die Masse der Ozeane näher an die Rotationsachse der Erde, weshalb es zu einer Verringerung des Trägheitsmoments kam. Da der Gesamtdrehimpuls der Erde erhalten blieb, erhöhte sich ihre Geschwindigkeit. Ein berühmter Physiker verglich das damals im Fernsehen mit einer Eiskunstläuferin beim Pirouettendrehen. Wenn sie die Arme ausstreckt, dreht sie sich langsamer. Zieht sie sie an den Körper, wird sie schneller. Dasselbe geschah mit der Erde. Durch die erhöhte Rotation bildeten sich Stürme, und mit den Stürmen veränderten sich Flora und Fauna, und natürlich wurden die Tage und Nächte kürzer. Es kam zu siebenundzwanzig weltweiten *daytime corrections*, bis die Erde im Sommer 2165 ihre Endrotationsgeschwindigkeit von acht statt vierundzwanzig Stunden erreichte. Die Morgen-, die Abend- und die

Nachtrota wurden eingeführt, ebenso kehrte man zum gregorianischen Kalender mit seinen dreihundertfünfundsechzig Tagen zurück. Schaltjahre gibt es seitdem alle zwei Jahre, um die Abweichungen auszugleichen.«

Der Sprecher verstummte, und Frau Maier hielt die Dokumentation an. »In der Übergangszeit gab es elf verschiedene Kalendermodelle, die sich aber alle nicht durchsetzen konnten. Ihr müsst euch das mal vorstellen: alle sechs Jahre ein neuer Kalender! Und dann die ständige Anpassung der Tageszeit. Meine Urgroßeltern hatten die letzten zwanzig Jahre des Übergangs noch erlebt und oft davon erzählt. Ständige Schlafstörungen, Übelkeit, Dauerjetlags. Es war eine anstrengende Zeit, da haben wir es seit der Stabilisierung deutlich besser. Das solltet ihr nie vergessen.«

Frau Maier startete die Dokumentation wieder, und der Sprecher fuhr fort: »Aber wie kam es nun zum Verschwinden des Monds? Sein Durchmesser war im Vergleich zur Erde etwa viermal kleiner, und seine Masse betrug gerade mal ein Einundachtzigstel der Erdmasse, aber trotzdem reden wir von einem beachtlichen Himmelskörper. Wie konnte er sich also still und heimlich davonschleichen?«

»Das hat er doch gar nicht!«, warf Pete entrüstet ein. »Ein waberndes, oszillierendes Leuchten soll ihn eingehüllt haben, kurz bevor er verschwand!«

Frau Maier stoppte wieder. Mit bedachten Schritten lief sie zu Petes Tisch und baute sich vor ihm auf. »Wer hat dir dieses Märchen erzählt?«

»Niemand. Das liest man nur.«

»Und wo? In irgendwelchen Foren von Verschwörungstheoretikern? Oszillierendes Wabern.« Sie stieß einen Pfiff aus. »Wie soll das gehen? Woher hätte das stammen sollen? Von einem Zauberer? Wir wissen alle, dass es keine Magie gibt und nie gegeben hat.«

Wo auch immer er ist, wird seine Magie sein.

»Aber irgendwie ist er doch verschwunden!«

»Durch eine Krümmung im Raum.«

Pete schüttelte vehement den Kopf. »Die Wurmloch-theorie wurde nie bewiesen!«

»Ist aber Fakt.« Frau Maier blickte auf den Jungen herab. Ihre Augen hätten auch Glasmurmeln sein können. Dann wandte sie sich an die Klasse. »Wer hat die Theorie der Wurmlöcher entwickelt? Joris?«

Der zuckte zusammen. »Ähhh … Albert Einstein und Nathan Rosen.«

»Korrekt. Deswegen werden sie auch Einstein-Rosen-Brücken genannt. 2099 kam es zu einer solchen Krüm-mung im Raum, die den Mond ansaugte und mit sich nahm. Ganz *ohne* oszillierendes Wabern.«

Pete wollte abermals widersprechen, wagte es aber unter Frau Maiers harschem Blick nicht. Die schritt zurück zu ihrem Pult.

Was in der Dokumentation folgte, war genau das: die animationsgestützte Erläuterung der Funktionsweise von Wurmlöchern und wie – in der Theorie – der Mond durch eines verschwunden war. Joris kannte aber auch die Zweifel an dieser offiziellen Version der Regierung. Warum sollte ein Wurmloch genau den Mond stehlen und nicht die Erde oder einen anderen Planeten des Sonnensystems? Weshalb sollte sich der Raum nur für diesen Moment gekrümmt haben und nicht dauerhaft? Und auf welche Weise war das Wurmloch plötzlich entstanden? Was war der initiale Aus-löser?

Nicht umsonst hielt sich hartnäckig das Gerücht, dass es ein Unfall war. Jedes Kind kannte es. Joris hatte seine Eltern oft darüber sprechen hören, wenn sie glaubten, er bekäme es nicht mit, damals, als die Welt für ihn noch in

Ordnung gewesen war. Bevor Celines Kraller seinen Dienst versagt hatte …

Ein Anflug von Schmerz brannte in Joris' Brust, was ihn den Blick senken ließ. Er aktivierte unterm Tisch seinen Sturmwarner. Den Wetterdaten nach flaute das Unwetter ab. Die Warnstufe müsste bis zur Nachmittagsrota zurückgenommen werden. Dann konnte er auf die Felder und gleich überprüfen, welche Schäden der Sturm hinterlassen hatten. Hoffentlich war es nicht allzu schlimm. Sie brauchten jede Knolle, jede Karotte, jedes essbare Pflänzchen, um über den Winter zu kommen.

Beim Gedanken an Essen gluckerte wieder sein Magen. Sarahs Salzbutterbrot war längst verdaut, vielleicht hatte er auch ein Wurmloch im Bauch. Ein Wurmloch …

Joris konzentrierte sich wieder auf die Doku und lauschte den Erklärungen des Regierungssprechers, aber tief drinnen spürte er, dass er ihm die Wurmlochtheorie auch nicht abkaufte. Irgendetwas daran passte nicht. Irgendetwas, aber schlussendlich war es egal. Der Mond war weg. Sie mussten ohne ihn zurechtkommen, ob sie wollten oder nicht.

Kapitel 3

Zu Mittag gab es junge Buschbohnen aus den Gewächshäusern mit Butter aus dem Drucker. Der Druckkopf hinter der Glasscheibe ruckte hin und her; so entstand ein Butterwürfel mit drei mal drei Zentimetern Kantenlänge auf dem Tellerchen. Die Triglyceridentinte bekamen sie in der größten Ration, weil sie billig war und am meisten Brennwert lieferte.

Nach dem Druckvorgang glitt die Schutzscheibe zur Seite, und Joris schob sich den Butterwürfel in die Schale mit den Bohnen. Beides zusammen wanderte in die Mikrowelle.

Während das Essen seine Runden drehte und die Butter wieder schmolz, blickte Joris zum im Laufe der Jahre trübe gewordenen Küchenfenster hinaus. Wie erhofft, hatte sich der Sturm abgeschwächt. Er konnte zwischen Wolkenlücken sogar die Alpen auf der anderen Seite des Sees erkennen. Die höheren Gipfel waren zum Teil noch verschneit, sahen jedoch vom Saharastaub wie bepinkelt aus. *Iss niemals gelben Schnee*, hieß eine alte Weisheit aus der Zeit vor der Veränderung. Das galt auch heute noch, nur knirschte der Schnee heute zwischen den Zähnen …

Joris nahm mit seinem Mittagessen am Küchentisch Platz. Er und sein Vater lebten in einem alten Haus aus den Zweitausenderjahren am Wannentaler Hang, einem einstigen Stadtteil von Lindau. Die Bausubstanz hatte drei Jahrhunderten getrotzt, einzig die Fenster und die Dächer hatten wegen der Sandstürme ausgetauscht werden müssen. Platz gab es generell auf dem Land genug, ein Großteil der Gebäude stand leer. Die Bevölkerung war um mehr als sechzig Prozent geschrumpft, und kaum jemand wollte noch außerhalb der Metropolen wohnen, schon allein wegen der Immobilität. Normale Autos und Flugtaxis konnten wegen der Stürme nicht mehr genutzt werden, und die speziellen sturmsicheren Fahr- und Flugzeuge waren viel zu teuer. Blieben Busse und Bahnen, von denen aber nicht mal mehr zehn Prozent im Einsatz waren, wenn man die aktuelle Situation mit ihrem Aufkommen vor der Veränderung verglich. Mobilität war zum Luxus geworden.

Missmutig stocherte Joris in seinen Bohnen herum. Als ob an Reisen überhaupt zu denken wäre. Dazu hatte hier ohnehin niemand Zeit. Vielmehr riskierten sie jeden Tag ihr Leben, um hart zu arbeiten, nur um genug zum Essen zu haben. Das war's. Der Schulbesuch war zwar noch vorgeschrieben, aber die Perspektiven danach lediglich ein schlechter Scherz. Am Bodenseeufer gab es fast nur noch Landwirte, die ums Überleben kämpften. Und ein Umzug in die Stadt, um zu studieren, war unbezahlbar. Es gab zwar Onlineakademien, aber für die Teilnahme brauchte man wieder Zeit, und die hatte man nicht ohne entsprechendes Einkommen. Wer nicht reich geboren wurde, hatte keine Chance mehr, auch wenn es vonseiten der Regierung anders propagiert wurde. *Stipendien … klar.*

Joris schob sich die letzten Bohnen in den Mund, trat zur Spüle und reinigte den Teller. Chlorgeruch stieg ihm in die Nase, beigemischt, um die Wassersysteme weit abseits der nächsten Großstadt keimfrei zu halten.

Danach checkte er zum wiederholten Mal den Sturmwarner. Es sah gut aus: nur noch Warnstufe Gelb. Bei der konnte er definitiv auf die Felder und seinem Vater und den anderen helfen.

Er zog sich Arbeitskleidung an, packte sein Notfallkit mit Gesichtsmaske, kleiner Sauerstoffflasche, Erste-Hilfe-Set, Biwaksack und einer Überlebensration Essen in den Rucksack, erinnerte sich an seinen Deal mit Sarah, holte den Bandschleifer und machte sich dann auf den Weg zu den Feldern.

Die erstreckten sich unterhalb der Kolonie am Südhang entlang bis zum Bodenseeufer. Früher hatte es hier neben Wohngebäuden noch Wald gegeben, aber Wald im klassischen Sinn existierte seit knapp einhundert Jahren nicht mehr. Er war zu verkrüppelten, gebeugten Nadelhölzern mutiert, die sich riesigen Wurzeln gleich über den Boden schoben, um den Winden zu trotzen.

Durch eines der Gehölze führte der Weg zuerst zu Sarah. Seine Klassenkameradin wohnte mit ihrer Mutter in einer alten Villa, die sich halb in den Hang grub. Die breiten Fensterfronten waren schon lange milchig geworden, das begrünte Dach völlig überwuchert, die Terrasse versandet, und jetzt schloss eines der Fenster nicht mehr richtig. Hoffentlich hatte der Sturm dadurch nicht zu viel beschädigt.

Als die Villa hinter den dunklen Nadelzweigen in Sicht kam, schluckte Joris. Versandet war leicht untertrieben; eine Sanddüne reichte brusthoch bis an die Fenster heran. Er joggte das letzte Stück.

Sarahs Mutter Valerie, rotgesichtig und verschwitzt, erschien in der Terrassentür, eine Schneeschaufel in den Händen.

»Hey, Joris!« Sie klang einfach nur müde.

»Hey! Kann ich helfen? Sarah sagte, eines der Fenster schließe nicht mehr richtig. Ich habe den Bandschleifer dabei. Ich hoffe …«

Der Gesichtsausdruck war Antwort genug.

26

»Ist es so schlimm?«, fragte er leise.

»Schau es dir selbst an.« Sie verschwand wieder im Haus. Dabei meinte Joris, eine Träne in ihrem Augenwinkel gesehen zu haben.

Es war schlimmer als befürchtet. Der Sturm hatte das Fenster aufgedrückt, die Scheiben zersplittert und knöchelhoch Sand, Tannennadeln und Unrat in die Küche gedrückt. Küchenutensilien waren aus den offenen Regalen geschleudert worden.

Sarah kniete auf der Arbeitsplatte und schob mit einer Handschaufel den Unrat zum kaputten Fenster hinaus. Auch sie war den Tränen nahe.

Joris schluckte hart. »Wir müssen dringend das Fenster dicht bekommen, bevor der Wind wieder schlimmer wird. Habt ihr Ersatzglas im Haus?«

Ein Kopfschütteln von Valerie.

»Holzplatten?«

»Im Keller. Reste vom Schuppen, den Reinhard damals angefangen hatte.«

Bevor er bei einem Unfall verstorben war wie Celine. »Dann seh ich mir die mal an.«

Er fand eine passable OSB-Platte sowie eine Stichsäge. Er nahm Maß und sägte die stabile Holzplatte in Form. In einer verstaubten Werkbank fand er Schrauben und Bohrer. Damit bewaffnet machte er sich ans Werk und ersetzte das zersplitterte Glas kurzerhand durch die Holzplatte. Danach räumte er mit Sarah das Fenster frei, um den Rahmen zu prüfen. Er war verzogen, konnte aber so abgeschliffen werden, dass er wieder schloss. Auch darum kümmerte er sich, und als alles getan war, sah es nicht mehr ganz so wüst in der Küche aus. Sarah und ihre Mutter hatten währenddessen das größte Chaos beseitigt.

Joris demonstrierte lächelnd das reparierte Fenster.

»Geht wieder! Ist zwar etwas dunkler ohne Scheibe, aber dafür dicht.«

Sarah weinte vor Erleichterung und umarmte ihn.

Auch Valerie drückte ihn an der Schulter. »Danke, Joris! Du bist immer so hilfsbereit.«

Beinahe wäre ihm das Lächeln im Gesicht gestockt. *Im Gegenzug für ein Salzbutterbrot* … »Schon okay. Ich helfe ja gern.« Er löste sich aus der Umarmung, blickte auf seinen Sturmwarner und erschrak. »Schon so spät?!« Er hatte drei Stunden gewerkelt.

»Willst wohl noch auf die Felder?«

»Unbedingt. Wir haben so viel Arbeit.«

»Dann hau schon ab. Den Rest schaffen wir allein.«

»Wirklich?«

»Wirklich.« Valerie reichte ihm seinen Rucksack und schob ihn zur Küchentür. Im Gang fragte sie: »Wie geht es eigentlich deinem Vater? Ich hab George lange nicht mehr gesehen.«

»Der arbeitet rund um die Uhr auf den Feldern.«

»Sarah hat es schon angedeutet. Euer Essen ist knapp.«

»Wir kommen zurecht.«

Sie musterte ihn eindringlich, dann verließ sie den Flur in ein anderes Zimmer.

»Valerie?«, fragte Joris irritiert. »Was ist?«

Sie erschien wieder im Türrahmen und drückte ihm ein Päckchen in die Hände, eingeschlagen in Butterbrotpapier.

»Was ist das?«

»Ein kleines Dankeschön für deine Hilfe.«

Joris öffnete das Papier. »Sch-Sch-Schokolade? Zwei Tafeln? D-d-das kann ich nicht annehmen.«

»Wirst du aber. Und jetzt verschwinde endlich!« Sie schob ihn energisch zur Haustür.

»D–d-danke!«

»Gern. Und grüß mir deinen Vater.«

»Mach ich.« Und dann war er draußen, musterte nochmals das Schokoladenpäckchen, lachte über das Dankeschön und verstaute es säuberlich im Rucksack. Eine Melodie pfeifend, trabte er durchs Gehölz zurück bis zur Weggabelung, wandte sich hangabwärts und sauste dann den Schotterweg hinab zu den Feldern.

Dort sah es beinahe genauso wüst aus wie bei Sarah. Der Sturm hatte Unmengen an Sand und Staub herangetragen. Zwei Frauen und drei Männer kehrten den Dreck von den Dächern der Gewächshäuser. Schlimmer hatte es die Kartoffelfelder getroffen: Mit den Händen räumten einige Mädels und Jungs die Pflanzen frei, um die Triebe nicht abzuknicken.

Joris grüßte alle mit einem Nicken, bis er schließlich seinen Vater am westlichen Rand der Felder beim Schutzwall fand. Dort hatten sie Steine, Sandsäcke und Betonpfeiler zu einer sechs Meter hohen Rampe aufgeschichtet. Dahinter lag ein ausladendes Gehölz, sowie die Ruinen eines einstigen Gewerbegebiets. Der Sturm kam oft von Westen her, pfiff dann über den Wall wie über eine Sprungschanze und wütete nicht mehr ganz so brutal auf den Feldern.

»Du kommst spät«, sagte George, ohne bei seiner Arbeit innezuhalten. Er verschweißte gerade einige brüchig aussehende Stahlhalterungen.

»Ich war noch bei Sarah. Ein Fenster war gesplittert. Ich soll dir Grüße von Valerie ausrichten.«

Nur ein Nicken. Grell leuchtete das Schweißgerät.

Joris wartete, bis die Naht fertig war, bevor er fragte: »Wo kann ich helfen?«

»Bei den Kartoffeln.«

»Ach nee, Vater! Das können die Kinder machen.«

»Dann such Gustav.«

»Brauchst du denn keine Hilfe?«

»Nein.«

Ein resignierendes Seufzen. »Und wo finde ich Gustav?«

»An der Seeseite des Walls.«

Wieder flammte das Schweißgerät auf, und George versank in seiner Arbeit.

Joris betrachtete noch einige Minuten seinen Vater, auf dessen Gesicht die Flamme so harte Schatten warf, dass es wie gemeißelt wirkte. Schließlich wandte er sich ab und folgte dem Wall. Er fand Gustav mit zwei Männern am anderen Ende des Schutzwalls, und im Gegensatz zu George freuten sie sich mächtig über tatkräftige Hilfe. Gemeinsam installierten sie neue Stahlbetonpfeiler und verbanden diese mit Querstreben, um die Rampe in den nächsten Wochen erweitern zu können. Joris, Gustav und Sandrino arbeiteten oben, die anderen unten. Es war härteste Arbeit, und Joris schmerzten bald alle Muskeln, aber genau das gefiel ihm. Abends so müde sein, dass er einfach ins Bett fiel und einschlief. Keine Gedanken an irgendwas, schon gar nicht an Celine …

Wo auch immer er ist, wird seine Magie sein.

Dann flüsterte das Gehölz.

Staub wirbelte auf, schmirgelte Joris und den Männern über die Gesichter. Am härtesten traf die Böe Sandrino.

Der hagere Vierzigjährige strauchelte auf dem Wall, schrie etwas, verlor das Gleichgewicht, griff nach Joris, verpasste ihn, machte einen weiteren Ausfallschritt und trat ins Leere.

Joris sah noch die von Äderchen marmorierten Augäpfel, den struppigen Bart und die rote Zunge, dann verschwand Sandrino hinter der steilen Seite des Walls.

Sein Schrei war noch einen Herzschlag lang zu hören,

bevor er erstarb und als schmerzerfülltes Kreischen wieder zu ihnen aufstieg.

Joris war als Erster an der Kante. Sein Herzschlag stolperte beim grausigen Anblick. »Oh Gott!«

Gustav sprang an seine Seite, fluchte und rannte zur nächsten Leiter. »Wir brauchen den Verbandskasten! Schnell!« Schon stieg er hinab und schrie von unten: »Joris! Hörst du? Komm weg von der Kante, bevor noch eine Böe aufkommt. *Joris!*«

Joris stand immer noch da, gelähmt von dem Anblick. Er hatte schon Tote gesehen, aber noch niemals jemanden, der vor seinen Augen starb. Sandrino tat es. Er war die sechs bis sieben Meter hinab auf einen der Hänger gestürzt, mit denen sie die Betonpfeiler und Eisenstangen hergeschafft hatten. Die Einfassung des Hängers, blanke Stahlrohre, hatte sich durch seinen Körper gebohrt, eines durch seinen Oberschenkel, eines durch seinen Bauch, das letzte durch die Brust. Joris konnte ein seltsam feuchtes Zischen hören, wenn Sandrino Luft holte, um zu schreien.

»Joris!«, brüllte Gustav wieder. »Vorsicht!«

Wieder wisperte das Gehölz, und eine unsichtbare Faust traf ihn. Er wurde mit einem Ruck auf die Kante zugeschoben, direkt auf Sandrino und den Hänger zu. Er sah sich selbst fallen und fallen und fallen, doch seine Instinkte ließen ihn herumwirbeln, *dem Wind wenig Fläche bieten,* und Joris warf sich zu Boden. Er bekam eine der Betonschwellen zu fassen, grub seine Finger in die Kante und packte mit allem, was er hatte, zu.

Er schrie wie Sandrino, spürte, wie seine Füße über die Kante ins Leere rutschten, doch seine Finger hielten ihn fest.

»Gott! Helft mir! HELFT MIR!«

Er trat mit den Beinen um sich und suchte Halt an der

steilen Wand. Blut lief unter den Nagel des Zeigefingers, dann auch unter den des kleinen Fingers.

»Scheiße!«, brüllte Gustav. »Halt dich fest! Wir sind gleich da!« Schnelle Schritte, das Patschen von Sohlen auf der Metallleiter, Sandrinos Röcheln.

Joris machte den Fehler, nach unten zu sehen. Die Stahlrohre glänzten im matter werdenden Schein der Abendrota. Blut leuchtete auf ihren Spitzen.

Keuchend sah er wieder hoch … und in das grimmige Gesicht seines Vaters. Dessen Hände, grob und voller Schwielen von der harten Arbeit, packten seine Unterarme und zerrten ihn mit einem Ruck zurück auf den Wall.

Keuchend sank Joris an die Brust seines Vaters. Ein tiefes Schluchzen quoll über seine Lippen, gefolgt von Tränen.

»Schon gut«, sagte George mit einer Sanftheit, die Joris seit Celines Tod vor fünf Jahren nicht mehr gehört hatte. »Du bist in Sicherheit.« Dann räusperte er sich, wobei er den Jungen von sich schob, und machte sich zur rostigen Leiter auf, um bei der Rettung von Sandrino zu helfen.

Joris sah ihm hinterher, bevor er sich selbst hochstemmte. Seine Beine zitterten jedoch wie Gehölz im Sturm, und er meinte, auf wackeligen Stelzen zur Leiter zu staksen. Entsprechend lang brauchte er, bis er unten ankam.

Helfen konnte er nicht mehr. Die Männer vermochten nur noch Sandrinos Leichnam von den Eisenstangen zu bergen.

Kapitel 4

Es war eine schweigende Fahrt grimmiger Männer. Joris, sein Vater George und die anderen saßen im Hänger, während Gustav den Wagen steuerte. Sandrino hatten sie in eine schwarze Folie gewickelt, um den Kindern auf den Feldern seinen Anblick zu ersparen. Der Tote lag zu ihren Füßen.

»Was für ein Scheißtag!« André spuckte über die Bordwand.

»Das kannst du laut sagen«, pflichtete Carl bei. »Und da hinten sieht es schon wieder nach Sturm aus.«

Alle blickten nach Süden. Erneut türmten sich gelbgraue Wolken über dem Säntis.

»Wer sagt es eigentlich Emely?«, wollte André wissen. Emely war Sandrinos Frau.

»Gustav kennt sie am besten, oder?«

»Ich glaub schon.«

»Dann soll er es machen.«

»Find ich auch.«

Wieder schwiegen sie. Joris suchte den Blickkontakt zu seinem Vater, doch der war in der Betrachtung seiner dreckigen Fingernägel versunken. *Du bist in Sicherheit.* Joris meinte, die Worte wieder zu vernehmen, ihre Sanftheit und unumstößliche Wahrheit. *Bei mir bist du sicher, Sohn.* Das konnte Joris seinem Vater nicht absprechen. George hatte sich seit Celines Tod immer um seine Sicherheit gekümmert. Er hatte sich nie gehen lassen, hatte immer hart gearbeitet, um sie zu ernähren, hatte ständig das Haus repariert, hatte es Joris an nichts fehlen lassen – außer an Wärme und Nähe.

Die Erkenntnis war bitter, aber an sich nichts Neues, nur war sie ihm nie so bewusst geworden wie jetzt. Um die Bitterkeit herunterzuspülen, griff Joris nach seinem Rucksack mit der Trinkflasche. Seine Finger gingen ins Leere.

Erschrocken fuhr er hoch. »Ich hab meinen Rucksack vergessen!«

Carl fragte müde: »Wo?«

»Am Wall.«

»Da liegt er gut bis morgen.«

»Nein, nein! Ich brauch den unbedingt!«

Ein Seufzen. »Was war Wichtiges drin?«

Schokolade, hätte er beinahe gesagt. »Mein Überlebenskit. Außerdem brauch ich ihn für die Schule morgen früh.« Joris blickte zurück. Zu Fuß brauchte er mindestens zwanzig Minuten für den Hinweg, aber er konnte es vor der Dunkelheit wieder zurückschaffen.

»Dann bleibst du morgen daheim«, sagte André. »Wir haben heute schon einen Mann verloren. Wir riskieren nichts mehr.«

»A-aber wenn ich renne, sind es nur ein paar Minuten. Im Schutz des Walls schaff ich das.«

André wollte widersprechen, doch George rief laut. »Halt an, Gustav!«

Der Wagen wurde langsamer. Gustavs Kopf erschien im Fenster. »Was ist?«

»Der Junge hat seinen Rucksack vergessen.« Wieder spuckte André aus. »Er will ihn holen.«

»Kommt nicht infrage.«

Wieder kam George Joris zu Hilfe. »Spring schon raus, Junge.«

»Hey!«, rief Gustav. »Was soll der Scheiß?«

George schob ihn mit sanfter Gewalt zur Brüstung, sodass Joris hinausspringen musste. »Er bleibt mir wegen

34

eines Rucksacks nicht von der Schule daheim. Vielleicht kann er mal studieren und was aus sich machen. Außerdem trifft man an einem Tag den Tod nicht zweimal.« Sein Blick legte sich auf Joris. »Wir sehen uns zum Abendessen. Ich bereite es schon mal vor.«

Und damit war alles gesagt. Joris machte auf dem Absatz kehrt und hastete los. Er hörte noch, wie André und Gustav schimpften, aber die Worte prallten an seinem Vater einfach ab, und dann war der Wagen samt Hänger auch schon hinter Gestänge für Buschbohnen verschwunden.

Joris richtete den Blick nach vorn. Der Wall flankierte seinen Weg gen Süden. Die Pfeiler und Pfosten der geplanten Erweiterung ragten wie schwarze Gerippe in den dunkler werdenden Himmel. André hatte recht. Es sah nach einem Aufflackern des Sturms aus, aber noch war er weit weg – wenn er überhaupt kam.

Im Schatten des Walls, die Felder zu seiner Linken, verfiel Joris in ein rasches Tempo, bis er die Arbeitsstätte wieder erreichte. Er fand seinen Rucksack dort, wo er ihn abgestellt hatte: neben einem Betonblock und unter einem Eisenträger. Allerdings machte er sich nicht sofort auf den Rückweg, sondern sein Blick ruhte lange auf der Kante des Walls über ihm, wo er beinahe abgestürzt wäre, und plötzlich fand sich Joris auf der Leiter wieder. Rostig waren die Sprossen, aber noch immer trittsicher. Mit klopfendem Herzen kam er oben an und stieg auf den Wall. Ein harscher Wind pfiff ihm ins Gesicht, brachte den algigen Geruch des Bodensees mit sich.

Am Rand der Kante blieb er stehen und blickte hinab. Er sah nur Erde, Schotter und Spuren von ihrer Arbeit. Was hatte er auch erwartet? Warum war er überhaupt auf den Wall gestiegen?

Das Knacken eines Astes wehte vom Gehölz zu ihm heran. Neugierig wandte sich Joris um. Auf der anderen Seite fiel die Wallrampe über knapp zwanzig Meter ab, bis die Bäume begannen.

Im schwindenden Abendlicht lagen sie wie ein grüngrauer Teppich vor ihm, ein verwunschener Wald wie aus den alten Fantasyfilmen, die er ab und an mal im Netz sehen durfte. Da knarrte immer ein Ast, und doch …

Wieder brach ein Zweig, und er meinte, jemand stöhnen zu hören, ganz leise, nur die Ahnung eines menschlichen Geräusches. Es kam eindeutig von links.

Joris kniff die Augen zusammen und entdeckte nichts außer schweren Nadelästen. Hatte er sich das nur eingebildet? War es irgendein Tier? Im Gehölz lebten Füchse und Mäuse, aber auch noch Wildschweine. Die bauten sich Mulden aus, um es im Winter wärmer zu haben. Das Gehölz bot bedingt auch Schutz vor den Winden. *Sicher ein Schwein,* entschied Joris.

Als er sich abwandte, sah er aus dem Augenwinkel eine Bewegung, einen Schatten, zu schlank und zu hochgewachsen für ein Wildschwein. Aber wer bitte schön schlich so spät um ihre Felder? Sicher keiner der Arbeiter. Eines der Kinder vielleicht, das sich verirrt hatte? Machte auch wenig Sinn, denn davon hätte er über die Kommunikation der Sturmwarner erfahren. Also jemand, der hier nicht hingehörte? Ein Vagabund? Vielleicht sogar einer vom Mondkult, der auf der Flucht vor NOCOM war?

Bei dem Gedanken wurde ihm flau im Magen, und er realisierte, dass er auf dem Wall bestens zu sehen war. Er sollte die Leiter wieder hinunterklettern, seinen Vater informieren und dann schnell verschwinden.

Joris tat nur nichts davon. Stattdessen stieg er in einem Moment jugendlichen Leichtsinns und purer Abenteuerlust eilig die Wallrampe hinab bis zum Gehölz. Im Schutz einer Krüppeltanne verharrte er und lauschte.

Da war nichts außer dem Rascheln der Äste.

Informier endlich die anderen, wisperte eine Stimme in seinem Kopf. *Los jetzt! Mach keinen Scheiß!*

Machte er doch auch nicht. Er würde vorsichtig sein und im Stillen herausfinden, wer hier im Gehölz unterwegs war. Außerdem hatte sein Vater gesagt, dass man an einem Tag nicht zweimal den Tod traf.

Im Duft von Harz und Nadeln zog Joris sein Taschenmesser aus dem Rucksack, entfaltete die schlanke Klinge und schlich tiefer ins Gehölz. Es war eine ganz eigene Welt. Im Zwielicht von Krüppelkiefern, -tannen und -fichten wuchsen überwiegend Moose und Flechten, Farne und bauchige, fahle Pilze. Die gab es in Hülle und Fülle, sie waren aber nicht genießbar. Der Radiocäsiumgehalt überstieg das gesunde Maß an Becquerel. Als der Mond verschwunden war und die ersten Stürme losbrachen, waren mehrere ältere Kernreaktoren in Europa beschädigt worden. Auf der siebenstufigen Bewertungsskala für nukleare Ereignisse zählten sie wie das historische Tschernobyl zur höchsten Kategorie katastrophaler Unfälle. Innerhalb weniger Tage war eine Radioaktivität von mehreren Quadrillionen Becquerel in die Erdatmosphäre freigesetzt worden. Vor allem das Isotop 137-Caesium mit seiner Halbwertszeit von rund dreißig Jahren machte ihnen heute noch Probleme, fast sieben Perioden danach.

Aber für die Pilze interessierte sich Joris nicht. Immer darauf bedacht, keine Geräusche zu verursachen und nur auf Moos zu treten, spähte er um den nächsten Baum. Und um noch einen und noch einen.

Nach einigen Metern blieb er unter einer gebeugten Fichte stehen und lauschte. Er hörte nur das Klopfen seines

Herzens, das Rauschen des Winds und die computergenerierte Stimme seines Sturmwarners: »Bitte in Sicherheit bringen! Suchen Sie einen Schutzraum auf! Für Ihren Standort gilt ab sofort die Alarmstufe orange.«

Joris biss sich auf die Zunge und schlang die Hand um den Warner, um weitere Ansagen abzudämpfen. Er verharrte an Ort und Stelle, bis er ein Schlucken hörte, gefolgt von schnellen Schritten.

Joris lokalisierte die Schritte rechts von sich. Er sprang über eine knotige Wurzel, duckte sich unter einem Ast hindurch und erreichte keine zehn Meter entfernt eine Art Lichtung, auf der ein notdürftiges Lager aufgeschlagen worden war. Ein braunes Ein-Personen-Biwak stand im Schutz einer Kiefer. Ausrüstungsgegenstände lagen verstreut herum.

Die Bewohnerin, eine schlanke Frau mit dunklen Haaren, verschwand auf der anderen Seite der Lichtung in der Düsternis.

»Hey!«, rief Joris. »Stehen bleiben!« Er nahm die Verfolgung wieder auf, sein Rucksack tanzte auf seinem Rücken, und endlich erreichte er ebenfalls den Spalt zwischen den Bäumen. Dahinter schlängelte sich ein natürlicher Pfad durchs Gehölz, über den die Frau zu flüchten versuchte, aber sie schien angeschlagen zu sein, denn sie taumelte und stolperte über eine Wurzel. Der Länge nach stürzte sie hin und blieb liegen.

Joris war schon bei ihr.

»Keine Bewegung!«, stieß er schwer schnaufend hervor. Er hielt das Messer hoch und den Sturmwarner an den Mund, um sofort eine Kommunikation zu seinem Vater aufbauen zu können. »Ich will Ihnen nichts tun, außer Sie zwingen mich dazu!«

Die Frau stöhnte schmerzerfüllt. »Hilfe … Kolonie …

Verletzt …« Sie wollte sich hochstemmen, sank aber zurück auf den Gehölzboden.

Joris wagte sich näher ran. »Umdrehen!«, polterte er und versuchte wie sein Vater zu klingen. »Langsam! Damit ich die Verletzungen sehen kann.«

Zu seiner Überraschung gehorchte die Frau. Mit letzter Kraft rollte sie sich zur Seite und blieb im Moos auf dem Rücken liegen.

Ihr Gesicht wandte sich Joris zu. Es war so blass und schön wie der Mond.

Das Taschenmesser glitt ihm aus zitternden Fingern. Er schluckte und dann noch einmal.

»Mama?«

Kapitel 5

George blieb müde und erschöpft vor dem Haus stehen. Die untergehende Sonne tauchte die Fassade in rot-grünen Schein und erfüllte die Fenster mit Feuer. Aber es war nur ein trügerischer Schein, denn im Inneren war es seit fünf Jahren dunkel und kühl – wie in George' Herzen.

Er sperrte die Haustür auf, blieb auf der Schwelle stehen und blickte hinab zum See. Er hörte das Heulen des Winds und sah den Wall und die Felder, über die die Schatten immer schneller krochen.

Früher hatte er die Sonnenuntergänge gemocht, besonders das Farbenspiel auf dem See. Egal zu welcher Tages- und Jahreszeit bot der Bodensee seine ganz eigene Stimmung. Ob im Winter bei Schnee, im Frühjahr in Grüntönen, im Sommer glitzernd blau oder im Herbst satt in Goldbraun – der Anblick war trotz der harten Arbeit und der Gefahren immer Balsam für seine Seele gewesen. *Bis du gegangen bist …*

George ballte die Hände zu Fäusten, das Feuer des Sees in den Augen. Er hätte sie nicht gehen lassen dürfen, er hätte den Wahnsinn von vornherein unterbinden sollen, denn anders konnte man es nicht bezeichnen, dieses sinnlose Hirngespinst aus Hoffnung und Träumereien. Den Mond zurückholen … lächerlich!

Zum Glück kam Joris nach ihm, war bodenständig und bescheiden. Er träumte nicht davon, die Welt zu retten. Das durften gern andere tun. Spinner wie seine Mutter …

George riss sich mit einem Ruck vom Sonnenuntergang los und betrat das Haus. Wie erwartet war es still und finster. Wegen des Sturms von der Morgenrota waren die Rollläden noch unten. Das Dunkle hatte George schon immer gemocht, die Stille jedoch nicht. Er musste immer an die letzten Stunden seiner Mutter denken. Neben ihrem Bett war er gesessen, hatte ihre kalte, knochige Hand gehalten und mit ihr auf den Tod gewartet. Kein Wort hatten sie miteinander gesprochen, keine Musik war gelaufen, nicht einmal der Wind hatte geheult.

Auch Celine hatte die Stille nicht gemocht. Das Erste, was sie täglich nach dem Aufstehen getan hatte, war Musik einzuschalten. Oder sie hatte geredet. Endlos hatte sie mit ihm plaudern können, über Gott und die Welt. Und natürlich über den Mond und die Gerüchte, die mehr als nur Gerüchte waren.

Keine Wissenschaftlerin und kein Wissenschaftler, die etwas von Physik verstanden, glaubte die offizielle Fassung von dem zufällig entstandenen Wurmloch. Viel plausibler und wahrscheinlicher war, dass der Mond von Menschenhand entfernt worden war, vermutlich nicht absichtlich, sondern im Zuge eines Unfalls oder einer Katastrophe. Celine hatte immer gesagt, dass er *weggebeamt* worden war. Per Quantenverschränkung auf Basis der Quantengravitation.

Wie sie ihm das immer erklärt hatte, hatte es wirklich plausibel geklungen, gestützt von Fakten.

Im Jahr 2071 war der Wissenschaft nämlich der Durchbruch in der Quantengravitationstheorie gelungen. Forschende aus aller Welt hatten es endlich geschafft, die allgemeine Relativitätstheorie und die Quantentheorie zusammenzuführen. George hatte die Details nicht verstanden, es ging aber irgendwie darum, dass Albert Einstein postuliert hatte, dass sich nichts schneller als das Licht bewegen könne.

Dann kam aber das Phänomen der Quantenverschrän-

41

kung auf. Zwei Teilchen teilten sich denselben Zustand, obwohl eine große Distanz zwischen ihnen lag. Trotzdem wurden dabei keine Informationen transportiert … erst der Entrepreneur und Visionär Thore DeWitt schaffte es mit seiner Firma, das Problem mithilfe der Quantengravitation zu lösen. Er verknüpfte irgendwie die beiden Quanten über einen zusätzlichen, im Schleifengeflecht des Kosmos verborgenen Rückkanal – ähnlich wie zwei Lichtschalter an der Wand, die scheinbar unabhängig voneinander arbeiten, aber über eine Unterputzleitung miteinander verbunden waren –, sodass auch eine instantane Informationsübertragung ermöglicht wurde.

Schleifengeflecht und *instantan.*

An die beiden Fachbegriffe erinnerte sich George lustigerweise noch. Celine hatte noch viel mehr erzählt, aber der Rest war ihm entfallen. Er konnte nur das *big picture* wiedergeben, nämlich dass aus den Quantenkommunikationsnetzwerken eine Quantenteleportation entstanden sein könnte, die den Mond weggebeamt hatte. Davon war Celine zumindest überzeugt gewesen.

Ob sie noch lebte?

In den letzten Jahren häuften sich Berichte von Verhaftungen und Hinrichtungen der Mondkultisten durch NOCOM. Anhänger des Mondkults glaubten, dass man irgendwie den Mond zurückholen und die Welt wieder in den ursprünglichen Zustand bringen könnte.

Celine hatte auch davon geträumt – gefährliche Träume, wie George fand. Deswegen waren sie auch immer öfter aneinandergeraten, bevor sie gegangen war. Für ihn war die Vorstellung völlig absurd. Die Erde hatte gut sechzig Jahre gebraucht, bis sich die Rotationsgeschwindigkeit eingependelt und stabilisiert hatte. Es war eine Zeit der Umbrüche gewesen, daytime corrections, neue Kalendermodelle und, und, und. Eine Rückkehr des Monds würde die Welt ein zweites Mal für Jahrzehnte ins Chaos stürzen – mit ungewissem Ausgang. Womöglich löschten die Mondkultisten mit so einem Wahnsinn sogar das gesamte Leben aus. Warum also eingreifen? *Never touch a running system*, egal wie fragil und beschwerlich es sein mochte.

George trottete in die Küche, stellte seinen Rucksack auf seinen Stuhl und aktivierte den Getränkespender. Er ließ sich ein Weißbier generieren, einer der wenigen Genüsse, die er sich noch gönnte.

Ein Glas mit wunderbarer Schaumkrone in der Hand, sank er an den Küchentisch. Er war kein Mann, der nur vom Bier nippte. Nach wenigen Schlucken hatte er das Feierabendbier geleert, seufzte tief, die Lippen voller Schaum, und stellte das Glas in die Spüle. Danach wusch er sich, wechselte die Arbeitskleidung gegen bequeme Klamotten und kümmerte sich ums Abendessen. Es gab Bratkartoffeln mit Speck. Letzteren hatte er vom Herrn Doktor bekommen, weil er ihm im Haus die Abflüsse repariert hatte.

Die Kartoffeln brauchten im Dampftopf zwölf Minuten. Danach schnitt George sie in dicke Scheiben, gab einen Spritzer Triglyceridtinte in die Pfanne, platzierte die Kartoffeln und Speckwürfel darin und aktivierte die Induktion. Bratdunst erfüllte kurz darauf die Küche.

Wo blieb eigentlich der Junge? Joris müsste langsam eintrudeln. Er wusste doch, dass er nicht trödeln sollte.

George warf einen Blick zum Fenster hinaus. Ruhig sah der Bodensee aus, aber der Schein trog, wie sie heute bei Sandrino – Gott habe ihn selig – wieder einmal erleben mussten. Auch der Sturmwarner schaltete auf Orange. Mit etwas Pech würde sich wieder etwas zusammenbrauen.

Zurück am Herd, kontrollierte George Speck und Kartoffeln. Die Unterseiten verbrannten schon fast, Zeit, sie zu wenden.

Danach erwischte er sich wieder am Fenster. Die Abendrotadämmerung war längst angebrochen. Jetzt ging es schnell, man konnte zusehen, wie die Sonne im Westen versank.

Wo blieb Joris? Und warum bekam George ein immer seltsameres Gefühl in der Magengegend?

Als die Kartoffeln endgültig fertig waren, hielt er es kaum mehr aus. Er zwang sich trotzdem, seine Portion zu essen, tat es allerdings viel zu hastig, und noch mit Fett auf den Lippen verließ er keine fünf Minuten später mit Jacke, Stirnlampe und Rucksack das Haus.

Der Himmel war nur noch stahlgrau, und der schneidende Wind nahm ihm beinahe den Atem, doch von Joris fehlte jede Spur.

»Mach mir keine Dummheiten, Junge«, murmelte George und aktivierte die Stirnlampe.

Kurz darauf war er nur noch ein wankender Lichtstrahl in der Dunkelheit, der sich den Hang hinab zu den Feldern kämpfte.

Kapitel 6

»Mama?« Joris brachte das Wort kaum über die Lippen. Er wollte nicht glauben, wen er sah.

Die Augenlider der Frau flatterten. Sie ächzte.

Joris trat noch näher ran. Sein Herz pochte. Sein Mund war voller klebrigem Speichel. *»Mama?«*

»Mama«, wiederholte sie, und die Ahnung eines Lächelns huschte über ihr Gesicht. Dann ein Stirnrunzeln. »Joris?«

Er erschauderte. Sie kannte seinen Namen und sah aus wie seine Mutter! Aber Celine war doch im Sturm gestorben! *Das hat dein Vater erzählt, aber hast du ihren Leichnam gesehen? Bist du dabei gewesen, als sie umkam?*

War Joris nicht, aber warum sollte sein Vater lügen? Und warum sollte Celine sie beide allein lassen? Wozu?

Er sank an die Seite der Frau und sagte ein drittes Mal: »Mama?«

Endlich schlug sie die Augen auf und räumte jeden Zweifel aus der Welt. Es waren ihre dunkelbraunen Augen mit den hellen Sprenkeln. Augen, die er kannte, so voller Lachen, voller Lebensfreude, voller Liebe. Jetzt standen Schmerz und irgendwie auch Verwirrung in ihnen.

Tränen verschleierten seinen Blick. »D-d-du bist es wirklich. A-aber … warum?«

Ihr Kehlkopf hob und senkte sich. »Hol George, Joris!«

Er schüttelte den Kopf. »Bis Vater zu Fuß runterkommt, dauert es zu lange. Der Sturm wird wieder stärker. Ich ruf Gustav mit dem Wagen.« Er wollte den Kommunikator aktivieren, doch ihre Hand legte sich auf seine.

45

»Nur George!«

»Aber —«

Ein Kopfschütteln. »Hör zu«, stieß sie hervor. »Niemand darf erfahren, dass ich hier bin.«

Joris hatte keine Ahnung, warum das so sein sollte, aber er glaubte seiner Mutter und rief nur seinen Vater an. Es klingelte und klingelte.

»Vater geht nicht ran!«, sagte er über das Rauschen des Gehölzes hinweg und biss sich auf die Unterlippe. »Der hört einfach nicht!«

»Dann ins Zelt. Du hast dein Rettungskit dabei, oder?«

»Klar.«

»Dann los! Hilf mir!« Stöhnend stemmte sie sich hoch. Mit seiner Unterstützung kam sie auf die Beine, doch ihr ganzes Gewicht zerrte an seiner Schulter, und da erst bemerkte er, dass ihre Hose am linken Oberschenkel feucht schimmerte.

»Ist das Blut?«, stieß er erschrocken hervor. »*Mama!* Du bist ja verletzt!«

»Geht schon.« Sie schluckte schwer. »Zum Biwak, bevor der Sturm vollends losbricht. Los jetzt!«

Schritt für Schritt schleppten sie sich zurück zur Lichtung. Der Wind pfiff über das Gehölz hinweg, riss Nadeln von den Ästen, ließ sie wogen und peitschen, als wollte er sie am Vorwärtskommen hindern, doch Mutter und Sohn schafften es bis zur krüppeligen, massigen Kiefer, die den Winden stoisch trotzte.

Die Außenhaut des Zelts blähte sich, und der Eingang flatterte, als Joris die Plane aufschlug. »Du musst reinkriechen!«, schrie er über das zunehmende Tosen hinweg. »Ich kann dich nicht heben.«

Celine nickte, sank entkräftet auf die Knie und schob sich ins Innere.

Joris sah die Blutspuren, die sie am Zelteingang hinterließ. Er musste unbedingt die Blutung stoppen, und danach konnte er nur noch beten, dass der Sturm keine Bäume entwurzelte. Das war die größte Gefahr im Gehölz: umgeknickte Bäume, deren Gewicht einen erdrückte.

Hinter seiner Mutter kroch er ebenfalls ins Biwak. Innen war es dunkel und so eng, dass sie kaum nebeneinander Platz hatten, und doch schaffte es Joris, den Rucksack abzunehmen und auszuleeren. Er aktivierte das Notlicht des Sturmwarners, und matter Schein erfüllte das Zelt.

»Wir müssen die Wunde verarzten«, sagte er und hatte doch keine Ahnung, was zu tun war. Er riss einfach mal das Erste-Hilfe-Set auf. Mull und Binden sprangen ihm entgegen, verteilten sich im Zelt.

»Muss wieder aufgebrochen sein«, murmelte Celine. Schweiß glänzte auf ihrer Stirn, und sie schloss die Augen, als wollte sie einschlafen.

»Hey!«, rief Joris. »Da bleiben! Nicht wegdämmern! Scheiße!« Er rüttelte sie, doch Celine öffnete nicht wieder die Augen. Sie sank vollends in sich zusammen.

Wieder traten ihm Tränen in die Augen, und er schrie vor Zorn. Er fand doch nicht seine totgeglaubte Mutter, nur damit sie ihm unter den Fingern wegstarb. *Also reiß dich zusammen, Joris, und denk nach. Als Erstes: Blutung stoppen!*

Wenn er sich richtig an den Notfallunterricht erinnerte, musste er die Wunde abbinden. *Druckverband, genau!* Nur wo trat das Blut aus? Er leuchtete mit dem Sturmwarner und fand die Stelle oberhalb des Oberschenkels. Es sah wie eine Schusswunde aus.

Was erst mal völlig egal war. Er packte Mullbinden und presste sie auf die Stelle. Danach wickelte er Verbandszeug ab und versuchte, die Binden auf der Wunde zu fixieren.

Er bekam es nicht hin: Das Zeug hielt nicht oder verrutschte, und Joris kreischte vor Verzweiflung.

Nutze deinen Gürtel!, schoss es ihm durch den Kopf. Das hatte er mal in einem Film gesehen. *Klar! Gürtel!*

Er öffnete die Schnalle und zerrte ihn aus seiner Hose. Es war ein alter von seinem Vater, aus Leder, breit und rissig, aber genau richtig, um eine Schussverletzung abzubinden. Er schlang ihn um Celines Bein und zerrte ihn oberhalb der Wunde fest. Die Schnalle rastete ein.

Celine stieß ein Seufzen dabei aus, wachte aber nicht auf.

Joris sank auf die Hacken, atmete mehrmals tief durch und probierte es dann erneut bei seinem Vater. Keine Chance. Was bitte tat sein Vater gerade? Er müsste doch längst besorgt sein und auf ihn warten. Warum ging George nicht ran?

Joris überlegte, ob er es doch bei Gustav versuchen sollte, entschied sich jedoch dagegen. Seine Mutter war deutlich gewesen: Nur Papa informieren.

Also blieb Joris nichts anderes übrig, als zu warten, bis der Sturm nachließ. Falls er nachließ. Die Zeltplane dellte sich inzwischen ziemlich heftig nach innen, und das im Windschatten der Kiefer. Joris vermutete, dass die Winde mittlerweile mindestens mit siebzig oder achtzig Kilometern pro Stunde über das Gehölz fegten. Ab hundertzwanzig sprang der Sturmwarner auf Rot, ab zweihundert auf Violett. Und das war noch nicht das Maximum. Bis zu fünfhundert Kilometer in der Stunde konnten die schlimmsten Stürme durch die erhöhte Erdrotation erreichen, zum Glück kamen die nur alle paar Jahre vor und eher an den Küstenregionen. Die Alpen bremsten dafür zu sehr.

Joris war froh darum, denn ihm reichte es auch so.

Als wieder eine harsche Böe das Zelt niederdrückte und

ihm die Schutzplane ins Gesicht presste, meldete sich sein Sturmwarner mit einem eingehenden Anruf.

»Annehmen!«, schrie Joris. *»Annehmen!«*

»Junge?! Wo zum Teufel steckst du?« George brüllte über den Lärm hinweg und war trotzdem kaum zu verstehen.

»Im Gehölz! Gleich am Südende des Walls! Ich hab −«

»Im Gehölz? Beim Mond! Ich bin gleich da.« Der Anruf wurde unterbrochen.

Joris zischte einen Fluch. »Wenn du einmal zuhören würdest!« Wie sollte George sie im Dunkeln finden? Er musste das Signallicht aktivieren. An jedem Biwak war eines installiert, das mit einem Akku ausgestattet für vierundzwanzig Stunden hell blinkte. Auch Celines Biwak hatte die kleine Kugel über dem Eingang in der Naht. Joris drehte die beiden Hälften gegeneinander und aktivierte sie. Rot erglühte es, *Puls!*, und wieder dunkel und wieder flammend rot, *Puls!*, und wieder dunkel.

Als er sich wieder seiner Mutter zuwenden wollte, splitterte Holz, und etwas traf das Zelt. Joris bekam einen Stoß gegen den Kopf, ächzte und sackte neben seine Mutter. Er sah noch verschwommen den gebrochenen Ast ins Zelt ragen, der die Plane zerrissen hatte, das Blitzen des Signallichts, *Puls!*, und in dessen kurzen Schein das Chaos im Gehölz.

Der Teufel schien mal wieder zu tanzen, anders konnte man den Wahnsinn draußen nicht erklären.

Mehr bekam Joris nicht mehr mit, denn beim nächsten *Puls!* war er schon wie seine Mutter in die Ohnmacht hinübergeglitten.

Kapitel 7

»Im Gehölz? Beim Mond! Ich bin gleich da.« George beendete unfreiwillig mit einer Berührung des Sturmwarners die Übertragung, bekam das Lenkrad wieder zu fassen und gab Gas. Er hatte kurzerhand aus der Feldstation den Wagen genommen, mit dem sie Sandrino zurückgebracht hatten. Er steuerte den Bock im Windschatten des Walls gen dessen Ende und fragte sich, was seinen Sohn nur geritten hatte.

Aber vielleicht tat er ihm auch unrecht; der Sturm konnte bei den Feldern durchaus schneller aufgezogen sein, woraufhin sich Joris womöglich im Gehölz in Sicherheit gebracht hatte. Dass man sich dort im allerletzten Notfall verschanzen konnte, lernte heutzutage jedes Kind.

Eigentlich müsste sich George an die eigene Nase fassen. Er hatte dem Jungen erlaubt zurückzukehren. Wenn Joris was passierte, dann ging das ganz allein auf seine Kappe.

»Es passiert schon nichts.« Wieder riss er hart am Lenkrad, um einem Ast auszuweichen, der urplötzlich vor ihm auf dem Weg auftauchte. Das war nicht gut. Gar nicht gut.

George gab nochmals Bodenblech und glitt durch die tosende Nacht, bis das Ende des Walls vor ihm auftauchte. Er parkte noch im Schutz des Walls, holte das Paar Kraller aus der Box unterm Sitz und zog sie über. Kraller waren kniehohe, klobige Stiefelüberzieher aus Mesh und Metall, die mit Riemen an den Beinen befestigt wurden. In ihnen war eine sensorgesteuerte Hydraulikvorrichtung verbaut, die Krallen aus Edelstahl zentimetertief in den Boden grub. Damit konnte man selbst dem Sturm die Stirn bieten.

Zusätzlich ausgestattet mit Gesichtsmaske und Sauerstoffflasche, um den Boluseffekt zu umgehen, kletterte George schließlich aus dem Wagen. Beinahe wäre ihm die Tür aus den Händen gerissen worden, doch er bekam sie mit seinem Körpergewicht zugedrückt.

Für einen Moment hielt er nochmals inne, wappnete sich für den Sturm, um dann loszumarschieren. Vorerst ließ er die Kraller deaktiviert, um schneller voranzukommen. Es war auch so schon beschwerlich genug mit ihnen, denn die Teile wogen fast sieben Kilo.

Vornübergebeugt kam er an den nackten Pfeilern an. Er wagte einen Blick, und bekam den Wind wie eine Faust ins Gesicht. Doch George war hart im Nehmen, hielt sich an einem der Träger fest, aktivierte endlich die Kraller und kämpfte sich ums Eck. Bei jedem Schritt gruben sich die Krallen in den Boden und lösten sich am einen Fuß, sobald der andere verankert war. Es ging damit furchtbar langsam voran, doch es ging voran, und George kämpfte sich bis zur Rampe. Das wogende Gehölz lag vor ihm, schleuderte Nadeln und Äste gegen ihn. Nirgends war Joris' Biwak zu erblicken. Auch kein Licht – *halt!* Was war das gewesen?

Und wieder: ein roter Schimmer, schwach und mindestens einhundert Meter entfernt im Inneren des Gehölzes.

Ein Signallicht.

Guter Junge. George las die Richtung vom Sturmwarner ab, Südsüdwest, merkte sich seine Ausgangsposition und krallerte los. Als er ins Gehölz eintauchte, ließ der Wind ein wenig nach, doch die wogenden, armdicken Äste waren nicht minder gefährlich. Ein Treffer reichte, um ihn auszuknocken. Aber George ließ sich nicht treffen. Er bewegte sich schnellstmöglich, aber mit maximaler Vorsicht durch den Krüppelwald.

Schweißnass und schwer schnaufend erreichte er

schließlich eine Lichtung. Auf der anderen Seite pulsierte das Signallicht. *Puls!* Es stammte von einem Biwak unter einer Kiefer.

»Joris!«

George krallerte weiter, bis er im nächsten *Puls!* den gesplitterten Ast sah, der das Zelt durchstoßen hatte. Er jaulte vor Wut und Zorn und Furcht um seinen Jungen, deaktivierte die Kraller und rannte gegen den Wind in gefühlter Zeitlupe zum Zelt.

Als das Licht seiner Stirnlampe auf den Eingang fiel, realisierte er, dass es nicht Joris' Biwak war. Das war neongrün, damit man es im Notfall von Weitem sah, das Zelt vor ihm war jedoch in Tarnfarben gehalten und von ganz anderer Qualität. Highend eigentlich.

Aber es war völlig egal, wessen Zelt es war.

»Joris!«

George machte sich nicht die Mühe, den Eingang zu öffnen, sondern riss das Loch einfach weiter auf. Er gewahrte zwei Gestalten, die im Inneren lagen. Die obere war sein Junge. Er zerrte ihn von der fremden Person herunter, um ihn erleichtert an sich zu drücken, als der Strahl seiner Lampe das Gesicht der anderen Gestalt streifte.

George erstarrte und vergaß den Sturm und die Gefahr, in der sie alle schwebten.

Er blickte nur auf die Frau vor ihm. Es war seine. Es war Celine.

Kapitel 8

Joris erwachte mit pochendem Schädel und wusste im ersten Moment nicht, wo er sich befand. Über ihm erstreckte sich nackter Beton. Runde Strahler waren darin eingelassen, glommen in mattem Schein. Und warum lag er auf einer Pritsche, zugedeckt mit einem weißen Laken?

Der Sturm! Das Zelt! Mama!

Die Erinnerung ließ ihn hochklappen wie ein Springmesser. Sofort packte ihn eine Woge Übelkeit, doch er bekam sie in den Griff. Als er sich genauer umsah, erkannte er das Zimmer. Er war schon ein paarmal hier gewesen. Es war eines der Behandlungszimmer des Doktors.

Gerald Schelling nannten alle den Herrn Doktor. Der Mittfünfziger war im Wannental groß geworden, gehörte zu den wenigen, die ein Stipendium bekommen hatten, war zum Studieren nach München gezogen, wo ihm aber wegen mittelmäßiger Leistungen die Unterstützung seitens der Regierung wieder entzogen worden war. Ohne Abschluss war er als gescheiterter junger Mann in seine Heimat zurückgekehrt, wie Vater mal erzählt hatte. Im Laufe der letzten zwanzig Jahre war er dann aber doch zum Arzt geworden, wenn auch ohne Zulassung, aber auf dem Land interessierte niemanden ein Fetzen Papier.

Gedämpfte Stimmen drangen aus dem Nebenraum herüber. Joris bemühte sich, die Worte zu verstehen, erkannte aber nur, dass es sein Vater und Schelling waren. Er glitt von der Pritsche und schlich zur Tür. Die war nur angelehnt, und so konnte er sie geräuschlos aufdrücken und in den dunklen Flur huschen.

Am Ende lag Schellings Sprechzimmer. Licht sickerte unter dem Türblatt hindurch. Joris blieb davor stehen, hielt die Luft an und lauschte.

»Und du hast keine Ahnung, warum sie zurückgekommen ist?«, fragte der Doktor.

»Nein. Ich hab seit fünf Jahren nichts mehr von ihr gehört. Kein einziges Wort. Nicht das geringste Lebenszeichen.«

Der Arzt seufzte. »Das ist in der Tat seltsam. Und dann auch noch angeschossen. Was da wohl passiert sein mag?«

»Das werde ich sie fragen, sobald sie aufwacht. Wann wird das sein?«

»Sobald sich ihr Kreislauf stabilisiert hat. Das kann in ein paar Minuten sein oder in ein paar Stunden. Länger wird es nicht dauern.«

»Wird sie wieder … gesund?«

»Ich sehe keine Gründe, die dagegensprechen. Es sind weder Sehnen noch Nervenbahnen verletzt, auch keine Gelenke. Zum Glück hat sich die Wunde nicht besorgniserregend entzündet. Das Antibiotikum sollte also reichen, damit sie bald wieder auf den Beinen steht. Ich frage mich nur, wo sie sich eine Schusswunde eingefangen hat.«

»Das frag ich mich auch. Kannst du sagen, wie lang das her ist?«

»Jein. Mit einer histochemischen Untersuchung könnte ich das auf zwei Stunden genau bestimmen, aber dafür fehlen mir die Möglichkeiten. Ich schätze aber aufgrund des Entzündungsgrades, dass die Wunde drei bis vier Tage alt ist.«

Ein Moment der Stille, bis Joris' Vater fragte: »Wie weit kommt man zu Fuß mit so einer Wunde?«

Der Doktor seufzte wieder. »Frag mich was Leichteres. Mit den entsprechenden Stimulanzien wahrscheinlich genauso weit wie ein Gesunder.«

»Ist sie etwa auf Drogen?«

»Nein, George.«

»Aber sie hat was im Blut, oder? Sonst hättest du das nicht gesagt.«

Schweigen.

»Komm schon! Ich bin ganz offiziell noch ihr Mann.«

Ein langes Ausatmen. »Ja, sie ist hochgepushed. Der Schnelltest hat auf Erythropoetin und Ephedrin angeschlagen.«

»Das hört sich gefährlich an. Wozu sind diese Mittel gut?«

»Ersteres ist ein Hormon, welches das Wachstum und die Bildung von roten Blutkörperchen fördert. Der Sauerstoffgehalt kann so erhöht werden, entsprechend die Ausdauerleistung. Die Gefahr ist, dass sich das Blut zu sehr mit roten Blutkörperchen verdickt. Extremfall: Herzinfarkt.«

»Und das andere?«

»Ephedrin wirkt stimulierend auf das Nervensystem. Außerdem wird das körpereigene Warnsystem umgangen. Man kann also die letzten Kraftreserven aus sich rausholen. Ich vermute, dass Celine sich eine Dosis verabreicht hat, um trotz der Verletzung voranzukommen. Die Frage ist nur, wie sie an solche Mittel gekommen ist. Die kriegst du nicht ohne Connections. Ich könnte das nicht beschaffen.«

»Also gibt es das Zeug nur in einer Großstadt?«

»Genau. Und selbst da nur mit den entsprechenden Kontakten. Aber lassen wir die Spekulationen, die führen eh zu nichts. Ich schau lieber mal nach ihr.« Stuhlbeine schabten über Fliesen. Schritte im Raum.

Joris wich zurück, doch er hatte den Flur noch nicht zur Hälfte durchquert, als die Tür aufging und der Doktor sagte: »Oh!« Er hatte sich gleich wieder im Griff und lächelte. »Hallo, Joris! Du bist ja wach. Schön. Wie fühlst du dich?«

»Könnte besser sein.«

»Schmerzen?«

»Der Kopf brummt ziemlich.«

»Nicht verwunderlich. Sonst irgendwas?«

»Nein.«

»Das freut mich zu hören. Möchtest du was trinken?«

»Wo ist Mama?«

George erschien neben dem Doktor in der Tür. Für einen Moment glaubte Joris, sein Vater würde zu ihm eilen und ihn in den Arm nehmen, aber dann fragte George nur mit verschlossener Miene: »Du willst sie sehen?«

»Klar will ich sie sehen!« Zorn flammte auf. »Was glaubst du denn? Ich hatte bis zur Abendrota gedacht, sie sei tot! *Tot!*«

George schürzte die Lippen. »Wirf es nicht mir vor. Es war ihre Idee.«

»Ihre?«

»Ja, das ist ganz allein auf Celines Mist gewachsen.«

»Mist?«

George rollte mit den Augen. »Ich werd es dir erklären, nein, *wir* werden es dir erklären, sobald sie wach ist. Vorher aber muss ich wissen, was passiert ist. Wie hast du sie gefunden? War sie allein? War noch jemand im Gehölz?«

Joris schüttelte den Kopf. »Da war sonst niemand. Ich hab den Rucksack geholt, wie abgesprochen, dann bin ich aus einem Gefühl heraus auf den Wall gestiegen und hab eine Gestalt im Gehölz gesehen. Der bin ich hinterher, weil ich erst dachte, es könnte eines der Kinder sein, und es ist doch gefährlich bei Sturm, aber dann war's Mama. Mama …« Joris' Stimme brach, und für einen Moment war er nur seine vierzehn Jahre alt.

Der Doktor nahm ihn in den Arm, doch Joris riss sich los und räusperte sich. »Also«, sagte er bestimmt, »kann ich sie jetzt sehen?«

»Selbstverständlich.«

Celine lag in einem anderen Zimmer auf einer Behandlungsliege. Sie bekam eine Infusion. Aus dem Beutel tropften die letzten Reste in den Schlauch.

Joris trat an ihre Seite. Im hellen Licht sah sie noch blasser aus. *Auch schlank im Gesicht, fast wie eine Füchsin,* überhaupt nicht mehr so rund, wie er es in Erinnerung hatte.

»Wird sie wieder gesund?«, fragte er leise.

»Davon gehen wir aus.«

»Und ihr Bein?«

»Ach, das wird wieder. Ist eigentlich gar nicht so schlimm.«

Joris nickte. Mehr Fragen wollten ihm plötzlich nicht mehr einfallen, obwohl ihm tausend durch den Kopf geschwirrt waren. Seine Hand griff nach ihrer, die auf dem Laken neben ihrer Hüfte ruhte, und drückte sie.

Sie reagierte nicht.

»Gib ihr noch etwas Zeit.« Der Doktor trat neben Joris. »Sie muss sich ausruhen.« Seine warmen Hände legten sich auf Joris' Schultern und führten ihn mit sanfter Gewalt zum Ausgang.

Als Joris zurückblickte, stand sein Vater noch neben Celine an der Liege. Auch George wollte nach ihrer Hand greifen, zögerte jedoch und ließ seine Hand wieder sinken. Ebenso den Kopf. War das eine Träne, die da herabtropfte?

»Komm!« Der Arzt schob Joris aus dem Zimmer. »Gib deinem Vater einen Moment mit ihr. Und trink bitte etwas. Dich hat der Ast ganz schön am Kopf erwischt. Das wird eine saftige Beule, das kann ich dir sagen. Eine richtige

pralle Aubergine. Mit der kannst du in der Schule ange-
ben.« Er lachte, doch selbst Joris begriff, dass es nur aufge-
setzt war.

Als sein Vater ins Sprechzimmer zurückkam, sprang Joris
auf. Die tausend Fragen waren wieder da und sprudelten
nur so aus ihm heraus: »Was ist jetzt mit Mama? Warum
habt ihr mir erzählt, sie sei gestorben? Warum war das ihre
Idee? Was soll der Scheiß?«

»Lass das Fluchen!«, brummte George, während er am
Tisch niedersank. »Es steht dir nicht.«

»Und dir nicht das Lügen!«

Das Gesicht von George verdüsterte sich. »Da hast du
recht, Junge. Ich wollt's auch nie. Wie gesagt: Es war *ihre*
Idee.«

»Das hast du schon gesagt, aber *warum* wollte sie weg?
Warum hat sie uns zurückgelassen? Etwa wegen eines anderen?«

Sein Vater schüttelte den Kopf. »Nein, da war kein anderer.«

»*Was war dann los?*« Joris platzte beinahe vor Spannung,
doch George machte keine Anstalten, mit der Wahrheit
herauszurücken. Er strich sich nur über das müde Gesicht.

»Du kannst es ihm ruhig sagen«, bekam Joris zu seiner
Überraschung Unterstützung vom Doktor. »Spätestens Celine wird es ohnehin tun, sobald sie aufwacht.«

Ein tiefes Seufzen. Ein Blick aus traurigen Augen.

Dann ein Satz wie ein Faustschlag: »Deine Mutter gehört zum Mondkult.«

Joris klappte der Mund auf. »Zum Mondkult?«

»So ist es.«

»A-a-aber warum?«

»Weil sie eine Träumerin ist. Schon immer war.«

»Na ja«, sagte der Doktor, »da steckt schon mehr als nur Träumerei dahinter, George.«

Das wollte sein Vater jedoch nicht hören. Er funkelte den Arzt an, als wäre er der Teufel persönlich, doch dann nickte er. »Leider.«

»Wie *leider*? Könnt ihr endlich mal aufhören, in Rätseln zu sprechen?«

»Können wir«, sagte der Doktor. »Also: Deine Mutter ist Wissenschaftlerin. Hat Physik studiert, bevor sie zu uns ins Wannental kam.«

Joris wollte das nicht glauben. Seine Mutter eine Physikerin? »A-a-aber was bitte soll eine Physikerin hier am See? Da ist doch nichts.«

»Eben«, sagte George bitter. »Deswegen kam sie ja. Um sich zu verstecken.«

»Vor NOCOM«, fügte der Doktor hinzu. »Sie hatte damals einen Mäzen fürs Studium, jemanden, der sie gefördert und unterstützt hat. Jemanden vom Mondkult. Sie wurde speziell ausgewählt und ausgebildet.«

»Um dann in der Abgeschiedenheit des Sees auf ihren Einsatz zu warten«, vollendete George die Erklärung. »Nur kam ich ihr dazwischen. Wir haben uns ineinander verliebt, und dann kamst du, und da hat sie mir alles erzählt. Oh, war ich sauer, stinksauer sogar, aber dann gingen Monate ins Land, und nie kam der Ruf des Kults. Irgendwann hatte ich das gar nicht mehr auf dem Schirm, bis sie vor fünf Jahren doch noch abberufen worden ist.«

Joris musterte seinen Vater ungläubig. »Und warum hast du mir das nie erzählt? Warum diese … diese fiese Lüge von ihrem Tod? Weißt du, wie schlimm das war?« Ihm traten Tränen in die Augen. »Ich hab gedacht, Mama wäre gestorben!«

George sah seinen Jungen nicht an, flüsterte nur: »Es ging nur um deinen Schutz.«

Ein Schluchzen quälte sich über Joris' Lippen. »*Schutz?* Vor wem bitte schön?«

»Vor NOCOM und der Regierung.« Der Doktor mit seiner kühlen Arztstimme. »Du weißt doch, dass die Mitwirkung am Mondkult unter Strafe steht?«

»Das weiß jedes Kind.«

»Eben. Deswegen die Lüge. Ein falsches Wort, und wir hätten einen Soldatentrupp hier gehabt. Die hätten dich und deinen Vater als Geiseln genommen, um Celine zu erpressen. Da wird nicht lang gefackelt, wenn es um den Mond geht.«

»Aber warum? Was ist denn so schlimm am Mondkult? Die wollen doch nichts Böses.«

»Das kann man so und so sehen«, sagte der Arzt. »Der Kult besteht nicht nur aus Spinnern und Esoterikern, wie oft propagiert wird, sondern überwiegend aus Wissenschaftlerinnen und Wissenschaftlern, die sich der Aufgabe verschrieben haben, den Mond zurückzuholen.«

»Damit unser Leben einfacher wird.« Das hatte Pete mal erzählt. »So wie früher.«

Der Arzt lächelte milde. »Das ist das eherne Ziel, ja, aber es geht um den Weg.«

»Wie man den Mond zurückholen könnte«, fuhr sein Vater fort. »Man geht davon aus, dass er weggebeamt wurde.«

»*Gebeamt?*« Joris dachte an Petes Worte von der Morgenrota: *Ein waberndes, oszillierendes Leuchten soll ihn eingehüllt haben, kurz bevor er verschwand!*

»Teleportiert wäre korrekter formuliert, und wenn das stimmen sollte, wäre es bestimmt auch möglich, ihn zurückzuteleportieren.«

Der Doktor hob den Zeigefinger. »Aber genau da steckt der Teufel mal wieder im Detail. Man muss mit gravierenden Folgen rechnen.«

»Dann käme die Zeit eines neuen Übergangs«, erklärte sein Vater. »Abnehmende Erdrotation, längere Tage und so weiter.«

»Aber das wäre doch gut, oder nicht? Das würde weniger Stürme bedeuten.«

»Schon, aber eben auch die Gefahr, dass das fragile Gleichgewicht, das sich mittlerweile eingestellt hat, zerstört wird. Mit ungewissen Folgen. Allein wenn die Distanz zwischen Mond und Erde nicht stimmen würde, könnte es uns alle das Leben kosten. Oder stell dir nur vor, der Mond würde *in* der Erde erscheinen. Dann gäbe es einen großen Knall, und alles wäre aus.«

»Die Wahrscheinlichkeit für dieses Szenario liegt bei weniger als einem Zehntel Promille, Gerald.«

Alle wandten sich um. Celine stand im Türrahmen und sagte: »Auch die Wahrscheinlichkeit eines Auseinanderdriftens sowie der umgekehrten Variante, eines Impakts, tendiert gegen null. Wir wissen mittlerweile aufgrund eines Funkspruchs, dass sich der Mond in seinem neuen System mit gleicher Geschwindigkeit fortbewegt, zwar auf einem anderen Orbit, aber das ist nicht entscheidend. Die Geschwindigkeit hat uns am meisten Kopfzerbrechen bereitet. Und wir haben mittlerweile auch in Erfahrung gebracht, dass wir die Informationen für einen Rückteleport über einen Kanal im Quantenschaum, der unterhalb des Planck-Limits den Raum erfüllt, übermitteln können. Wir vermögen also sehr genau zu timen, wann wir den Mond zurückholen, und dann werden sich Erdanziehung und Zentrifugalgeschwindigkeit wieder ausgleichen. Wir können das hinbekommen!« Ein Lächeln huschte über ihr Gesicht und wurde breiter und breiter, bis sie über beide Ohren grinste. »Joris!«

»Mama!«

Noch ehe Joris sich versah, fiel er seiner Mutter in die Arme und erstickte seine Seufzer in ihrem Shirt, bis der Arzt rief: »Langsam, langsam, junger Mann, sie ist verletzt!«

»Schon in Ordnung.« Celine drückte Joris noch einmal fest an sich, bevor sie ihn von sich schob. »Aber setzen würde ich mich dann schon gern.«

Sofort sprang Joris zu einem der freien Stühle und bot ihn ihr an.

»Das ist lieb. Danke!« Sie sank auf den Stuhl, lächelte dem Doktor zu und wandte sich dann an George. »Hey«, sagte sie leise. »Schön, dich zu sehen.«

»Ja.« George rieb sich durch den Bart. »Freut mich, dass du lebst.«

»Mehr nicht?« Ein freches Zwinkern, und Celines Hand wanderte über den Tisch zu George. Der griff aber nicht danach, sondern verschränkte demonstrativ die Arme vor der Brust. Auch sein Gesicht wurde noch finsterer.

»Was willst du hier?«

Celine zuckte zusammen und zog die Hand zurück. »So ist das also.«

»Nein, nichts ist *so*, aber du tauchst nach fünf Jahren plötzlich auf, halb tot und angeschossen. Wäre Joris nicht zufällig am Wall gewesen, hättest du den Sturm vermutlich nicht überlebt! Verdammt, Celine! Was willst du plötzlich hier?«

»Ich will zu euch! Gott, hab ich euch beide vermisst!« Tränen glitzerten in ihren Augen, und sie kämpfte um ihre Fassung.

George blieb hart. »Und unterwegs hast du dir mal

schnell eine Schusswunde zugezogen und bist auf Drogen? Mach mir nichts vor, Celine! Du bist auf der Flucht. Warum kommst du dann ausgerechnet hierher?«

Sie funkelte ihn an. »Aus Liebe – wenn's um mein Herz geht. Aber faktisch hast du recht. Ich bin wegen der Brosche hier.«

»*Der Brosche?*« George brachte die zwei Worte kaum hervor. »Was bitte willst du mit der Brosche?«

»Ich brauch sie eben. Ihr habt sie doch noch. Oder?« Panik schien Celine plötzlich zu übermannen, und sie erhob sich abrupt, doch Joris fasste sich unter den Pullover und zog das silberne Schmuckstück in Form des Monds hervor. Es baumelte funkelnd an der feinen Silberkette.

Wo auch immer er ist, wird seine Magie sein.

»Du meinst die hier?«

Erleichtert sank Celine zurück auf den Stuhl. »Genau die. Ich wusste, dass du sie in Ehren halten würdest.«

Georges Fäuste donnerten plötzlich auf den Tisch. Eine Ader pulsierte auf seiner Stirn. »So ist das also, wusste ich es doch! Du hast den Jungen benutzt! Hinterhältig benutzt! Du hast seine Trauer als Versicherung genommen, um die Brosche zu schützen. Schämst du dich denn gar nicht?« Er spuckte auch noch vor ihr aus, sandfarben und schaumig, dann stand er auf und verließ das Zimmer. Die Tür krachte hinter ihm ins Schloss.

Celine wollte hinterher, doch der Doktor hielt sie zurück. »Das braucht Zeit.«

»Zeit, die wir nicht haben, Gerald. Der Timeframe steht.«

Joris hielt immer noch die Brosche hoch und war völlig überfordert. Er verstand nicht, warum sein Vater so wütend geworden war, von welchem Timeframe die Erwachsenen sprachen und was es mit der Brosche auf sich hatte.

Die hatte er aber in den Fingern, fühlte die Kettenglieder und die Kühle des Metalls, und deswegen fragte er: »Und wozu ist die jetzt?«

Celine sah ihn an, und da blitzten plötzlich Stolz und Eifer in ihren Augen. »Damit holen wir den Mond zurück.«

Kapitel 9

George kochte innerlich. Am liebsten hätte er auf die Tür des Sprechzimmers eingedroschen, doch er beherrschte sich. Der Doktor konnte nichts dafür, im Gegenteil: Gerald war eher auf seiner Seite.

Was Celine da von sich gab, war immer noch derselbe Irrsinn wie vor fünf Jahren. Quantenschaum und Planck-Limits. Die wollte es wirklich durchziehen, koste es, was es wolle.

George merkte, wie stark er zitterte. Um seine Wut loszuwerden, lief er den Flur entlang, durchquerte die Eingangshalle und trat hinaus auf die Terrasse. Gerald hatte massive Windstopper aus Beton sowie ein Gitterdach gegen herabfallende Äste und Unrat installiert, sodass die Terrasse geschützt war.

Trotzdem fuhr der Wind ihm unter die Kleidung, zerrte mit tausend Händen an ihm und heulte vor Frust, weil er ihn nicht mit sich reißen konnte. Stattdessen nahm er Stück für Stück die Wut mit sich.

Nach einigen Minuten konnte George nur noch den Kopf schütteln. Celine war zurück. Seine Celine! Jeden Tag hatte er gebetet, dass das passieren möge. Jeden verdammten Tag. Wie oft hatte er sich in diesen fünf Jahren nachts umgedreht, um sie neben sich zu spüren, und nur eine leere Matratze ertastet? Wie oft hatte er im Stillen geweint, mit seiner Existenz gehadert, Gott verflucht, weil er ihm die Frau genommen hatte, die das Leben lebenswert machte.

Und dann trat sie zu ihm auf die Terrasse, als wäre sie

nie weg gewesen. Er brauchte sich dafür nicht umdrehen, er roch, hörte und fühlte sie.

»Und? Abreagiert?« Sie hatte eine knisternde Wärmedecke um den Körper geschlungen.

George presste die Kiefer aufeinander. Seine Kaumuskeln bewegten sich.

»Freust du dich denn gar nicht, dass ich zurück bin?«

»Doch.« Endlich musterte er sie, und sein Gesicht wurde weicher. »Natürlich freue ich mich.«

»Aber?«

»Aber …« Er wandte sich wieder der Dunkelheit zu und schüttelte den Kopf. »Weißt du, wenn du einfach aufgetaucht wärst und gesagt hättest, *hey, hier bin ich wieder*, okay. Aber du kommst mit einer Schussverletzung und auf irgendwelchen Drogen hier an. Sei ehrlich: Du bist auf der Flucht, nicht wahr?«

Celine zog die Decke fester um den Körper. Humpelnd trat sie neben ihn, blickte ebenfalls hinaus in den tosenden Sturm. »Ich *war* auf der Flucht. Konnte den Trupp aber abschütteln.«

»Wann und wo war das?«

»Vor sieben Tagen bei Überlingen. Ich wollte über den See Richtung Konstanz übersetzen, als ich entdeckt wurde. Sie haben mich getroffen, und ich bin über Bord gegangen. Wahrscheinlich halten sie mich für tot, und wenn nicht, vermuten sie mich eher in der Schweiz, aber nicht hier im Osten des Sees. Niemand weiß, dass ich hier einmal gelebt habe.«

Und noch immer Mann und Sohn habe … George ließ die Worte einige Sekunden sacken, bevor er sagte: »Eigentlich sollte ich dich für die Aktion mit der Brosche nicht mal mehr mit dem Arsch ansehen. – Den Jungen benutzen, damit er darauf aufpasst. Pfff – ist dieses Ding wirklich so wichtig?«

»Mehr als das. Die Brosche ist der Schlüssel.«

66

George musterte Celine wieder, neugierig jetzt. »Seid ihr wirklich so gut vorangekommen?«

»Oh ja! Wir sind ganz nah dran, den Mond zurückzuholen. Kurz vor Silvester hat das Effelsberger Radioteleskop ein Funksignal eingefangen. Sie waren es, George! Aus einem anderen Sonnensystem. Aus dem damaligen *Lunar Gate* – einer NASA-Forschungsbasis auf dem Mond – hat sich offenbar eine Mondpopulation entwickelt. Unglaublich! Die haben den Teleport überlebt und von null auf gestartet.«

»Bedeutet das, ihr wisst, wo der Mond abgeblieben ist?«

»Nicht nur das. Wegen des Funkspruchs wissen wir nun alles Nötige! Wir haben Berechnungen angestellt, und die sind vielversprechend, nein, die sind sogar besser, als wir uns je erträumt haben! Für einen Rückteleport öffnet sich in Kürze ein Zeitfenster, in dem auch die jetzige Flugrichtung des Monds mit seiner ehemaligen im Erdorbit übereinstimmt. Wir müssen den Teleport nur rechtzeitig aktivieren und *Täterätä!* ist er wieder da.« Ihre Wangen hatten sich gerötet, und sie sah so schön wie eh und je aus.

»Ist es wirklich so einfach?«

Sie zuckte mit den Schultern. »Wir haben seit Jahrzehnten auf diesen Moment hingearbeitet. Es war klar, welche Fragen geklärt und welche Probleme gelöst werden müssen. Zum Glück hat sich das mit der Geschwindigkeit nun erübrigt. Die ist zwar ein Vektor, es geht also nicht nur um den Betrag, sondern auch um die Richtung, aber die müssen wir eben abpassen. Wir aktivieren den Teleport genau dann, wenn die jetzige Bewegungsrichtung des Monds mit der übereinstimmt, die er einst hier im Erdorbit hatte. So stellen wir den Ursprungszustand her. Einziges Manko: Wir sind eben zeitlich an das ziemlich knappe Fenster gebunden, denn sonst stimmt die Richtung nicht.«

»*Ziemlich knapp* klingt aber nicht toll.«

»Na ja, es sind fast sieben Minuten, in denen laut unserer Montecarlo-Simulationen die Wahrscheinlichkeiten am höchsten sind.« Celine hob die Hand, um seinen Einwand von vornherein abzuwürgen. »Wir können nur von Wahrscheinlichkeiten sprechen, denn numerisch lässt sich dieses Sechs-Körper-System gar nicht errechnen. Aber keine Sorge, die Statistik ist ziemlich genau. Alles im Toleranzbereich.«

George konnte nur den Kopf schütteln. »Die Kuh ist im Teich ertrunken, obwohl der im Mittel nur einen Zentimeter tief war.«

»Das sind plakative Sprüche, George. Wir haben viel komplexere Berechnungen angestellt als ein arithmetisches Mittel.«

»Und trotzdem sind Statistiken immer für Abweichungen gut. Sieben Minuten. Und wann?«

»In ein paar Tagen.«

Seine beiden Augenbrauen wanderten nach oben. »Das ist ziemlich bald.«

»Ich weiß, aber es ist die einzige Chance, die wir haben. Dass der Mond im Kepler-Orbit die richtige Richtung aufweist, kommt leider nur alle 6,351 Milliarden Sekunden vor. Also alle zweihunderteins Jahre.«

George kam aus dem Kopfschütteln nicht mehr heraus. »Und was bitte ist dein Job bei der ganzen Aktion?«

»Die Brosche in die Schweiz bringen. Dort ist ein Treffen vereinbart, und dann geht es weiter in die Berge.«

George nickte, als hätte er jedes Detail verstanden. Hatte er zwar nicht, aber die unumstößliche Bedeutung für ihn und Joris begriff er, weshalb seine Worte entsprechend bitter ausfielen: »Also ist dein Besuch nur ein verdammt kurzes Gastspiel. Weißt du überhaupt, was du dem Jungen antust?« *Und mir …*

Celine trat vor ihn, so nah, dass er ihren ganz eigenen Duft riechen konnte. Ihre Hände berührten ihn auch an den Oberarmen, strichen über seine Schultern und dann über seine bärtigen Wangen, wo sie liegen blieben. Tief sah sie ihm in die Augen und sagte: »Ich dachte eigentlich, dass ihr mitkommt. Wir könnten wieder eine Familie sein. Wenn der Mond zurück ist, gibt es keinen Grund mehr, uns zu verfolgen. NOCOM wird sich auflösen. Niemand braucht dann mehr eine solche Organisation. Und wir werden Heldinnen und Helden sein! Man wird uns feiern!« Die Begeisterung auf ihrem Gesicht erlosch so schnell, wie sie aufgeflackert war. »Du siehst das anders.« Es war keine Frage, sondern eine Feststellung. »Du bist immer noch überzeugt, dass es ein Fehler ist, den Mond zurückzuholen. Never touch —«

»— a running system.« Er nickte, wand sich aus ihren Händen und kehrte ins Haus des Doktors zurück.

Joris saß immer noch mit dem Doktor am Tisch und sah neugierig auf, als George hereinkam.

»Komm, Junge, wir zwei gehen nach Hause.«

»Wie bitte?«

»Du hast mich schon verstanden. Also komm jetzt!«

Joris rührte sich nicht. »Und was ist mit Mama?«

»Die bleibt sicherheitshalber zur Beobachtung bei Gerald.«

»Dann bleib ich auch hier!«

»Sei nicht albern. Du musst morgen in die Schule.«

»Schule? Ich geh doch nicht in die Schule, wenn Mama zurück ist!«

George wollte etwas erwidern, als hinter ihm die Tür aufging. Celine sagte: »Doch, du gehst morgen in die Schule. Alles andere wäre zu auffällig!«

»Aber ich darf hier bei dir bleiben, oder?«

Sein hoffnungsvoller Blick war George zu viel. Er brummte: »Wenn's für Gerald in Ordnung ist.«

»Ist kein Thema, George. Und du kannst auch hierbleiben, wenn du willst.«

»Nee, schon gut. Der Sturm hat sich abgeschwächt. Ich fahr heim.« George wandte sich wieder an seinen Jungen. »Aber in der Schule kein Wort zu irgendjemandem! Dass Celine hier ist, muss unter uns bleiben. Verstanden?«

Joris hob die Hand und streckte Zeige-, Mittelfinger und Daumen aus. »Ich schwör!«

»Na dann.« Georges Blick streifte nochmals seine Frau, die nur Augen für ihren Jungen hatte, bevor er seine Ausrüstung nahm und das Haus des Doktors verließ.

Draußen stieg er in den Wagen von der Farm, mit dem er Celine und Joris hergefahren hatte. Er würde ihn über Nacht mit nach Hause nehmen und morgen früh zurückbringen.

Als er hinterm Steuer saß, die Hand am Startknopf, konnte er ihn nicht drücken. Es ging einfach nicht. Er konnte nur auf den Bunker des Doktors starren, auf die honigfarbenen Lichter hinter den geschlitzten Eisenrollläden, wo seine Frau und sein Sohn zusammensaßen.

Ich dachte eigentlich, dass ihr mitkommt.

Es klang verlockend, war aber nichts als Träumerei. Nein, Joris und er würde nicht mitkommen. Auf keinen Fall. Der Junge gehörte nicht ins Outland, schon gar nicht auf die Flucht, sondern in ein geordnetes Leben mit Schule und Arbeit und einem sturmsicheren Haus.

Und das würde er morgen Celine sagen, ohne Wenn und Aber.

Sein Finger fand den Anlasser, und der Motor des Wagens surrte los.

Kapitel 10

Joris hielt es kaum mehr auf seinem Stuhl aus. Frau Maier ließ seit fast zwei Stunden Gedichte interpretieren. Gerade eines von irgendeinem Robert Frost, der schon seit Jahrhunderten verstorben war:

»The woods are lovely, dark, and deep
But I have promises to keep,
And miles to go before I sleep,
And miles to go before I sleep.«

Was interessierten Joris irgendwelche Wälder und Versprechungen. Er wollte nach Hause zu seiner Mutter. Er wollte mehr erfahren über das Leben, das sie in Wahrheit führte. Physikerin. Mondkultistin. Flüchtende. Gejagte.

Er hatte noch in der Nacht mit ihr zusammensitzen und reden wollen, doch der Doktor hatte nach dem Abgang seines Vaters darauf bestanden, dass sie sich ausruhte, und ihr ein Schlafmittel verabreicht. Sie hatte sich nicht dagegen gewehrt, ihm einen Kuss auf die Stirn gegeben und sich dann hingelegt.

»Möchtest du was dazu beitragen, Joris?«

Er konnte immer noch ihren Gutenachtkuss spüren, obwohl das eigentlich voll eklig war, aber irgendwie auch nicht. Diese Nähe, die er seit Jahren nicht bekommen hatte …

»Joris! Nicht träumen!«

Er schrak hoch. »Frau Maier?«

»Wie verstehst du die letzten beiden Zeilen des Gedichts? Positiv oder negativ?«

»Äh … positiv. Er hat noch … Meilen zurückzulegen, bevor er ins Bett kann. Er muss doch seine Versprechen halten.«

Frau Maier musterte ihn, ob er sie veräppelte, doch dann nickte sie. »Eine mögliche Interpretation. Sieht die jemand anders? Sarah?«

Sie zuckte mit den Achseln. »Ich hätte mich Joris angeschlossen. Seine Interpretation ist schlüssig und stimmig.«

Wieder ein Nicken und ein suchender Blick. Frau Maier wollte auf irgendwas hinaus, das noch niemand erwähnt hatte. Vermutlich irgendeinen Schwachsinn, den keiner nachvollziehen konnte. Einmal meinte sie, dass ein Gedicht hart, gefährlich und bedrohlich sei, weil es viele Ws, Vs, Ms und Ns beinhalte, und die Buchstaben ja so zackig wären. Pete hatte dann eingeworfen, dass das Gedicht aus dem Mittelalter stamme, wo es noch keine Computerschrift wie die Helvetica gegeben habe. Damals hätte man von Hand geschrieben, und das sah weich aus, voller Rundungen und Bäuche. Darauf hatte Frau Maier nichts mehr erwidert, aber seitdem konnte sie Pete nicht mehr ausstehen.

»Niemand eine andere Meinung? Joris? Ja?«

Er ließ die Hand sinken. »Ich hätte eine Frage zum Mondkult.«

»Du weißt schon, dass wir gerade Gedichte interpretieren.«

»Ja, ja, aber mir geht da eine Sache nicht mehr aus dem Kopf.«

»Und die wäre?«

»Gestern hat einer der Männer auf den Feldern erzählt, dass er mal einen Vagabunden im Gehölz getroffen habe, der Mondkultist gewesen sei. Er wäre auf der Flucht vor NOCOM gewesen, die ihn umbringen würden, sobald sie ihn erwischten. Sandrino hat den Vagabunden davongejagt, denn er will mit dem Pack nichts zu tun haben, wie er sagte.«

»Das hat er ganz richtig gemacht.«

»Ja, aber ganz leuchtet mir das nicht ein.«

Frau Maiers Augenbrauen ruckten näher zusammen. »Was genau, Joris?«

»Warum man die Mondkultisten umbringen muss. Ich meine, die tun doch niemandem weh. Die verehren doch nur den Mond. Wie Sie selbst immer sagen, Frau Maier: Die sind alle Spinner.«

Die Lehrerin nickte. »Sind sie auch, aber sie sind viel mehr als das. Im Kern geht es um Macht. Das müsst ihr euch merken: Wer Macht besitzt, entscheidet, und meist zu seinen eigenen Gunsten. Und darum geht es auch bei den Mondkultisten. Mit ihrem Gerede, den Mond zurückzuholen – was technisch völliger Nonsens ist, aber das ignorieren wir jetzt mal –, und der Folge, die Erde wieder in ihren alten Zustand zu bringen, versprechen sie uns ein besseres Leben. Ein leichteres Leben. Ein sorgenfreieres Leben. Das sind natürlich nur leere Versprechungen, die aber von vielen gern gehört werden. So spaltet man jedoch die Gesellschaft. Vor Jahren ging mal das Gerücht um, das Ella DeWitt hinter dem Mondkult stecke. Kennt jemand diesen Namen?«

Pepe meldete sich. »Ella DeWitt ist eine Nachfahrin von Thore DeWitt. Der entdeckte damals die Quantengravitation.«

»Genau. Er gründete *DeWitt Enterprises*. Die Firma besteht heute noch, auch wenn sie ihren Glanz und ihren Einfluss verloren hat. Wer braucht heute noch die Quantenkommunikation, wenn das Essen knapp ist.« Frau Maier winkte theatralisch ab.

»Und was hat jetzt Ella DeWitt mit dem Mondkult zu tun?«, fragte Sarah neugierig.

»Ganz einfach: Wenn es viele Mondkultisten aus der High Society in die Führungsebenen der Regierung schaffen, könnten sie das ganze System stürzen. Dann wären sie an der Macht, und jetzt kommt das Entscheidende: Sie würden regieren, ganz egal, ob der Mond zurückkäme oder nicht. Das ist es eben: Diese Mondkultisten nutzen unsere Hoffnung, um sich selbst zu bereichern. Und deswegen muss man mit entschiedener Härte gegen sie vorgehen. Wir sind nicht mehr viele, da brauchen wir keinen Bruch in der Gesellschaft.« Frau Maier wandte sich wieder an Joris. »Ich hoffe, das hat dir mehr Klarheit gebracht.«

Er nickte. »Ich … ich denke schon. Danke!«

»Gern geschehen.«

Danach interpretierten sie wieder Gedichte. Zum Glück musste Prince ran, und Joris konnte in Gedanken beim Mondkult und seiner Mutter verweilen. Auf ihn wirkte sie nicht so, als wäre sie nur auf Macht aus und wollte irgendwem was Schlechtes. So war Celine überhaupt nicht. Sie wollte für alle nur das Beste.

Stimmte das wirklich? Hatte sie für ihn und Vater das Beste gewollt, als sie damals einfach abgehauen war? Welche Mutter ließ ihren Sohn und ihren Mann zurück, um den Mond zu retten?

Hatte Frau Maier vielleicht doch recht, dass es nur Spinner und Träumer waren, die keine Rücksicht auf die anderen nahmen?

Er dachte an die Brosche, die er fünf Jahre lang um den Hals getragen hatte, um seine Mutter in Ehren zu halten. So langsam begriff er, warum Vater so wütend geworden war. Joris hätte sich nicht um das Schmuckstück geschert, wenn Celine sie verlassen hätte. Zumindest wenn er es gewusst hätte.

Eine tiefe Schwermut übermannte ihn. Er fühlte sich plötzlich so allein, verlassen von der Mutter, belogen vom Vater.

Als er aber nach der Schule an der Bushaltestelle ausstieg und den Weg hoch zu ihrem Haus stieg, verflog das Gefühl der Einsamkeit und wurde von freudiger Erwartung abgelöst. Gleich würde er endlich mit seiner Mutter sprechen können! Er freute sich so sehr darauf, wollte so viel wissen, sie so viel fragen. Wo war sie die letzten Jahre gewesen? Wie war es ihr ergangen? Wie war sie NOCOM und der Regierung entkommen? Besaß sie sogar eine Schusswaffe?

Mit roten Wangen erreichte er das Elternhaus und fand Celine in der Küche. Sie reparierte das Zelt, indem sie den Riss von innen mit frischen Tapes versah.

Lächelnd sah sie auf. »Und? Wie war's?«

»Langweilig wie immer. Frau Maier ist einfach eine Schnarchtüte.«

Celine lachte. »Das war sie schon immer. Eine ganz Überkorrekte. Bei der musst du wissen, dass sie alles durch die Regierungsbrille sieht. Bei der gibts keine Kritik, keine andere Meinung, kein Über-den-Tellerrand-Hinausschauen.«

»Das hat sie heute wieder klargemacht. Sie behauptet, der Mondkult will nur Macht und gar nicht den Mond zurückholen.«

Celine legte die Tapes beiseite und wurde ernst. »Glaub das Gerede ja nicht, Joris! Wir wollen überhaupt keine Macht. Wir wollen wirklich nur den Mond zurückholen.«

»Sie meint, das sei unmöglich.«

»Ja, weil sie keine Ahnung hat. Komm, setz dich, und ich erzähle dir, was damals geschehen ist. Also: Was weißt du über die Quantengravitation?«

Joris blähte die Wangen auf. »Dass die von Thore DeWitt erfunden wurde.«

Ein Lächeln. »Das ist nicht ganz richtig. Die Quantengravitationstheorie vereint die Modelle von Albert Einstein mit der Quantenphysik. Es war das letzte große Puzzleteil, um den Kosmos vollends zu verstehen, und das wurde von einem weltweiten Forscherteam entdeckt. Thore hat auf der Basis dieser Entdeckung einige Jahre später eine Maschine zur unmittelbaren Kommunikation gebaut.«

Joris verstand nicht ganz. »Aber das gab's doch damals auch schon. Das Internet ist doch noch älter.«

»Stimmt, aber das funktioniert alles mit Verzögerung, auch wenn du die nicht merkst – außer bei einem Lag.« Celine lächelte. »Vor der Quantengravitation ging man davon aus, dass es eine Maximalgeschwindigkeit gibt, mit der sich etwas fortbewegen kann.«

»Die Lichtgeschwindigkeit.«

»Exakt. 299 792 458 Meter pro Sekunde. Entsprechend lange brauchen Informationen für den Weg zwischen Sender und Empfänger. Auf der Erde spielte das keine große Rolle, aber bei großen Entfernungen schon. Nimm die Kommunikation zwischen Erde und Mars: Eine Nachricht brauchte elf Minuten und zweiundzwanzig Sekunden – einfach.«

»Schneller als die Briefe früher.«

Wieder ein Lachen. »Da hast du recht. Das waren noch ganz andere Zeiten. Aber zurück zu Thore. Er schaffte es mittels der Quantengravitation, Informationen schneller als das Licht zu übermitteln. Das funktioniert über verschränkte Photonen, aber das führt jetzt zu weit. Wichtig ist: Thore wurde dank seiner Erfindung stinkreich und initiierte ein neues, streng geheimes Projekt auf Basis der Quantengravitation: *New Horizon*.«

»Neue Horizonte.«

»Genau. Seine Vision war, das Weltall mittels autarker O'Neill-Kolonien zu besiedeln.«

»O'was?«

»O'Neill-Kolonien. Raumstationen, die sich selbst versorgen und somit einen echten Lebensraum bilden. Der Physiker Gerard K. O'Neill kam viele Jahre vor der Jahrtausendwende auf diese Idee. Es gibt darüber zig Abhandlungen und Konzepte, von Zylindern über Hohlkugeln. Egal. Thore wollte so eine Kolonie bauen und dann per Quantenkommunikation ins Weltall teleportieren – samt Bevölkerung.«

»Klingt wie Science-Fiction.«

»Was es damals auch war – Science-Fiction, die zur Realität wurde.« Celine wurde ernst. »2099 war es nämlich so weit. Er hatte die Kolonie fertig, auch schon eine Crew rekrutiert und eine Teleportationsmaschine auf Basis seiner vorherigen Kommunikationsmaschine entwickelt. Alle Tests mit kleineren Objekten wie Satelliten waren erfolgreich, und er, ein Visionär durch und durch, aber auch risikobereit, ging das kühne Wagnis ein, die Kolonie in den Orbit von Kepler-452b zu teleportieren. Dieser Exoplanet ist unserer Erde sehr ähnlich und war nach dem damaligen Wissensstand die erste Wahl für eine Expansion der Menschheit. Und nun kommt's: Beim Teleport ging etwas schief, und statt der O'Neill-Kolonie wurde das *Lunar Gate* auf dem Mond erfasst.«

Joris begriff. Heiser flüsterte er: »Und dann hat es den Mond weggebeamt.«

Celine nickte vielsagend. »Schlauer Junge.«

»A-a-aber warum hat man ihn dann nicht sofort zurückgeholt?«

»Weil beim Teleport die Verbindung abriss. Auch gab es Probleme mit der Energieversorgung. Es war ja nie geplant gewesen, einen ganzen Trabanten zu transferieren. Allein die Masse. Wahnsinn! Und dann kam hinzu, dass die Masse des Objekts in Relation zum Zielort stand. Das hat sich natürlich völlig verschoben, insofern wusste man einfach nicht, wohin es den Mond verschlagen hatte.«

»Und das wisst ihr jetzt?«

»Ja. Er rotiert im System von Kepler-16 und Kepler 16b, zweihundert Lichtjahre von der Erde entfernt. Wir wissen also, wo der Mond ist und wie er sich bewegt. Und höchstwahrscheinlich leben dort Menschen!«

Joris staunte nicht schlecht. »Menschen?«

»Ja! Das *Lunar Gate* war damals mit vierzig Personen besetzt. Die müssen überlebt haben, um den Funkspruch zu übermitteln. Wir glauben, dass sie dort eine Kolonie gegründet haben. Wäre das nicht großartig? Seit zweihundert Jahren würden Menschen in einem anderen Sonnensystem leben!« Sie klatschte vor Begeisterung in die Hände, doch dann wurde sie wieder ernst. »Allerdings hat die ganze Sache einen Haken.«

»Welchen?«

»Dass wir nur ein Zeitfenster von wenigen Minuten haben, um den Mond zurückzuholen, und das ist schon in wenigen Tagen.«

Joris' Herz schlug schneller. Sein Blick fiel auf das Zelt, das sie flickte. »Heißt das, du musst wieder los?«

»Ja. Heute Nacht breche ich auf.«

Heute Nacht, heute Nacht, heute Nacht …

Joris fand sich auf den Beinen wieder. »Und was bedeutet das für mich und Papa?«

Er sah die Antwort schon in ihren Augen.

»Nein! N-n-nein! Du lässt mich nicht wieder allein!«

»Du bist nicht allein. Du wirst bei George bleiben, und ich werde zurückkommen, sobald der Mond gerettet ist.«

78

»Nein! Du wirst nicht zurückkommen. Das glaub ich dir nicht.« Er spürte es tief in seinem Inneren und wusste nicht, warum, aber er wusste es.

Celine stand ebenfalls auf und wollte ihn in die Arme nehmen, doch er wich weiter zurück. »Joris.«

»Nein, nix, Joris! Ihr entscheidet nicht wieder über mich. Ihr habt mich schon einmal belogen. Und jetzt bin ich älter, fast ein Mann! Ich kann selbst entscheiden, wie es mit mir weitergeht!«

»Sei nicht albern, das kannst du nicht.«

»Oh doch! Ich bin vierzehn! Ich kann entscheiden, bei wem ich bleibe. Und warum sollten wir überhaupt hierbleiben? Wir kommen einfach mit.«

Traurigkeit huschte über ihr Gesicht. »Dein Vater will nicht mitkommen. Und er will auch nicht, dass du es tust.«

»Ach ja? Und warum fragt mich das niemand? Warum wird das über meinen Kopf hinweg entschieden?«

»Weil es gefährlich ist, und da muss ich George recht geben. Ich werde gesucht. Wenn man euch in meiner Gegenwart erwischt, seid ihr ebenfalls Staatsfeinde.«

»Und das sind wir hier nicht?«

Celines Gesicht wurde hart. »Es war nie geplant, euch zu gefährden. Ich hatte einfach Pech, dass man mich gefunden hat. Ich brauchte Hilfe.«

»Die du bekommen hast, und damit kannst du wieder abhauen. Verstehe.« Er würgte die Worte bitter hervor. »Wir sind dir also doch egal. Du willst nur deine Ziele erreichen, koste es, was es wolle, so wie Frau Maier gesagt hat.« Tränen verschleierten seinen Blick, doch zum Glück kannte er das Haus in- und auswendig. Er fand auch tränenblind die Tür, riss sie auf und schleuderte sie krachend hinter sich ins Schloss.

Seine Bettdecke erstickte kurz darauf seine Schluchzer.

Joris beruhigte sich nach knapp zwei Stunden wieder und kam sich lächerlich vor. Seine Eltern hatten ihn beschützen wollen, nur deswegen hatten sie gelogen. Konnte er ihnen diese Sorge ankreiden?

Ein Spiegel hing an der Innenseite seiner Zimmertür. Joris musterte sich, seine kurzen braunen Haare mit der leichten Locke, das schmale Gesicht von Celine, die dunklen Augen von George. Nein, sie wollten ihm sicherlich nichts Böses. Er wischte sich letzte Tränen aus den verquollenen Augen, schniefte und verließ gefasst sein Zimmer.

Das Zelt war verschwunden, doch stattdessen stand ein gepackter Rucksack neben der Tür.

Celine saß im Wohnzimmer auf dem Sofa vor dem einzigen Fenster, das von den Sandstürmen nicht vollständig matt geworden war, und blickte hinaus auf den Bodensee.

Joris nahm neben ihr Platz, und einige Minuten schwiegen die beiden einfach. »Wie sieht dein Plan jetzt aus?«, fragte er schließlich.

»Ich muss in die Schweiz.«

»Warum das?«

»Dort liegt die alte Forschungsstation von DeWitt Enterprises in den Bergen, von der wir aus die Rückholaktion koordinieren.«

»*Wir* ist der Mondkult?«

»Ja, dort wartet ein Team, und ich war auch mit einem unterwegs, bis ich mich von der Gruppe gezwungenermaßen absonderte, um die Brosche zu holen. Ich hoffe, dass die anderen auch entkommen konnten.« Sie hatte die Brosche plötzlich in der Hand, und ihre Finger spielten damit.

»Was genau ist denn daran so besonders?«, fragte Joris.

»Sie ist ein als Schmuckstück getarnter Schlüssel aus dem Familienbesitz der DeWitts.«

»*Der* DeWitts?«

80

Celine lächelte. »Genau der. Es war mir eine große Ehre, den Key verwahren zu dürfen.«

Joris staunte nicht schlecht. »Und wie bist du da bitte rangekommen?«

»Ella und ich haben zusammen studiert.«

»Du kennst Ella DeWitt?«

»Ja.« Ein trauriger Blick voller Schmerz. »Eher kannte.«

»Wieso?«

»Weil sie vor einem Jahr von NOCOM festgenommen worden ist. Jemand aus ihrem Vertrautenkreis hat sie verraten.« Celine schüttelte den Kopf. »Das war ein herber Rückschlag für uns alle. Erst dachten wir, man wird sie nur verhören, aber dann ist sie von der Bildfläche verschwunden. Kein Lebenszeichen. Wir müssen leider davon ausgehen, dass sie umgebracht wurde. Eine Schande ist das. Ella war so eine lebensfrohe Person, zuvorkommend, witzig, hilfsbereit. Sie wollte nur das Beste für alle und diesen schrecklichen Unfall, den ihr Ururirgendwasgroßvater Thore verursachte, rückgängig machen.« Celines Stimme zitterte. »Wenn Ella gewusst hätte, dass die Besatzung des *Lunar Gates* überlebte und heute das Kepler-16-System bevölkert, würde sie vor Stolz platzen, das sag ich dir.« Ein tiefes Seufzen. »Aber die Dinge sind, wie sie sind.« Celine fasste nach Joris' Hand und drückte sie fest. »Ich versprech dir, dass ich nach der Rettungsaktion zurückkommen werde.«

»Und wenn du … es nicht überlebst? Wenn sie dich erwischen?«

»Das werden sie nicht. Ich bin so weit gekommen, dann schaff ich den Rest auch noch.«

Joris blickte auf ihre verschränkten Hände. Ohne seine Mutter anzusehen, fragte er: »Und wenn ich doch mitkomme? Ich könnte helfen! Ich kann arbeiten, bin fit, kenne mich bestens aus, und ich kann sogar das Wetter lesen. Frag Papa, der bestätigt das.«

Celine musterte auch ihre verschränkten Hände. »Willst du das denn? Ich meine: mitkommen?«

Joris hatte keine Ahnung, was er wollte, aber allein der Gedanke, seine Mutter gehen zu lassen, machte ihn wahnsinnig, und daher sagte er nur: »Ja.«

George hörte die Worte aus dem Wohnzimmer, als er noch keine zehn Sekunden zu Hause war. »Willst du das denn? Ich meine: mitkommen?« Er war früher von der Arbeit heimgekommen, weil er es nicht ertragen hatte, dass Celine mit Joris den Nachmittag verbrachte. Sie hatte schon immer so schön reden und andere mit ihren Ansichten begeistern können. Und sie tat es wieder!

Willst du das denn? Ich meine: mitkommen?

Als Joris »Ja« antwortete, war es für George wie ein Stich ins Herz. Mit geballten Fäusten schlich er den Flur entlang und spähte ins Wohnzimmer. Die beiden saßen auf dem Sofa, und Joris hatte seinen Kopf an die Schulter seiner Mutter gelehnt.

Die Knöchel von Georges Fäusten stachen weiß hervor, so sehr presste er sie zusammen. Die Schlampe! Da ließ er sie ein paar Stunden mit dem Jungen daheim, und schon manipulierte sie ihn.

Willst du das denn? Ich meine: mitkommen?

Nein, das wollte Joris nicht! Ganz sicher nicht.

Ohne ein Geräusch zu verursachen, schlich George den Flur zurück und verließ wieder das Haus. Draußen zitterte er sekundenlang vor Wut, bevor er ein zweites Mal die Haustür aufsperrte, geräuschvoll diesmal, und polternd das Haus betrat.

Celine sah auf, als ihr Mann ins Wohnzimmer kam.

»Da bist du ja schon. Früher von der Arbeit weg?«

»Ja.«

Sie verzog das Gesicht angesichts der Schärfe in seiner Stimme. »Du weißt, dass es nicht anders ging.«

»Schon möglich, und trotzdem … du gefährdest uns alle, ist dir das überhaupt bewusst?«

»Durchaus.«

»Na immerhin.« Er wandte sich an seinen Sohn. »Hat sie dir gesagt, dass sie heute Nacht wieder aufbricht?«

»Ja, hat sie. Und ich werde mitkommen.«

George beäugte seinen Sohn, die Stirn gefurcht. »Hat sie dir diese Flause ins Ohr gesetzt?«

»Nein! Es ist mein Wunsch!«

»Dein Wunsch?« Ein Schnauben. »Du hast doch keine Ahnung, was dich dort draußen erwartet. Wach auf, Joris, du träumst! Sobald du mit ihr das Haus verlässt, bist du ein Gejagter. Du wirst mit einer Kugel im Kopf enden.«

»Werden wir nicht! Wir schaffen es. Mama hat gesagt, dass –«

»Also doch.« George funkelte Celine grimmig an und hob anklagend den Zeigefinger. »Wir hatten gestern eine Abmachung! Schon vergessen?«

»Nein«, rief sie aus und sprang auf, was sie wegen des verletzten Beins zusammenzucken ließ. »Nichts hab ich vergessen, aber ich werde ihn nicht mehr anlügen, wenn er Fragen stellt. Er ist kein Kleinkind mehr!«

»Und trotzdem kein Erwachsener.« George konnte nur den Kopf schütteln. »Aber sei's drum. Du machst eh dein Ding, egal was ich sage. Wenn du ihn also mitnehmen willst, dann tu es, aber dann übernimmst du auch die volle Verantwortung. Dann bin ich raus.« Ohne ihre Reaktion abzuwarten, machte er auf dem Absatz kehrt und stapfte davon.

Ihre Rufe ließ er an sich abprallen.

Kapitel 11

Die Dunkelheit der Abendrota legte sich über das Wannental. Joris kramte im Schein der Nachttischlampe noch ein altes Papierheft samt Stift aus dem Schreibtisch. Er wollte etwas dabeihaben, um Notizen anfertigen zu können. Worüber wusste er auch nicht, denn er hatte ja seine Mutter dabei, die sowieso alles wusste.

Er konnte es immer noch nicht glauben – sein Vater hatte ihm erlaubt, mit ihr zu gehen! Nie hätte er das gedacht. Niemals.

Vielleicht war das wieder so ein Erwachsenenspielchen. Vielleicht hoffte George, dass Joris dann doch zu Hause blieb. Das hatte er schon einmal getan, damals bei einem Horrorfilm, den Joris unbedingt sehen hatte wollen, weil Prince ihn so heiß darauf gemacht hatte. Zuerst hatte George es verboten, was Joris noch mehr angestachelt hatte, an den Film zu kommen, und dann hatte sein Vater plötzlich eingelenkt, und die Faszination am Film war verpufft.

Der Reiz des Verbotenen.

Trotzdem würde er seine Mutter begleiten. Je mehr er über das Verschwinden des Monds und die Folgen seiner Rückkehr nachdachte, umso mehr Sinn machte es. Da konnte Frau Maier noch so sehr warnen; galten ihre Worte nicht genauso andersherum? Ging es der Regierung nicht auch um den Machterhalt? Wollte man deswegen den Mond nicht zurückholen, um den Status quo nicht zu gefährden?

Joris fand endlich das Heftchen samt seinem Stifteetui und stopfte es in seinen Rucksack neben das Notfallkit. Die

Schnallen rasteten ein. Der wasserabweisende Stoff knisterte, als er den Rucksack schulterte.

Noch einmal blickte er zurück in sein Zimmer. Sein Hals wurde plötzlich ganz eng, und er bekam kaum Luft. So fühlte es sich also an, sein Heim aufzugeben.

Ob er überhaupt seinen Vater zurücklassen konnte? Oder könnte er seine Mutter gehen sehen? Ihr hinterherblicken, bis ihre zarte Gestalt zwischen dem Gehölz verschwand? Es war die Wahl zwischen Pest und Cholera.

Mit bebenden Schultern knipste er das Licht aus und schloss die Tür. Seine Mutter wartete aufbruchbereit in der Küche auf ihn. Sie trug hohe Stiefel, tarnfarbene Funktionskleidung und eine schwarze Mütze. An ihrem Gürtel hing diverses Equipment, unter anderem auch ein Teaser und eine Pistole.

Joris kam sich in seiner Jeans und mit der schwarzen Allwetterjacke lächerlich vor. Wie sollte er an ihrer Seite bestehen? Celine war plötzlich nicht mehr seine zierliche Mutter, sondern eine zähe Kriegerin.

Sein Vater schien seine Gedanken lesen zu können, denn er sagte: »Du kannst es dir immer noch anders überlegen, Junge.«

Joris schüttelte den Kopf. Er hatte seine Wahl getroffen: Cholera.

Da räusperte sich Celine. »Du kannst es dir auch noch anders überlegen, George. Pack dein Zeug und komm mit!«

Ebenfalls ein Kopfschütteln. Es hieß nicht umsonst: Der Apfel fällt nicht weit vom Stamm.

Celine schien traurig über seine endgültige Entscheidung zu sein, hatte aber damit gerechnet und schulterte ihren Rucksack. »Dann heißt es wohl: Abschied nehmen.«

George löste sich von der Arbeitsplatte. »Lass es uns

kurz machen.« Er drückte sie flüchtig an sich, danach seinen Sohn. Den deutlich länger. »Pass auf dich auf, Junge.«

»Du auch auf dich.«

Ein Schulterklopfen, und alles war gesagt.

Als sie die Küche verließen, fiel Joris Celines gefurchte Stirn und der fragende Blick auf, mit dem sie ihren Mann musterte. Was ging da schon wieder vor sich? Er versuchte, einen Blickkontakt zu ihr herzustellen, als Glas hinter ihm splitterte.

Joris schrie vor Schreck, und schon packte ihn Celine am Arm und zerrte ihn zu Boden. »Runter! RUNTER!« Und dann nur ein ungläubiges Zischen: »Was hast du getan, George?«

Etwas klackerte und klickte. Ein Fauchen folgte aus der Küche samt dichtem weißem Rauch. George verschwand dahinter auf der anderen Seite des Flurs, doch Joris hörte ihn fast höhnisch antworten: »Hast du wirklich geglaubt, ich lass ihn gehen?«

Celine zog ihre Pistole. »Ja«, antwortete sie. »Das hab ich wirklich.« Sie wollte noch mehr sagen, doch ihre Worte gingen im Knallen von Schüssen unter.

So heiß hatte Celine den Zorn noch nie verspürt. *Er hat mich tatsächlich verraten, der Arsch. Wie konnte ich mich nur so in ihm täuschen?*

Die Gedanken wurden von vier Laserstrahlen ausradiert, die durch den Nebel stachen. Irgendwo brüllten Männer Befehle.

»Komm!« Sie zerrte Joris auf die Beine und stieß ihn den Flur entlang Richtung Wohnzimmer. »Bleib dicht bei mir und tu genau das, was ich dir sage!«

Der Junge war völlig verstört, blickte hierhin und dorthin, stolperte einfach vorwärts.

»Hier rein ins Wohnzimmer!« Sie schob ihn stattdessen

ins gegenüberliegende Esszimmer. »Zum Fenster! Und unten bleiben!«

Joris kreischte, als ein weiterer Schuss krachte. Direkt neben Celine stob Staub aus dem Türrahmen.

Sie fuhr herum, feuerte dreimal den Flur entlang in den Rauch. Jemand schrie.

Schon war sie wieder bei ihm, packte einen der Stühle und schleuderte ihn Richtung Fenster. Die Scheibe barst.

»Sie fliehen!«, kreischte George irgendwo. »Sie fliehen! Haltet sie auf, aber verschont den Jungen!«

Wieder huschten rote Laserstrahlen durch den Flur, tasteten über Wände. Celine warf einen weiteren Stuhl, diesmal in den Flur, und sofort krachten Schüsse und rissen riesige Stücken aus der Sitzfläche.

Großkaliber. Keine halben Sachen. Ein gehetzter Blick zum Fenster. Nur Dunkelheit. Wie viele waren es? Wann hat er sie informiert? Wartete draußen ein weiteres Team nur darauf, dass sie rauskletterte? Aber wohin sollte sie sonst? *Du verdammter Arsch!*

Sie packte Joris an der Schulter und zwang ihn, ihr ins Gesicht zu sehen. »Pass genau auf! Du springst jetzt raus und rennst direkt ins Gehölz. Schau nicht zurück. Einfach rennen! Richtung Sarahs Haus. Kennst du noch die alte Kiefer, in der angeblich ein Kobold wohnt?«

Er nickte, die Augen riesengroß.

»Dort treffen wir uns! Lass dich nicht aufhalten. Und jetzt los!« Sie gab ihm einen Stoß, der ihn zum Fenster taumeln ließ.

Schon wirbelte sie wieder herum, packte den Tisch und stieß ihn brüllend um. Er blieb seitlich liegen, die Tischplatte als offensichtlicher Schutzwall zwischen ihr und der Tür. Doch anstatt sich dahinter zu werfen, sprang sie hinter die Tür und lud durch.

Carlos Evertim führte den Jägertrupp an. Er war an der hervorragenden NOCOM-Schule im Schwarzwald gewesen und wusste, wie man eine Flüchtige liquidierte. Die zwei Jungspunde im Team waren allerdings übereifrig.

»Wenn ihr euch nicht gegenseitig Manndeckung gebt, bevor ihr Räume checkt, reiß ich euch persönlich den Arsch auf.«

Der Frauenschrei kam aus dem Zimmer linker Hand. Der Türstock war als graues Rechteck im Rauch zu erkennen.

Langsam nähern. Carlos bewegte sich gegenüber der Tür an der Wand entlang, das Sturmgewehr schussbereit. Es war das Esszimmer. Ein Tisch lag umgestürzt im Raum, dahinter wallte frische Luft durch ein zersplittertes Fenster, wirbelte den Rauch umher.

»Fenster offen!«, sagte er in den Funk. »Ist jemand raus?«

Der Außenposten antwortete: »Ein Junge. Rennt aufs Gehölz zu. Schussfreigabe?«

Verschont den Jungen, hatte der Vater geschrien, aber der hatte ihnen nichts zu sagen. »Schussfreigabe erteilt! Keine Zeugen.« Carlos zielte auf den Tisch. Sie musste sich dahinter verschanzt haben, um dem Jungen Deckung zu geben. Genau so würde er es auch machen.

Er winkte die Jungspunde zu sich heran und flüsterte: »Frau verschanzt. Ich geb Deckung, ihr geht rein.« Konnten ruhig die Jungen die Drecksarbeit machen.

Sie nickten und drangen in den Raum vor. Ihre Laserstrahlen glitten sichtbar durch das Zimmer.

Celines Herz pochte so hart, als er gesagt hatte: »Schussfreigabe erteilt! Keine Zeugen«, und sie schickte tausend Stoßgebete in den Himmel, dass Joris das Gehölz vorher erreichte, doch sie blieb stumm hinter der Tür stehen, die Pistole schussbereit.

Wieder hörte sie etwas, und schon kamen zwei Soldaten hintereinander in den Raum. Celine wartete noch zwei Atemzüge lang, ob ein dritter folgte, aber der gab wohl Rückendeckung.

Kurz bevor der erste den umgestürzten Tisch erreichte, feuerte sie dem zweiten von schräg hinten in den Spalt zwischen Brustprotector und Oberarmschutz. Der andere wirbelte sofort herum, und bekam drei Schüsse mitten ins Gesicht.

Das Back-up fluchte lauthals. »Zwei Mann down, ich brauch Unterstützung!«

Celine trat mit dem Fuß gegen das Türblatt. Es schwang zu, noch bevor sein letztes Wort verhallt war, und krachte ins Schloss. Schon rannte sie an der Wand entlang aufs Fenster zu und ballerte einfach auf die Tür, um ihn zu beschäftigen.

Er feuerte eine Salve zurück, welche fast die halbe Tür wegriss, dann ging er vermutlich in Deckung.

Es war ihre einzige Chance. Sie schoss abermals, packte noch rasch das Gewehr eines der Toten und rannte los.

Joris' Rucksack tanzte wie wild auf seinem Rücken. Er sprintete auf das Gehölz zu, als er den Laser in der Dunkelheit aufblitzen sah.

Er warf sich zur Seite.

Neben ihm spritzten Erdkrumen aus dem Boden.

Keuchend schlug er auf, rollte irgendwie trotz Rucksack herum, und kam vielleicht gerade deswegen wieder auf die Beine. Mit einem letzten Satz warf er sich ins Gehölz, als er wieder in der Ferne eine Art Husten hörte und über sich das Rascheln im Gehölz.

Die schießen! Die Erkenntnis überkam ihm siedend heiß, und als er kurz zurück zum Haus blickte, sah er, wie das Feuer von Schüssen den Raum mehrmals kurz erhellte.

Schau nicht zurück. Einfach rennen! Richtung Sarahs Haus.

Er schluckte, rappelte sich auf und rannte.

Die Nacht war finster, noch finsterer das Gehölz, doch er lief jeden Tag hier durch und kannte jede Abkürzung und jeden Trampelpfad. Seine Verfolger hoffentlich nicht.

Nach wenigen Schritten war er vollends eingetaucht. Selbst die Schüsse am Haus klangen plötzlich wie weit entfernt.

Bis zur Koboldkiefer waren es allerdings einige Minuten. Celine hatte früher erzählt, dass unter diesem verwunschen aussehenden Baum ein unsichtbarer Kobold wohne. Erst wenn man ihn einfinge, würde er sichtbar werden. Ach, was hatte er versucht, diesen Kobold zu fangen!

Jetzt nach rechts. Er bog um einen abgestorbenen Stamm und schlug sich dann wieder nach links.

Irgendwo neben ihm erklangen Schritte, die Joris innehalten ließen.

»Er ist querfeldein gelaufen!«, rief eine Frau. »Verdammte Kacke! Warum schießt du auch vorbei.«

»Herrgott, es ist ein Junge! Ich wollte 'nen sauberen Schuss ins Stammhirn und ihn nicht lange leiden lassen.«

»Klasse. Jetzt haben wir den —«

Schüsse vom Haus wehten heran. Viele Schüsse.

Wieder die Frau: »Fuck ey! Was geht da ab? Ich dachte, es ist eine einzelne Kultistin und keine Assassine.«

»Dachte ich auch.« Die Schritte stoppten, mussten ganz nah sein. Er: »Carlos! Update!« Ein Knistern. »*Was?* Zwei Mann down? Scheiße! Ja, wir kommen!«

Die Schritte entfernten sich augenblicklich. »Und der Junge?«

»Finden wir mit der Drohne und der Wärmebildkamera, sobald sich der Wind beruhigt hat. Wo soll er schon hin?« Dann waren sie weg.

Joris schlotterte plötzlich am ganzen Leib. Beinahe hätten sie ihn erwischt. Aber nur beinahe. *Los, weiter!*, meinte er, seine Mutter sagen hören.

Mit einem Ruck löste er sich aus seinem Versteck und hastete weiter.

Celine leerte im Lauf das Magazin in Richtung Haus. Ihre Ohren klingelten von den Schüssen, als säße sie in einer Blechtrommel. Zum Glück sah sie nirgends ihren Joris auf dem Gelände liegen. Er musste es ins Gehölz geschafft haben. Guter Junge. Bester Junge.

Hoffnung schöpfend warf sie das leere Magazin fort, schlug einen Haken und sprintete auf die dunklen Krüppelbäume zu.

Dass eine Soldatin und ein Scharfschütze aus der Dunkelheit hervorkamen, hatte sie nicht auf dem Schirm. Und die Frau war gut. Sie schoss ihr direkt in die Brust.

Keuchend ging Celine zu Boden, doch zum Glück trug sie einen speziellen Safeguard aus Nanokev. Das nanoarchitektonische Material bestand strukturell aus Kohlenstoffstreben, die über Zwei-Photonen-Lithografie in Harz gedruckt wurden, welches später wieder ausgewaschen wurde. Die Westen hielten selbst kleineren Überschallprojektilen stand, und so brachte sie das gestohlene Gewehr in Stellung und drückte den Abzug durch.

Der Rückstoß schlug ihr beinahe die Waffe aus den Händen, aber dafür sprang die Soldatin zur Seite, während der Kopf des Scharfschützen in einer roten Gischtwolke explodierte.

Stöhnend kam Celine auf die Beine, hastete weiter zum

Gehölz, weiter, weiter, bis sie sich zwischen den Wurzeln zu Boden warf, genau in dem Moment als die Soldatin kreischend das Feuer eröffnete. Die Einschläge ließen Rinde und Tannennadeln auf Celine regnen, aber irgendwie blieb sie verschont.

»Komm raus, du Fotze!« Die Soldatin wechselte voller Grimm das Magazin. »Oder ich komm zu dir und reiß dir deinen süßen Arsch auf!«

Celine checkte ganz leise das Magazin ihrer Pistole. Noch drei Schuss. »Dann komm doch!«, schrie sie zurück und visierte an.

Die junge Soldatin stand prächtig da, illuminiert von den Lichtern des Hauses. Von ihren Emotionen geblendet hatte sie das offensichtlich vergessen und kam tatsächlich näher.

Celine beschwerte sich nicht, sondern zog zweimal den Abzug durch. Die Soldatin ächzte leise und sackte zusammen.

Mit angehaltenem Atem wartete Celine einen Moment, ob sich am Haus noch was tat, aber es blieb ruhig. Trotzdem war irgendwo noch das Back-up, denn zu dritt waren sie im Haus gewesen. Vermutlich war er der Letzte des Fünferteams, das mit einem Sturmwagen gekommen war. Sie kamen meistens zu fünft. Ein Kommandant, ein Scharfschütze und drei Soldaten.

Wäre Joris nicht allein und verängstigt im Gehölz, würde sie zurückgehen und einen Schlussstrich ziehen, so aber …

Eine Gestalt erschien mit erhobenen Händen im zerstörten Fenster des Esszimmers und wimmerte. George.

Das Back-up schrie von drinnen: »Ich weiß, dass du noch da draußen bist! Ich kann dich riechen! Stell dich, und wir verschonen deine Familie!«

Celine ließ sich auf das Spiel nicht ein. Er wollte sowieso nur wissen, wo sie sich befand. Verschonen … er hatte die Schussfreigabe auf Joris, ohne mit der Wimper zu zucken, erteilt.

»Letzte Chance!«, rief er. »Ich zähl noch bis drei!«

George heulte auf. »Bitte nicht!«

»Eins.«

»Bitte. Ich hab sie doch gemeldet. Ich hab doch alles getan …«

»Zwei.«

Er sank auf die Knie. Brust, Kopf und erhobene Hände waren noch im Fenster zu sehen. »Bitte. Nicht den Jungen! Nicht den ‒«

»Drei.«

Obwohl George sie verraten hatte, lief ihr eine Träne über die Wange, als der Schuss ihm das Leben raubte, und sie kämpfte einen Moment mit dem Impuls, aufzuspringen und seinen Mörder zu erledigen, aber sie hatte sich unter Kontrolle.

Leise kroch sie rückwärts tiefer ins Gehölz, die Pistole mit einer letzten Patrone im Magazin schussbereit. Leider erlaubte sich das Back-Up keinen Fehler und erschien nicht im Fenster. Vermutlich rief es längst Verstärkung. Wie lang würde die brauchen? Ein bis zwei Stunden von München her. Das Haus verschwand vollends hinter den Ästen, und die Dunkelheit umarmte Celine wie eine alte Freundin.

Sie fand Joris unter der Koboldkiefer.

Sie brauchte kein Wort verlieren, denn der Junge ahnte es bereits.

Als sie den Schutz des krüppeligen alten Baums gen Süden verließen, überkamen Celine dann doch die Tränen. Sie flossen aber nicht wegen George, sondern weil sie etwas anderes unter den nadelschweren Ästen bei Klaus, dem Kobold, zurückgelassen hatten: Joris' Kindheit.

Teil 2

Flucht

Kapitel 12

Celine und Joris erreichten die Feldstation am Wall noch im Schutz der Dunkelheit. Ihnen blieben noch knapp einneinhalb Stunden, bevor die Dämmerung zur Morgenrota anbrach.

»Wir müssen so weit wie möglich Richtung Österreich, bevor der Tag anbricht«, erklärte sie. »Und von dort dann weiter in die Schweiz.«

»Wohin genau?« Seine Stimme klang ganz rau.

»In die Appenzeller Alpen.«

Schweigend trabten sie weiter, den Wall zu ihrer Rechten. Schließlich sagte sie leise: »Joris?«

»Ja.«

»Willst du reden?«

»Worüber?«

»Dein Vater ist vorhin —«

»Ermordet worden.« Er sagte es ganz nüchtern. »Sie haben ihn erschossen, nicht wahr?«

Schlauer Junge. Starker Junge. Armer Junge. Sie nickte.

Wieder ging es schweigend weiter, bis er fragte: »Warum hat Vater das getan?«

»Weil er Angst um dich hatte. Er wollte dich beschützen. Er hat geglaubt, sie würden nur mich schnappen.« Sie hob den Blick zum dunklen Himmel, wo nur eine Handvoll Sterne schimmerte. *Wie konntest du nur so naiv sein, George?*

Joris war es offensichtlich nicht. Er schnaubte und rang mit den Händen. »Aber er hat doch gewusst, dass sie dich dann töten!«

»Vermutlich.«

»Aber warum dann? Warum?« Joris blieb vor Wut bebend stehen, und plötzlich weinte er wieder.

Celine drückte ihn an sich. »Alles gut. Alles gut.«

»Nichts ist gut. *Die wollten uns töten!*«

»Haben sie aber nicht. Und werden sie nicht. Verstehst du? Wir sind stärker. Wir sind schlauer. Schlauer! Hörst du?«

Er nickte nur.

Sie hielt sein Gesicht mit beiden Händen, um ihm tief in die Augen zu sehen. Sie bestanden nur aus Schatten. »Hörst du wirklich zu?«

»Ja, verdammt!«

»Gut. Die mögen stärker erscheinen, übermächtig, doch das sind sie nicht!«

»Aber die haben Waffen und Drohnen und Soldaten und –« Seine Stimme brach.

»Joris!«

Ein heiseres »Ja, Mama?«.

»Hör zu! Wir haben einen entscheidenden Vorteil: Die wissen nämlich nicht, wohin wir wollen. Verstehst du? Die haben keine Ahnung.«

Hoffnung trat wieder in seine Augen. »Überhaupt keine Ahnung?«

»Null.« *Außer George hat ihnen auch das verraten.* Celine biss sich auf die Unterlippe. Was hatte sie ihm nochmals erzählt? Dass sie die Brosche in die Schweiz bringen wollte und dort in die Berge. *Scheiße!*

»Und wohin wollen wir?«, fragte Joris.

»In die Appenzeller Alpen. Vorher treff ich mich aber mit meinem Trupp, von dem ich bei Konstanz getrennt worden bin. Ich hoffe zumindest, dass sie am vereinbarten Treffpunkt auf mich warten.«

»Warum rufst du sie nicht einfach an?«

»Weil die Regierung genau das will. Sie könnten den Call abfangen und rückverfolgen. Wir dürfen deswegen auch nicht deinen Sturmwarner aktivieren, denn der läuft auf dem Regierungssystem.«

»Und wie willst du dann das Wetter im Griff haben?«

»Ich dachte, du kennst dich damit bestens aus?«

Ein Lächeln huschte über sein Gesicht. »Das tu ich auch.«

»Gut. Und jetzt lass uns weitergehen. Ich möchte noch bis ans Ufer gelangen. Mit etwas Glück können wir dort ein Fischerboot kapern und damit den See überqueren.«

»Ist das nicht zu riskant?«

»Genauso riskant wie zu Fuß am Ufer entlang, nur geht es schneller.«

»Okay. Ich wüsste, wo es ein Boot gibt.«

»Wo?«

»Beim alten Schorsch.«

»Der lebt noch?«

»Jo. Fährt immer noch jeden Tag raus, fängt ein paar Fische und bringt sie als Spende in die Feldstation.«

»Der war schon immer eine gute Seele.« Celine erinnerte sich gern an Schorsch. Der Fischer müsste mittlerweile Mitte achtzig sein, vermutlich noch gebeugter als früher, aber wahrscheinlich immer noch mit diesem großväterlichen Lächeln auf den Lippen.

»Dann also zu Schorsch?«, fragte Joris und wischte sich die Tränen von den Wangen.

Der Anblick ihres starken Sohns wärmte Celines Herz. »Ja, genau! Zu Schorsch! Prima Idee, Joris.«

Es versprach ein ruhiger Tag zu werden – zumindest wettertechnisch. Der Bodensee lag dunkel und geheimnisvoll vor ihnen im anbrechenden Licht der Morgenrota. Die

Lindauer Insel war in einiger Entfernung als dunkles Gebilde zu erkennen. Seit knapp einhundert Jahren war es streng genommen keine Insel mehr. Der See war zurückgewichen, und so lag die Insel längst auf dem Festland, umringt von matschigem Gras. Eine Brücke und einen Bahndamm gab es noch, aber die meisten Gebäude waren Ruinen. Die Stürme pfiffen heftig über den See und trafen die Insel mit voller Wucht, sodass zu viele Häuser zerstört und zu viele Menschen gestorben waren. Im Jahr 2114 war dann auch noch ein Feuer ausgebrochen, das weitere Teile zerstört hatte.

Bei Schorsch in der Fischerhütte hingen alte Fotografien der Insel aus den Zweitausenderjahren, die Joris schon häufig bestaunt hatte. So toll hatte die Insel also einmal ausgesehen, mit Löwe und Leuchtturm und den glitzernden Lichtern im Hafen, eine wahre Perle im See. Es war so traurig, dass es solche Schönheiten kaum mehr gab. Die Stürme tilgten langsam, aber sicher all ihre Hinterlassenschaften von der Erde.

»Das dort draußen ist er, oder?«, fragte Celine. Ein sanfter Wind strich ihr durchs Haar, während sie auf den einzigen Kutter in der Bucht deutete.

»Jo, das ist er. Wird bald seinen Fang einholen, ausnehmen und dann gleich zur Feldstation aufbrechen. Dort schlägt er meist gegen zehn Uhr auf.«

»Dann warten wir. Am besten im Bootshaus.« Ihr Blick wanderte immer wieder zum wolkenlosen Himmel.

»Glaubst du, dass sie uns mit Drohnen suchen?«

»Mit Sicherheit. Das Wetter ist heute gut genug.« Sie verzog das Gesicht. »Deshalb wäre mir eigentlich Sturm lieber, aber das Leben ist nun mal kein Wunschkonzert.«

Joris nickte nur.

Schorschs Boot drehte keine halbe Stunde später bei und hielt auf das Bootshaus zu. Celine überlegte für einen Moment, ob sie sich verstecken und den Fischer überwältigen sollten, aber bei Schorsch schien ihr das grotesk. Sie würde ihn einfach um Hilfe bitten. Wenn jemand half, ohne Fragen zu stellen, dann er.

Und tatsächlich hob er lächelnd die Hand zum Gruß, als er den Kutter ins Innere steuerte, kein bisschen überrascht, dass sie ja vor fünf Jahren verstorben sein sollte. Er warf ihr sogar das Tau zu, damit sie den Kutter am Boller festband.

Als er schließlich über die schmale Eisenplanke von Bord ging, sagte er: »Da schau an. Die Seen werden ausgegossen, die Berge fliegen wie Wollbüschel davon, und die Toten erheben sich aus ihren Gräbern. Ist etwa der Jüngste Tag angebrochen?«

Celine hatte schon immer über seine theatralischen Sprüche gelächelt. »Ich würde fast behaupten: Ja.«

Er nickte wissend. »Dann lass hören, wie ich dir dienen kann, Kind.«

»Mit einer Überfahrt, Schorsch. Wir müssen in die Schweiz.«

Sein Gesicht wurde ernst. »Nur ihr beide?«

Joris zuckte zusammen, und auch Celine schluckte schwer. »Ja, nur wir beide.«

Ein Seufzen. »Und ich vermute baldmöglichst. Mein Vorschlag: Ich bringe die Fische in die Station wie jeden Tag. Danach fahr ich euch rüber.«

»Oh, das wäre so wundervoll. Wie können wir dir danken?«

»Mit geschickter Hand.« Er zückte ein Messer vom Gürtel, ließ es geschickt durch die Finger wandern und hielt es ihr mit dem Griff voran entgegen. »Sechzehn Fische warten darauf, ausgenommen zu werden.«

101

Während Schorsch die Fische in die Feldstation brachte, gönnten sich Joris und Celine notgedrungen eine Pause. Er hatte ihnen dafür zwei Bodenseefelchen dagelassen, die Celine über einem Holzfeuer in der Pfanne briet. Der Geruch ließ Joris das Wasser im Mund zusammenlaufen und erinnerte ihn daran, dass er die ganze Nacht weder gegessen noch geschlafen hatte. Entsprechend müde wurde er nach dem Frühstück, doch die Neugierde hielt ihn wach.

»Wir treffen jetzt also deinen Trupp, und dann geht's in die Schweizer Berge. Warum dorthin? Gibt es da etwas Besonderes?«

Celine lutschte das letzte Fett vom Teller und nickte. »Etwas ganz Besonderes.«

»Mama!«

»Ja, schon gut. Keine Geheimniskrämerei. Wir wollen zur alten Forschungsstation der DeWitts.«

»In den Schweizer Bergen? Nie davon gehört.«

»Würde mich auch wundern. Die Forschungsstation war und ist topsecret. Thore DeWitt hat dort seine O'Neill-Kolonie gebaut.«

»Die er wegteleportieren wollte?«

»Genau. Als das Konzept der Kolonien aufgekommen ist, ging man davon aus, dass man sie im Weltall errichten müsse. Man dachte an einen Zylinder von dreißig Kilometern Länge und sechseinhalb Kilometern Durchmesser. Das war völlig überdimensioniert, hätte Platz für Millionen Menschen geboten. Thore buk kleinere Brötchen. Seine Kolonie *New Horizon* bot Platz für zweihundert Personen und sollte zuerst mit einhundert bevölkert werden. Dementsprechend konnte er sie unterirdisch aufbauen.«

»Und die gibt's heute noch?«

»Ja. Sie ist Teil der Forschungsstation. Du musst dir das so vorstellen: Überirdisch gibt es nur ein paar Messstationen und Sensoren, verteilt auf drei Gipfel benachbarter Berge. Danach kommt der Forschungsbereich mit dem darunterliegenden *Earth Gate*. Dieses Gate ist das Herzstück, die eigentliche Quantenanlage für den Teleport. Und unter der ist die Kolonie in den Berg gebaut worden, eine phänomenale Konstruktion, die einen ziemlich ausgehöhlten Berg hinterlassen hätte, denn Teile des Berggesteins sollten als Abschirmung gegen die im Weltraum gefährliche Sonnenstrahlung wirken.«

»Hast du nicht auch vom *Lunar Gate* gesprochen?«

»Das war eine Forschungseinrichtung der NASA auf dem Mond. Dort gab es zuvor eine Quantenkommunikationsmaschine von DeWitt Enterprises.«

»Die statt der in der Kolonie angesteuert worden war.«

Celine nickte. »So war's. Und deswegen müssen wir dorthin. Für den Rückteleport muss zwingend das *Earth Gate* aktiviert werden, ebenso das *Lunar Gate* auf dem Mond.«

Joris hob eine Augenbraue. »Wir können die Rückholaktion nicht allein von hier aus durchführen?«

»Leider nicht. Die Mädels und Jungs auf dem Mond müssen auch ihren Teil dazu beitragen.«

»Und wenn sie's nicht tun? Oder nicht wollen?«

Celine musterte ihren Sohn. »Wie kommst du auf Letzteres?«

»Na ja, du hast gesagt, dass die dort eine Bevölkerung gegründet haben. Die würden dann ja alle mitteleportiert werden.«

»So wie ihre Urururgroßeltern damals weggebeamt wurden. Ja.«

»Ist das nicht … gefährlich? Pete hat mal erzählt, dass man das nicht überleben würde.«

»Der Pete von Barbara und Michael?«

»Genau der Pete.«

»Der war schon immer ein schlaues Kerlchen. Aber ganz unrecht hat er nicht. Es gibt gewisse Risiken. Unklar ist beispielsweise, ob man danach noch der gleiche Mensch ist oder nur ein Duplikat. Man hätte die gleichen Gefühle, Gedanken, Erinnerungen, aber das Original wäre beim Beamen gestorben.«

»Das klingt nicht gut.«

»Na ja. Überlebt haben sie es ja schon mal. Klingt paradox, wenn man dabei dann doch über den Tod spricht. Es gibt halt zwei verschiedene Theorien, und bisher wissen wir einfach nicht, welche davon zutrifft. Das ist auch ein Punkt, warum es wissenschaftlich höchst interessant wäre, die Menschen vom Mond danach zu untersuchen.«

Joris blies durch seine Finger. »Ich weiß nicht, ob ich mich unter diesen Umständen beamen lassen würde.«

»Musst du ja nicht. Und wir werden sehen, wie sich die Mondbevölkerung entscheiden wird.«

»Also können wir nur hoffen, dass die auf dem Mond es auch wollen und schaffen, das Gate zu aktivieren.«

»Die werden das schaffen! Und wir auch!«

Von draußen wehte eine schwungvoll gepfiffene Melodie herein, ein Tiroler Plattler, wie Schorsch erklärt hatte. Sein Erkennungszeichen.

Celine öffnete ihm die Tür. »Und? Wie ist die Stimmung?«

»Furchtbar. Euer Haus ist vollständig niedergebrannt. Ein Kerl von der Regierung ist sogar da, um den Fall zu untersuchen. Er hat eine Drohne im Einsatz, auch wenn das wahrscheinlich keiner gemerkt hat. Die flog ganz weit oben, nur ein Mückenschiss am Himmel.« Er musterte Celine, die daraufhin seufzte.

»Joris weiß Bescheid, Schorsch.«

Ein knappes Nicken, und doch nahm er Celine beiseite und flüsterte ihr ins Ohr: »Die Männer von den Feldern haben in eurem Haus eine Brandleiche gefunden. Gehen von George aus, auch wenn sie stark entstellt ist. Nach Joris suchen sie noch. Und auch nach dir hat der Typ gefragt, aber ich hab nichts gesagt.«

»Und das soll bitte auch so bleiben.«

Der Alte verstand. »Ich habe niemanden gesehen.«

Celine lächelte freudlos. »Danke!«

»Dafür nicht.«

»Doch, Schorsch. Genau dafür! Nicht jeder würde uns unter diesen Umständen helfen.«

»Nur jemand, der auf einem Auge blind ist.«

»Wie bitte?«

»Vergiss es, Kind. Pack lieber was vom geräucherten Fisch ein, und dann lasst uns aufbrechen. Der Kerl war mir nicht geheuer. Nicht, dass der noch hier aufkreuzt und herumschnüffelt.«

»Aber seine Drohne. Sollten wir nicht lieber auf den Schutz der Dunkelheit warten?«

»Nein. Ich will baldmöglichst raus, solange der Wind schweigt. Sonst krieg ich keine zweite Fahrt erklärt, wenn man Fragen stellt. Und die wird der Kerl stellen, das weiß ich so sicher, wie der Mond verschwunden ist.«

Kapitel 13

Während die Drohne immer größere Kreise über der Wannentaler Kolonie zog, machte sich Carlos Evertim so seine Gedanken.

Bei Celine Keller handelte es sich mit Sicherheit nicht um ein kleines Licht des Mondkults. Jemand Unbedeutendes hätte nicht sein ganzes Team ausradiert und wäre dann noch entkommen. Die beiden hatten zwar den Heimvorteil, aber nur sie war bewaffnet gewesen und hatte gewusst, was sie tat. Dazu kam seine gestrige Order: Keine Zeugen hinterlassen. Ein überraschend scharfer Auftrag. Und zuletzt waren da noch die erstaunten Gesichter der Anwohner, die ihm erzählt hatten, dass Frau Keller bis vor fünf Jahren hier gelebt hatte und danach bei einem Sturm verstorben sei. Angeblich. Die Story war glaubhaft und unabhängig voneinander von mehreren Befragten vorgetragen worden.

Wer bitte war Celine Keller?

Carlos zückte seinen Kommunikator; er musste sowieso der Zentrale Bericht erstatten, dann konnte er gleich nachfragen. Zu seiner Überraschung wurde er sofort weitergeleitet an Henry Falkenberg, der seit Jahren die europaweit agierende Organisation NOCOM leitete. *NO Cult Of Moon.* Allerdings hatte Carlos noch nie mit Falkenberg persönlich gesprochen. Celine Keller musste wirklich eine große Nummer sein.

Und dann war Falkenberg auch schon in der Leitung, mit einer so abgebrüht ruhigen Stimme, dass sie Carlos eine Gänsehaut bescherte, was selten vorkam. »Carlos Evertim, richtig?«

»Ja, Sir!«

»Seit achtzehn Jahren bei NOCOM. Ausbilder. Kommandant. Eine ausgezeichnete Liquidierungsquote, wie ich hier in ihrer persönlichen Statistik sehe.«

»Danke, Sir!«

»Bis gestern. Da ist Ihnen eine Gesuchte entkommen. Was ist passiert?« Falkenbergs Stimme war frei von Vorwürfen.

»Sie hat uns überrascht. Wir wurden von ihrem Ehemann verständigt, dass sie Kultistin sei und mit dem Sohn fliehen möchte. Ich dachte daher, es würde nur ein kurzer Eingriff. Stutzig gemacht hatte mich zwar, dass ich die Anweisung bekam, keine Zeugen zu hinterlassen, aber das kommt ja hin und wieder vor, gerade in so kleinen Kolonien.«

Carlos machte eine Pause, doch Falkenberg gab keinen Kommentar dazu ab.

»Sie war auch bewaffnet«, fuhr er fort. »Hat mein Team eliminiert. Das war keine normale Kultistin. Die wusste ganz genau, was sie tat.«

»Irgendeine Spur?«

»Bisher nicht. Sie flüchtete zu Fuß mit ihrem Sohn ins Gehölz. Ich suche seit zwei Stunden mit der Drohne das Gelände ab, allerdings bislang ohne Erfolg. Gibt eine ganze Menge alter Bauten hier. Ach übrigens: Die Zielperson lebte laut Anwohnern hier bis vor fünf Jahren als Celine Keller. Inszenierte wohl ihr Ableben, um unterzutauchen.«

Für einige Sekunden waren nur Falkenbergs Atemzüge zu hören, bis er fragte: »Wie groß ist die Kolonie?«

Carlos blähte die Wangen auf. »Ich schätze sie auf sechzig Personen. Fast alles Bauern, dazu ein Arzt, ein Fischer und einige Handwerker. Es gibt außerdem eine Schule. Hier leben ein paar Kinder, die auf den Feldern arbeiten. Das war's.«

»In Ordnung, Herr Evertim. Dann bleiben Sie bitte vor Ort und setzen Ihre Suche fort. Ich schicke Ihnen Verstärkung. Wird aber mindestens zwei Stunden dauern. Der nächste Trupp ist momentan im Allgäu.«

»Verstanden. Und wie soll ich verfahren, falls ich Frau Keller und ihren Sohn aufspüre?«

»Wie bisher: Liquidieren.«

»Verstanden. Liquidiere Zielpersonen bei Kontakt.« Carlos ließ den Kommunikator sinken und checkte die Drohne. Der Suchalgorithmus hatte keine verdächtigen Bewegungen gemeldet. Er atmete tief durch. *Also gut, dann oldschool. Was würdest du an ihrer Stelle tun, Carlos? Du fliehst bei Nacht ins Gehölz. Dir steht kein Fahrzeug zur Verfügung. Du hast deinen jugendlichen Sohn dabei.* Für einen Moment musste er an seine Tochter Senta denken, und ihm wurde warm ums Herz. Sie war dreizehn und sein ganzer Stolz. *Du bist bereit, das Kind um jeden Preis zu beschützen. Du ziehst also den sicheren Weg vor. Nur wohin?* Die Zentrale hatte ihm gestern keine Informationen zukommen lassen, wohin die Frau laut Angabe des Ehemannes fliehen wollte. Stellte sich also die Frage, woher sie überhaupt kam, denn lange war sie nicht vor Ort gewesen, sonst hätten die Anwohner nicht so erstaunt reagiert. Keiner von denen hatte gewusst, dass sie überhaupt da gewesen war.

Carlos rief das Einsatzlogbuch der letzten Wochen auf und ging die Einträge durch. Ein einziger sprang ihm ins Auge: In der Nähe von Konstanz war vor einigen Tagen ein Sturmtrupp auf eine Gruppe Kultisten gestoßen. Angeblich waren alle eliminiert worden.

Konnte es sein, dass Celine bei dieser Gruppe gewesen und entkommen war? Zeitlich könnte es passen. Sie war am Nordufer bis nach Lindau marschiert, hatte dort ihren Ex-Mann aufgesucht und ihn um Hilfe gebeten. Vielleicht

war sie verletzt gewesen oder hatte Ausrüstungsgegenstände benötigt. Wie auch immer, er hatte sie daraufhin gemeldet, weil plötzlich der Sohn, der sie für tot gehalten
hatte, mit ihr wegwollte. Ja, das klang überaus plausibel.

Konstanz. Im Logbuch stand, dass die Sturmtruppe die
Kultisten Richtung Schweiz verfolgt hatte.

Carlos hob den Blick. In der Ferne erhoben sich die Appenzeller Alpen über dem See. Nahe dem Nordufer glitt
ein Fischkutter hinaus. Die Bugwellen zeichneten einen
Keil ins Wasser.

Sturmsoldat Carlos Evertim stieß ein Schnauben aus.
War es so einfach? Würde ich mit Senta ein Boot nehmen?

Ja, das würde er höchstwahrscheinlich.

Kapitel 14

Joris spähte durch das Bullauge hinaus. Glitzernd spritzte Gischt hoch, traf das Glas und perlte daran herab. Dahinter sah er die Ruinen von Rorschach in der Ferne. Schorsch hatte vor, die alte Badehütte in der Bucht anzusteuern. Von dort konnten er und Celine direkt in die ausgestorbene Stadt gelangen und in einem der verlassenen Gebäude eine Pause einlegen. Sie brauchten unbedingt Schlaf. Joris fielen immer häufiger die Augen zu, und auch seine Mutter hatte sie vorhin für einen Moment geschlossen gehabt.

Jetzt stand sie im Schatten der Kajütentür. »Und? Rührt sich was?«

»Nichts«, antwortete Schorsch von draußen. »Keine Drohnen, keine Fahrzeuge, keine anderen Boote.«

Celine seufzte. »Immerhin etwas.« Sie kam zurück und sank neben Joris auf die Pritsche, die sonst der Alte benutzte, wenn er mal auf dem Boot übernachtete. »Und wie geht's dir?«

»Gut.«

»Lügen steht dir genauso wenig wie dei–« Sie verstummte.

»Wie meinem Vater?« Joris verschränkte die Arme hinterm Kopf und musterte die Kajütendecke. »War's schwer, uns damals zurückzulassen?«

»Oh ja, natürlich! Jeden Tag hab ich an euch gedacht und mich gefragt, wie es euch geht, was ihr macht, wie ihr ohne mich zurechtkommt. Und jeden Tag habe ich daran gezweifelt, ob es richtig war zu gehen.«

»Und war es das?«

Celine ließ sich Zeit mit einer Antwort. Mehrmals spritzte Seewasser gegen das Bullauge, bis sie sagte: »Ich weiß es ehrlich gesagt nicht.«

Er setzte sich auf. »Wie meinst du das?«

»Die Frage zielt auf zwei völlige unterschiedliche Dinge ab: Familie einerseits und –« Für einen Moment suchte sie nach Worten. »– Schuld andererseits.«

»Schuld?« Das verstand er nicht. »Woran trägst du eine Schuld? Am Verschwinden des Monds sicher nicht, da waren nicht mal deine Urgroßeltern geboren.«

»Klar, aber indirekt schon irgendwie. Vielleicht ist auch *Schuld* der falsche Begriff. Nenn es *unterlassene Hilfeleistung*.«

»Das versteh ich nicht.«

Sie lächelte milde. »Stell dir einfach die Erde als Patientin vor. Als kranke Patientin. Sie leidet an Stürmen und Wetterextremen. Mal Sandsturm mit Hitze aus der Sahara, am nächsten Tag Eissturm aus der Arktis. Die Ursache ist die zu hohe Rotationsgeschwindigkeit der Erde, verursacht durch das Fehlen des Monds. Und jetzt bin ich als Physikerin irgendwie Ärztin. Ich weiß, wie wir den Mond zurückholen könnten. Ist es dann nicht meine Pflicht, die Erde zu retten? Oder anders formuliert: Mache ich mich nicht sogar strafbar, wenn ich es nicht versuche?«

»Hmmm … irgendwie schon, aber heißt es nicht, dass man nur dann Hilfe leisten muss, wenn man sich nicht selbst in Gefahr begibt? Du riskierst aber dein Leben!«

»Das stimmt, und trotzdem! Ich kann einfach nicht zusehen, wie die Chance verstreicht. Ich würde es mir mein Leben lang vorwerfen, genauso wie ich mir seit fünf Jahren vorwerfe, euch zurückgelassen zu haben. Es wurde zum klassischen Dilemma, als ich mich in deinen Vater verliebt habe. Ich hätte es wissen müssen, aber gegen Gefühle ist man weitestgehend machtlos.« Sie lächelte und strich ihm durchs Haar.

Da rief Schorsch herab: »Ein Boot nähert sich!«

Celine war schon auf den Beinen. »Aus welcher Richtung?«

»Vom Nordufer. Ich glaube, es ist mein Speedboot.«

»*Deines?*«

Schorsch kam in die Kajüte, um einen Feldstecher von einer Ablage zu holen. »Ich hab es schon ewig nicht mehr benutzt, halte es aber für den Notfall in Schuss.« Sorge stand auf seinem Gesicht, als er die Kajüte wieder verließ.

Celine trat an der Tür von einem Bein aufs andere. Auch Joris kam zu ihr. »Glaubst du, das ist der Typ, von dem Schorsch gesprochen hat?« Er merkte, wie sein Herz schneller schlug.

»Womöglich.«

»Und wenn er es ist?«

»Dann hoffen wir, dass er uns nicht findet. Andernfalls –« Ihre Hand wanderte an ihren Gürtel zur Pistole.

Joris verstand und nickte grimmig.

Schorsch erschien wieder im Türrahmen. »Es ist der Typ.«

»Dann verstecken wir uns, wie besprochen, im Frachtraum.«

»Und ich versuche, ihn abzuwimmeln.« Der alte Fischer öffnete ihnen eine schlanke Stahltür, die aus der Kajüte in den Frachtraum führte. Der Gestank von Rost, Algen und totem Fisch pufftе Joris entgegen, nahm ihm im ersten Moment den Atem, doch Celine schlüpfte schon hindurch und winkte ihn zu sich.

Kaum war Joris drin, schloss Schorsch hinter ihnen die Klappe. Die Schließmechanik schabte, Schritte und dann Stille. Nur das Surren des Elektromotors des Boots war noch zu vernehmen.

112

»Komm hierher!« Celine lief mit eingezogenem Kopf zu einigen Fässern und zwängte sich dahinter. Wie Schorsch gesagt hatte, fanden sie im Schutz der Fässer vier weitere Klappen, jede etwa vierzig mal vierzig Zentimeter groß. Es war zusätzlicher Stauraum für Kisten und Ersatzteile.

Mit einem blechernen Knirschen öffnete Celine eine davon und zwängte sich, die Beine voran, ins Innere. Sie passte gerade so hinein.

Joris hatte gedacht, die Schächte wären größer. »Da liegen wir ja drin wie die Ölsardinen!«

»Hast du eine bessere Idee? Also: Rein in den Schacht neben mir!«

»Und wenn der Typ sie kontrolliert?«

»Dann baller ich ihm direkt ins Gesicht.«

»Großartig.« Joris öffnete die Klappe neben seiner Mutter und sank auf den Hosenboden. »Und was mach ich, wenn er meine Klappe zuerst überprüft? Ihn anspucken?«

Celines Gesicht wurde grimmig. »Daran hab ich nicht gedacht.«

Joris schob sich in den engen Stauraum. Gerade so passten seine Schultern durch die Öffnung, und er musste die Beine anziehen und verdrehen, um die Klappe schließen zu können. Noch ließ er sie offen und fragte: »Irgendein Vorschlag?«

In seinem Blickfeld erschien ihre Pistole. »Nimm die! Ist entsichert. Einfach den Abzug durchdrücken, falls jemand deine Klappe öffnet, ohne dreimal dagegenzuklopfen.«

Joris musterte die Pistole drei Herzschläge lang, bevor er danach griff. Sie fühlte sich schwer an, viel schwerer als die paar Hundert Gramm, die sie wiegen sollte. »Und was machst du, wenn du zuerst dran bist?«

»Dann weiß ich mir schon zu helfen. Keine Sorge.«
Und damit schloss sie knarrend ihre Klappe.

Joris musterte nochmals die Pistole in seinen Fingern, schluckte hart und tat es seiner Mutter gleich.

Dunkelheit senkte sich über ihn und mit ihr die Panik, in dieser Blechschachtel zu ersticken, doch Joris umklammerte den Pistolengriff so fest wie möglich und dachte dabei an den Soldaten, dessen Trupp seinen Vater auf dem Gewissen hatte, und die Angst verflog. Irgendwie wünschte er sich sogar, der Kerl möge seine Klappe öffnen. Dann würde er ihm alles zurückzahlen, doppelt und dreifach.

Joris erschrak über diesen Gedanken. Würde er das wirklich? Könnte er den Abzug drücken, oder würde er nur mit offenem Mund zusehen, wie der Kerl die Klappe öffnete, sagte: »Da ist er ja, der Bubi!«, und ihn erschoss?

Er hatte keine Ahnung und hoffte plötzlich, dass er es nie erfahren würde.

Bei jeder Welle knallte das Speedboot hart auf den See. *Pratsch! Pratsch! Pratsch!* Carlos stand aufrecht wie ein Mast hinterm Steuer, spürte den Fahrtwind über seine Glatze streichen und genoss den Ritt. Er hatte schon immer die Geschwindigkeit geliebt und wäre am liebsten Rennfahrer geworden, wenn es heute so was noch gäbe. Als Kind hatte er oft alte Rennen in den Mediatheken gesehen, die Legenden Schumacher und Hamilton. Die Überholmanöver, die Kurven. Das Straßenrennen von Monte Carlo! Das wäre ganz eindeutig seine Zeit gewesen, aber man konnte sich halt nicht aussuchen, wann man geboren wurde.

Sein Job als Jäger bei NOCOM war jedenfalls passabel. Er verdiente genug, damit niemand in der Familie hungern musste, und mit den Boni für Sonderliquidierungen konnten sie sogar etwas zur Seite legen. Vielleicht reichte es irgendwann dafür, dass Senta studieren konnte …

Der Fischkutter rückte in Schussweite, und Carlos stülpte sich seinen Helm über den Kopf. Er klappte das Visier herunter und aktivierte die Sensoren. Diesmal würde er die Kultistin nicht unterschätzen, falls sie an Bord war.

Der alte Fischer, den er schon in der Kolonie gesehen hatte, erschien an der Reling. Braun gebrannt und wettergegerbt musterte er Carlos aus argwöhnischen Augen.

Die Gesichtserkennung blinkte auf und meldete über die Kopfhörer, dass sie den Alten nicht identifizieren konnte. Irgendwie passte das ins Bild. Womöglich ein Unterstützer des Mondkults.

»Anhalten!« Carlos drosselte die Geschwindigkeit und drehte bei. »Und Hände hoch! Ja! Ich will jede Sekunde deine Hände sehen! Beide! Keine Faxen machen. Ich komm an Bord!«

Der Alte gehorchte und wartete mit erhobenen Händen, bis Carlos das Speedboot vertäut hatte und mit der Pistole in der Hand herübergesprungen war. »Kann ich sie jetzt endlich runternehmen«, fragte der Alte, als sie sich gegenüberstanden. »Ich bin nicht mehr der Jüngste. Arthrose.«

»Oben lassen!«, bellte Carlos. »Ich hab gesehen, wie du heute Morgen Fische abgeladen hast. Da kannst du die Arme schon noch ein wenig halten.« Ohne den Fischer aus den Augen zu lassen, sah er sich um. Das Deck war verwaist, nur ein paar Netze aus blaugrünem Kunststoff lagen herum. »Wohin soll's denn gehen?«

»In die Rorschacher Bucht. Bei dem ruhigen Wetter tummeln sich dort die Blaufelchen.«

»Und die tummeln sich nicht an der Nordseite?« Carlos umrundete den Fischer und lief bedächtig zur Kajüte. Die Tür offen, innen diffuses Zwielicht.

»Weniger«, antwortete der Fischer gelassen. »Die Stürme der letzten Tage treiben das Plankton und die Algen mehr auf die Schweizer Seite. Dort tummeln sich dann auch die Fische.«

»Aha.« Carlos spähte in die Kajüte. Es roch nach altem Mann und Fisch. Von den beiden Flüchtigen fehlte jede Spur. »Und der Fischfang lohnt sich noch?«

Der Alte zuckte mit den Achseln, die Arme nur noch halb erhoben. »Er ernährt mich – und stockt das Essen der Kolonie etwas auf. Eigentlich eine Schande, dass es so weit gekommen ist. Dass ein alter Tattergreis wie ich dafür sorgen muss, dass die Jungen genug zu essen haben. Das wäre eigentlich die Aufgabe der Regierung.«

Carlos kniff die Augen zusammen. »Spar' dir den Atem, Alter. Ich hab damit nichts zu tun. Und jetzt zeig mir den Frachtraum.«

»Wie Sie wollen.« Der Alte trat an ihm vorbei in die Kajüte und öffnete eine Stahltür. Dahinter lag der Frachtraum, leer bis auf ein paar Fässer, aber voll mit stinkenden Dünsten.

»Was ist in den Fässern?«, wollte Carlos wissen.

»Werkzeuge, Ersatzteile und Diesel für den Ersatzmotor, falls der elektronische abschmiert.«

»Öffnen!«

Der Alte seufzte. »Was glauben Sie zu finden?«

»Wer sagt, dass ich etwas suche?«

»Das ist offensichtlich.« Der Fischer schlurfte zu den Fässern, öffnete die Schnallen aus Edelstahl und hob die Deckel nacheinander hoch. Er hatte nicht gelogen.

Da fiel Carlos' Blick auf die vier Klappen. Sie waren schmal, aber eine zierliche Frau und ein Jugendlicher könnten sich womöglich dahinter verstecken. »Und was ist da drin?«

116

»Wo drin?«

»In den Klappen, Alter!«

»Ach, da. Das ist leerer Stauraum. Halt, nein, ganz rechts liegt ein Ersatzsolarpanel drin fürs Dach.«

»Öffnen!«

Der Alte sah ihn abfällig an. »Sie können gern reinschauen, aber bücken dürfen Sie sich selbst.«

Carlos rührte sich nicht. Das stank nach Falle. Der Alte könnte ihm einfach eine überziehen, sobald er ihm den Rücken zuwandte. Daher sagte er scharf: »*Du* wirst die Klappen öffnen! Das ist ein –«

Ein lauter werdendes Rauschen überlagerte seine Worte. Es drang von draußen herein. Carlos kannte das Geräusch und stürzte zur Tür, sprang durch die Kajüte ins Freie. Sein Blick ging in den Himmel. Was zum Teufel hatte das zu bedeuten?

Der Fischer erschien neben ihm, blass wie seine Fische, und hielt sich an der Reling fest. »Da!« Er riss den Arm in die Höhe.

Carlos sah die Rakete noch, wie sie über sie hinwegschoss, brüllend laut und einen Kondensstreifen hinter sich herziehend, und kurz darauf in der Wannentaler Kolonie einschlug.

Eine graue Rauchwolke stieg empor, dann stob in einem Herzschlag mehrere Meter hoch rot-schwarzes Feuer auf, gefolgt von einem weißen Ring, der sich rasend schnell ausbreitete.

»Guter Gott«, wisperte der Fischer, auf die näher kommende und sich auflösende Wolke starrend, und dann kräuselte sich schon das Wasser, und die Druckwelle traf das Boot.

Carlos wurde von den Füßen gerissen und quer über das Deck geschleudert. Schmerzhaft krachte er gegen die

Reling und spürte, wie sich der Fischkutter ächzend zur Seite neigte. Seine Füße fanden keinen Halt mehr, er griff wild um sich, bekam etwas Glattes zu fassen, das nachgab, und dann war da nur noch trübes, kaltes Wasser, das über ihm zusammenschlug.

Was auch immer draußen vor sich ging, im Stauraum klang es wie der zornige Schrei eines Gottes. Und dann schien dessen Faust Joris gegen die Stahlwände zu pressen. Er schrie vor Schreck, ließ die Pistole fallen und griff nach der Klappe. Sie sprang auf, und ein Schwall Wasser schwappte Joris ins Gesicht.

Er prustete, keuchte und kämpfte sich aus dem Schacht, während der Boden unter ihm heftig schwankte. Auch seine Mutter kroch nun aus ihrem Versteck, sichtlich irritiert und mit einer blutigen Schramme an der Stirn.

»Was zum Teufel war das?«, fragte er und spuckte Seewasser aus.

»Keine Ahnung.« Sie sah sich gehetzt um. »Ich kann mir das auch nicht erklären.«

In dem Moment taumelte Schorsch durch die Tür, blutüberströmt. Er sah aus, als hätte er dem Teufel ins Gesicht geblickt. »Das Wannental …«

Celine rannte ihm entgegen. »Schorsch! Was ist?«

Er sank in die Knie. »Das Wannental.« Sein Blick flatterte umher, traf Celine und klärte sich. »Raketenangriff!«

Sie blickte ihn nur ungläubig ein. »Eine Rakete? Was redest du da? Und wo ist der Soldat?«

»Über Bord gegangen. Beim Einschlag.«

Joris erreichte nun auch die beiden. »Beim Einschlag? Im Wannental?« Er blickte entsetzt zur Tür und eilte los, während das Schwanken des Boots langsam nachließ.

»Joris!«, hörte er seine Mutter noch rufen. »Nicht! Bleib

hier!«, doch er rannte durch die Kajüte hinaus aufs Deck, um dort abrupt stehen zu bleiben.

Über dem Wannentaler Hang hing eine gewaltige Rauchwolke. Aus der Entfernung vermochte Joris zwar keine Details zu erkennen, aber dass der Wall an mehreren Stellen verschwunden war, war offensichtlich. Überhaupt schien der ganze Hang samt Feldern abgerutscht zu sein. Eine braune Welle aus Erde und entwurzeltem Gehölz verlief bis zum Ufer. Häuser waren keine mehr zu erkennen.

Joris' Finger krallten sich in die nasse Reling. Ein Raketenangriff aufs Wannental. Es war absurd, aber seine Augen logen nicht, oder? Oder? ODER?

»Joris!« Celine. Leiser als vorhin. »Joris! Gooooott!« Sie schluchzte. Trat neben ihn. Schüttelte den Kopf, riss sich vom Anblick der Zerstörung ab und schob sich vor ihren Sohn. »Joris!«

Er kämpfte ebenfalls mit den Tränen, aber so richtig wollten sie nicht fließen. »Was?«, fragte er barsch.

»Lass es nicht an dich ran! Nicht jetzt! Jetzt brauch ich deine Hilfe! Wir müssen Schorsch verarzten. Er ist ohnmächtig geworden. Außerdem müssen wir runter vom See.«

Joris zwang sich, seine Mutter anzusehen. Mit der Hand deutete er aufs Wannental. »Das soll ich nicht an mich ranlassen?« Ihm wurde heiß, und er schrie: »*Weißt du überhaupt, was da passiert ist? Da ist eine Rakete runtergegangen!* RAKETE, Mutter! Da drüben sind wahrscheinlich alle tot!«

Celine nickte geschlagen. »Ja, das sind sie wahrscheinlich.« Und dann sank sie an der Reling zu Boden. »Und alles nur meinetwegen.« Ein Wimmern drang aus ihrer Kehle. »Meinetwegen …« Sie raufte sich plötzlich die Haare und schlug sich die Fäuste gegen den Kopf. »Meinetwegen, meinetwegen, meinetwegen …«

Der Anblick seiner verzweifelnden Mutter vertrieb die

Wut, und ehe Joris sichs versah, nahm diesmal er sie in den Arm und drückte sie an seine Schulter.

Der Moment währte allerdings nur kurz, denn Joris fiel etwas auf, was ihn erbleichen ließ. »Der Kutter kriegt Schlagseite! Wir sinken!«

Das Boot sank tatsächlich backbord immer tiefer. Joris sah dem schäumenden Wasser noch kurz zu, bevor er in die Kajüte hastete. Dort lehnte der ohnmächtige Schorsch neben der Stahltür zum Frachtraum. Aus dem drangen ein lautes Gluckern und Rauschen – er füllte sich und zog sie hinab in die Tiefe.

»Schorsch! Wach auf! Wir sinken!«

Der Alte rührte sich nicht. Seine linke Schläfe war geschwollen. Aus einer Platzwunde rann immer noch Blut.

Auch Celine kam zu ihnen. »Wir nehmen das Speedboot! Kannst du ihn tragen?«

Joris nickte. Auf den Feldern hatte er Stahlträger, Sandsäcke und Betonteile herumgewuchtet, dann würde er den alten Fischer locker hochbringen. Und das tat er. Mit ihm über der Schulter wankte er aufs Deck. Es wurde immer abschüssiger.

»Andere Seite!« Celine eilte voraus, wo an der Reling ein Tau befestigt war. Kurzerhand schnitt sie es mit einem Messer durch, das an ihrem Gürtel steckte. Das lose Ende hielt sie in der Hand. »Hier! Schnell!«

Joris erreichte mit Schorsch die Reling, die sich ihm immer stärker entgegenneigte. Er hielt sich keuchend fest, schob den Ohnmächtigen darüber und zog sich hinauf. Celine kletterte ebenfalls hinterher und erstarrte. »Unsere Rucksäcke! Hier!« Schon war sie wieder unten und schlitterte in die Kajüte.

Joris blickte entgeistert auf das Tau in seinen Händen. »Mama!«, rief er ihr hinterher. »Scheiße!«

Er sah zum Speedboot. Es tanzte auf dem schäumenden Wasser und dotzte immer wieder gegen den Rumpf des Kutters. Der war scharfkantig und drohte die Außenhaut des Speedboots einzuritzen.

»Na großartig!« Joris packte Schorsch fester, holte tief Luft und sprang mit ihm.

Es war nicht der Aufschlag, sondern die Kälte des Sees, die ihm die Luft raubte. In glitzernden Blasen stieg sie vor ihm auf. Prustend kam er an die Oberfläche, Schorsch irgendwie festhaltend, doch das Tau hatte er verloren.

Er sah das Speedboot keine zwei Meter neben sich. Mit kräftigen Beinschlägen schwamm er darauf zu, bekam den Rumpf zu fassen und die Leine, die außenherum lief. Daran zog er sich hoch, schrie vor Anstrengung und schaffte es, Schorsch ins Boot zu wuchten. Er zog sich hinterher und blieb erst mal schwer schnaufend liegen.

Aber dafür hatte er keine Zeit. »Mama!«

Der Kutter sank immer schneller. Der Mast brach splitternd. Irgendwo implodierte Glas.

Joris wollte sich schon wieder in den See werfen, um zum Kutter zu schwimmen, als sie mit ihren beiden Rucksäcken an der Reling auftauchte. Sie zerrte sich wie eine Turnerin darüber, suchte und fand ihr Gleichgewicht, warf ihm erst seinen, dann ihren Rucksack zu und sprang beiden hinterher, hinein in den See.

Es folgten für Joris bange Sekunden, bis sie schließlich neben dem Speedboot auftauchte. Sie bekam seine Hand zu fassen und glitt, dank seiner Hilfe, endlich an Bord.

Schwer schnaufend blieben die beiden liegen und hörten zu, wie der Kutter endgültig versank. Er gurgelte und seufzte und blubberte – und dann Stille.

»Ich glaub, das war's.« Celine rappelte sich auf.

Der See glich einem Trümmerfeld. Netze, der gebrochene Mast, ein Fass und etliche Kisten trieben auf dem Wasser. Gelegentlich stiegen noch Luftblasen auf und platzten an der Oberfläche.

»Siehst du irgendwo den Soldaten?«

Joris schüttelte erschöpft den Kopf. »Ich seh gar nichts mehr.« Er schloss die Augen und atmete einfach. Ihn riss es in den Schlaf, so müde war er, doch er mobilisierte noch einmal seine Reserven und zwang sich, die Augen wieder zu öffnen. »Wir müssen an Land«, sagte er.

»Und raus aus den nassen Sachen.« Celine hantierte schon am Motor herum und bekam ihn an. Joris nahm derweil hinterm Steuer Platz, und als der Motor aufheulte, bugsierte er das Boot vorsichtig durchs Treibgut. Danach gaben sie Vollgas und schossen auf die Ruinen von Rorschach zu.

Als sie dort ankamen, färbte sich der Himmel bereits stahlgrau. Im Norden, über dem zerstörten Wannental, braute sich außerdem ein Unwetter zusammen. Es war noch weit weg, aber die Wolkenwalze schon zu erahnen. Sie trug die Farbe von Eis anstatt von Sand.

Joris war das zum ersten Mal in seinem Leben egal. Er schleppte Schorsch mit letzter Kraft in die erstbeste Ruine an der Uferpromenade, zog sich seine nassen Sachen aus, schlüpfte in trockene und sank dann neben dem Fischer zu Boden. Im nächsten Augenblick war er auch schon eingeschlafen.

Dafür erwachte keinen Kilometer entfernt jemand anders: Carlos Evertim trieb noch im Bodensee, als er die Augen aufschlug.

»Vitalfunktionen kritisch«, sagte die Computerstimme in seinem Helm. »Gefahr der Unterkühlung. Manuell erwärmen. Manuell erwärmen.«

Carlos verstand nicht, was sein Helm von ihm wollte, bis die Erinnerung zurückkehrte. Japsend fuhr er hoch, bekam Wasser ins Gesicht, verschluckte sich und hustete.

Er schlug um sich, berührte etwas – eine Kiste – und klammerte sich daran fest, doch seine Finger waren steif und wollten sich nicht am aufgeweichten Holz festhalten.

»Manuell erwärmen«, wiederholte sein Helm. »Vitalfunktionen kritisch.«

Jetzt verstand er auch, warum. Wie lange war er im Bodensee getrieben? Mittlerweile senkte sich die Nacht über ihn, und im Norden sah es nach Sturm aus. Im Norden. Wo die Rakete vom Typ Silberfalke eingeschlagen war.

Die Wut darüber ließ ihn die Finger ballen, auch wenn sie höllisch schmerzten. »Ihr Wichser«, zitterte er mit tauben blauen Lippen hervor. *Keine Zeugen*, hatte Falkenberg gesagt. Klar, keine Zeugen. Auch ihn nicht.

»Manuell erwärmen«, sagte sein Helm. »Vitalfunktionen kritisch.«

»Ja, ja«, knurrte er, riss sich den Helm vom Kopf und warf ihn von sich. Schnell füllte sich das Teil mit Wasser und versank im See.

»Nicht mit mir!« Carlos sah sich um. Das Schweizer Ufer lag am nächsten und war vielleicht noch einen oder zwei Kilometer entfernt. Ob er das unterkühlt schaffen würde? »Manuell erwärmen«, sagte er selbst und dachte zuerst an Falkenberg und dann an seine Tochter. Wut und Liebe gaben ihm Kraft. Er schob sich auf die Kiste, um sie wie ein Schwimmbrett zu nutzen, und begann mit den Beinen zu treten. Erst langsam und dann immer schneller und kräftiger.

Kapitel 15

Schorsch stöhnte, was Celine von der imprägnierten Land-
karte aufblicken ließ, die sie im Rucksack bei sich trug. Wieder regte sich der Fischer im Schein der Notlampe und
kam zu sich.

Celine legte die Karte beiseite und ging zu ihm. Ihre
Knie knackten, als sie neben ihm in die Hocke sank. »Na
Gott sei Dank, du bist wach. Wie geht es dir?«

Schorsch richtete sich mit schmerzverzerrtem Gesicht auf
und befühlte vorsichtig seinen Kopf. »Brummt ganz schön.«
Er sah sich um, musterte irritiert das dunkle Zimmer, in dem
sie Unterschlupf gefunden hatten. »Wo sind wir?«

»In Rorschach. Direkt gegenüber dem alten Badehaus.«

»Und Joris?«

»Der schläft.« Celine deutete in eine der dunklen
Ecken, in der sich ihr Sohn zusammengerollt hatte, und
ihr Gesicht wurde weich. »Der hat alles prima gemacht.
Hat dich bis hierher getragen.«

»Er war schon immer ein guter Junge.«

Celine nickte nur und blinzelte Tränen weg. Danach
holte sie eine der Trinkflaschen und reichte sie dem Fischer.

Nachdem der getrunken hatte, sagte er: »Danke«, und
erhob sich. »Ich geh mal nach den Booten sehen.«

»Äh … es gibt nur noch das Speedboot.«

Der Fischer zuckte zusammen und sank zurück auf den
Boden. »Was ist passiert?«

»Die Druckwelle der Rakete hat das Boot in Schieflage
gedrückt. Der Frachtraum ist daraufhin vollgelaufen. Wir
konnten uns zum Glück ins Speedboot retten.«

»Dann war der Soldat also doch für etwas gut. Hat er überlebt?«

»Keine Ahnung. Wir haben ihn nirgends gesehen.«

»Er war nah dran, euch zu finden. Hat explizit nach euch gesucht.«

Celine musterte den Fischer ein paar Sekunden lang. »Du willst gar nicht wissen, warum, oder?«

Ein Kopfschütteln. »Man fährt im Leben besser, wenn man nicht zu viele Fragen stellt.«

Während der Fischer abermals aus der Flasche trank, fragte Celine rundheraus: »Warum werde ich das Gefühl nicht los, dass du mehr weißt, als du zugibst?«

Er ließ die Trinkflasche sinken und lächelte. »Weißt du, was dein Name bedeutet? Celine.«

»Die Himmlische. Stammt vom lateinischen Wort *caelum*.«

»Korrekt, aber es bedeutet auch die Mondgöttin, vom altgriechischen *selene*.« Wieder dieses Lächeln. »Ich finde, der Name passt ausgezeichnet für dich. Übrigens wie der von Joris.«

»Der Landarbeiter, eine Ableitung von Georg.«

»Wie sein Vater. Aber ich würde eher die andere Bedeutung nehmen: der Wachsame.«

Ihr Blick ging wieder in die dunkle Ecke, wo Joris' Gestalt zu erkennen war. »Das ist er auf jeden Fall. Außerdem bodenständig. Schlau. Zuverlässig.«

»Ein guter Junge.«

»Schorsch.«

»Ja?«

»Willst du nicht mit uns kommen?«

Die Trinkflasche gluckerte, bevor er »Nein« sagte.

»Warum nicht?«

»Weil ich ein alter Knacker bin. Ich würde euch nur be-

125

hindern. Und widersprich mir jetzt nicht, Celine! Du weißt es genauso gut wie ich.« Er reichte ihr die Trinkflasche zurück und stand endgültig auf. »Ich schau doch mal nach dem Boot. Und dem Wetter.«

»Da siehst du nicht viel. Über dem Allgäu hängt ein Sturm. Ich hoffe, er bleibt, wo er ist.«

»Und wenn nicht, dann geht er vorbei. Wie alles.«

Celine musterte den alten Mann. »Was willst du tun? Zurück ins Wannental?«

»Sicher. Ich werde schauen, ob jemand überlebt hat und ob man was aufbauen kann. Man kann immer etwas aufbauen. Und das werde ich tun.« Leise schloss er hinter sich die Tür.

Celine lauschte einige Zeit Joris' Atemzügen, bevor sie die Karte wieder zur Hand nahm. Sie wollte morgen unbedingt Sankt Gallen erreichen. Ein alter Wanderweg führte abseits der Straße querfeldein dorthin. Auf der Südseite gab es abseits der Stadt in den Berghängen eine Hütte, die als Ausgangspunkt für die weitere Mission fungierte. Die Hütte war zugleich der Treffpunkt, sollte die Truppe getrennt werden, wie es bei Konstanz passiert war.

Wie es den anderen wohl seitdem ergangen war?

Celine holte die Silberkette mit dem Mondanhänger hervor. Im matten Schein der Lampe schien er sogar aus sich heraus zu leuchten, was ihr ein Lächeln aufs Gesicht zauberte. Sie flüsterte: »Wo auch immer du bist, wird Magie sein.«

Der Abschied fiel ihnen schwer. Joris und Celine standen mit ihren Rucksäcken am Ufer, während Schorsch das Speedboot losband.

»Und du willst wirklich nicht mit uns kommen?« Joris konnte es gar nicht glauben.

»Nein. So ein Abenteuer ist nichts mehr für meine alten Knochen.«

»Aber –«

»Kein Aber.« Der Alte stieg ins Boot. »Ich habe meinen Teil beigetragen, und damit ist gut. Und jetzt brecht schon auf! Ihr habt eine lange Tour vor euch. Nutzt dafür das ruhige Wetter.« Er startete den Motor, steuerte das Boot in einem engen Bogen herum, hob nochmals die Hand zum Gruß und gab dann Vollgas. Mit knallendem Patschen schoss der alte Fischer davon.

»Irgendwie werd ich ihn vermissen«, sagte Celine.

»Nein«, entgegnete Joris. »Irgendwie werden wir ihn wiedersehen.«

Sie fuhr ihm dafür lächelnd durchs wilde Haar. »Und jetzt lass uns aufbrechen.«

»Wohin?«

»Richtung Sankt Gallen. Es geht ab in die Berge.«

Joris hob automatisch den Blick zum Himmel. Das Unwetter über dem Allgäu sah wirklich übel aus. »Hoffen wir, dass uns das da nicht erwischt.«

»Wird es nicht! Immer positiv denken! Und jetzt komm!«

Seite an Seite brachen sie auf und drangen tiefer in die verlassene Ruinenstadt vor.

Aus dem Schatten eines zerstörten Fensters beobachtete Carlos, wie Mutter und Sohn losmarschierten und der Fischer wieder auf den See hinausfuhr.

Der direkte Weg zurück war ihm also verwehrt, aber was wollte er auch auf der anderen Seite? Seine eigenen Leute hatten ihn liquidieren wollen. Wenn er sich also wieder meldete, würden sie es erneut versuchen. Und wie überhaupt melden? Sein Sturmwarner samt Kommunikator funktionierte seit dem unfreiwilligen Bad nicht mehr. Eigentlich hätte das Teil bis hundert Meter wasserdicht sein sollen.

Hätte hätte Fahrradkette.

Nüchtern betrachtet blieb Carlos nur eines: Mutter und Sohn verfolgen. Wenn sie so wichtig war, dass man ihretwegen eine ganze Kolonie auslöschte, konnte er sich vielleicht rehabilitieren, wenn er die beiden schnappte und auslieferte. Aber dazu musste er mehr über die zwei wissen, besonders über die Mutter. Wer war sie? Wohin wollte sie? Wie lautete ihr Plan?

Als die beiden zwischen Häusern aus seinem Blickfeld verschwanden, kletterte er aus dem Fenster, ließ sich auf die Straße hinab und heftete sich in gebührendem Abstand an ihre Fersen.

Der Weg führte sie durch die Ruinen von Rorschach, an verlassenen Gebäuden vorbei, geisterhafte Häuserschluchten entlang und dann aus der Stadt hinaus. Sie marschierten an einem Bach entlang, der sie in ein Gehölz führte. Joris fiel auf, dass es viel luftiger wirkte als die im Wannental. Vermutlich lag es an der Lage zwischen den beginnenden Bergen, wo der Wind weniger Angriffsfläche hatte.

Eine entsprechende Frage bejahte Celine. »Solche regionalen Mikroveränderungen beobachten wir überall. Die Natur ist einfach eine Improvisationskünstlerin, die sich neuen Begebenheiten perfekt anzupassen weiß. Damals, als der Mond verschwand, kämpften die Leute schon mit dem Klimawandel, und da sagten einige sarkastisch: Die Erde wird den mit Sicherheit überstehen. Auch neue Arten werden hervorgehen, dafür andere verschwinden. Darunter der Mensch.«

»So weit ist es nicht gekommen.«

»Noch nicht. Aber die Gefahren nehmen zu.«

»Du meinst die Stürme?«

»Nein. Ich spreche von Vulkanausbrüchen.«

»Bei uns am Bodensee?«

»Eher weniger, aber andere Regionen sind massiv gefährdet. Durch die erhöhte Erdrotation driften die Kontinentalplatten schneller auseinander, respektive zusammen. An den Rändern kommt es vermehrt zu Spannungen und Entladungen. Das war vorher auch schon so, aber nicht mit dieser Intensität. Die Hauptgefahr, selbst für uns hier in Mitteleuropa, besteht in großen Vulkaneruptionen, die das Potenzial haben, das Klima noch weiter zu verändern.«

»Ist das wirklich möglich?«

»Oh ja. Als du drei warst, hatten wir so ein Jahr ohne Sommer.«

»Ohne Sommer?« Das klang abgefahren. »Was war da passiert?«

»In Indonesien war ein Stratovulkan ausgebrochen, ähnlich wie im Jahre 1815. Es war in den letzten knapp dreißigtausend Jahren die vermutlich heftigste Eruption. Wir vermuten, dass etwa einhunderttausend Menschen an den direkten Folgen starben, doch viel verheerender waren die Auswirkungen aufs Klima. Es wurde so viel Material und Asche in die Atmosphäre geschleudert, dass in Nordamerika und Europa der Sommer ausfiel. Es kam zu Missernten und einem Verenden vieler Nutztiere, die gerade in Nordamerika noch gehalten wurden. Wie viele Menschen an der folgenden Hungersnot starben, können wir nicht mal beziffern.«

Joris hatte gespannt gelauscht. »Davon hat Frau Maier noch nie etwas erzählt.«

»Das denk ich mir. Die Regierung will von solchen Kausalitäten nichts wissen, denn es würde den Wunsch befeuern, dass man den Mond doch zurückholen muss. Es gibt so viele Gründe dafür, da könnte ich dir tagelang Vorträge halten. Die Zusammenhänge erschließen sich nicht auf den ersten oder zweiten Blick. Ein Beispiel: Die Erdachse wurde vom Mond stabilisiert. Ohne Mond wird sie um bis zu fünfundachtzig Grad schwanken. Das haben Forscher schon in den Zweitausenderjahren berechnet. Die Folge: Die eine Erdhälfte hätte durchgehend Sonne mit Temperaturen von etwa sechzig Grad Celsius, auf der anderen herrschte finsterste Nacht bei minus fünfzig Grad. Und die Erde beginnt bereits zu kippen! Vor dem Verschwinden des Monds pendelte sie zwischen zweiundzwanzig und fünfundzwanzig Grad hin und her, jetzt liegen wir bei siebenundzwanzig. Ab sechzig tritt das gerade beschriebene Szenario ein, was wir nicht mehr erleben werden, aber deine Urururenkel womöglich. Es müsste also in unserer aller Interesse sein, den Mond zurückzuholen, denn wenn die Erde zu weit gekippt ist, wird auch eine Rückkehr des Monds nichts mehr bringen. Das ist dann irreversibel.«

Joris schwieg betroffen.

»Noch ein zweites Beispiel«, fuhr Celine fort. »Dabei geht es um den Sauerstoffgehalt in der Atmosphäre. Die Frage, wie er entstanden ist, hat jahrzehntelang die Forschung beschäftigt. Die sogenannte Oxigenierung kam durch Fotosynthese zustande, also durch Sonnenlicht. Cyanobakterien haben über Milliarden Jahre Sauerstoff produziert. Aber der Prozess war von der Tageslänge abhängig. An zwei Zwölf-Stunden-Tagen wurde weniger Sauerstoff freigesetzt als an einem Vierundzwanzig-Stunden-Tag. Der Mond mit seiner Anziehungskraft und die Gezeiten haben dabei eine ganz wichtige Rolle gespielt, denn durch sie wurde die Erdrotation verlangsamt.«

»Heißt das, wir verlieren jetzt durch die kürzeren Tage wieder Sauerstoff?«

»Das ist noch nicht geklärt. Du siehst aber, es gibt unzählige Gründe, warum der Mond für uns auf Dauer überlebensnotwendig ist.«Der Weg wurde schmaler und steiler, was ihre Unterhaltung für einige Zeit unterbrach. Auch mussten sie auf Wurzeln achten, die nach ihren Füßen griffen und sie ins Straucheln bringen wollten.

Als sie nach dem steilen Anstieg auf einer Lichtung im Sonnenschein eine Verschnaufpause einlegten und tranken, fragte Joris neugierig: »Und dieses *Earth Gate* ist noch intakt? Ich meine, es ist zweihundert Jahre alt. Hat das alle Stürme unbeschadet überstanden?«

»Ja, die Stürme waren nie das Problem. Wie gesagt, es liegt ja fast komplett im Berg. Das Hauptrisiko geht vom Kernreaktor aus.«

Joris bekam große Augen. »In der Anlage gibt es einen Kernreaktor?«

»Zwangsweise. Das Herzstück des Gates ist der Quantencomputer, und der ist ziemlich groß, denn er musste alle Daten der O'Neill-Kolonie qua Konstruktion speichern können, später dann die des Monds. Der ließ sich glücklicherweise fraktalartig beschreiben. Also ich meine die ganzen Quanteneigenschaften, damit es kein Problem mit Schrödinger ergibt.«

»Mama.«

»Ach so, ja … ich werde zu physikalisch. Na egal. Du musst zumindest wissen, dass Quantencomputer nahe dem Nullpunkt arbeiten, damit sich die Teilchen eben nicht bewegen. Es sind also große Kühlaggregate nötig, und die wiederum brauchen Energie – vom Kernreaktor. Thore war damals schlau und hat ein Kühlsystem entwickelt, das sowohl den Quantencomputer als auch den Reaktor kühlte, und zwar mittels eines Hybridkühlturms im Berg. Dazu kommen Dämpfer und Lager für die gesamte Station, denn die Qubits sind nicht besonders stabil. Jede kleinste Störung bedroht den Quantenzustand. Das Gate musste also sowohl gegen Erschütterungen als auch gegen magnetische und elektrische Felder geschützt werden. Ziemlich abgefahrene Sache für die damalige Zeit.«

Joris schüttelte den Kopf. »Klingt echt krass. Die haben also eine Forschungsanlage, einen Reaktor, eine Raumstation und diesen Quantencomputer samt Abschirmung in den Berg gebaut?«

»Genau. Mit Terminals, Hunderten Schränken mit den QCs, Rohrleitungen mit Stickstoff und Helium, Tanks dafür und mit jeder Menge Robotertechnik für die unterirdische Wartung. Das war ein Mammutprojekt, das Thore in einem Jahrzehnt aus dem Boden gestampft hat. Und weil Thore kein Mann war, der halbe Sachen machte, hat er es tausendprozentig bauen lassen. Und nur deswegen funktioniert die Anlage heute noch.«

»Und das ist gesichert?«

»Ja. Wir haben seit Jahren Leute in der Anlage. Wir sind bereit.«

»Abgesehen davon, dass der Schlüssel fehlt.« Es klang sarkastischer, als er wollte.

Celine nickte grimmig. »Das war uns selbst lange nicht klar.«

»Wie? Dass ihr einen Schlüssel dafür braucht?«

»Ja. Thore hatte zwei Töchter, Helena und Jana DeWitt. Helena kämpfte ihr Leben lang darum, den Mond schnellstmöglich zurückzuholen, wusste nur nicht, wo er abgeblieben war, und konnte ihn nicht finden. Jana hingegen sah sich nicht verpflichtet, den Unfall rückgängig zu machen. Überhaupt war ihr Helena ein Dorn im

Auge, weil sie das Firmenvermögen mit ihrer Suche immer weiter aufbrauchte. Es kam zum Streit, schließlich zum Bruch der Schwestern. Irgendwann fasste Jana sogar den Entschluss, Helena zu stoppen, und setzte einen Auftragskiller auf ihre Schwester an. Die entging glücklicherweise knapp dem Anschlag und zog sich in die Forschungsstation zurück. Die war damals schon streng geheim und nur einigen bekannt. Die Mitarbeiter beispielsweise wurden alle mit Augenbinden per Hubschrauber eingeflogen. Der helle Wahnsinn. Auf jeden Fall riegelte Helena die Station ab wie eine Festung, und Jana kam das sogar gelegen. Sie ließ alle Dokumente über das Projekt *New Horizon* verschwinden und tilgte mit unglaublichem Aufwand die Beteiligung von DeWitt Enterprises aus allen Quellen.«

»Und deswegen weiß heute kaum mehr jemand von der Anlage.«

»Genau. Das Gelände ist Privatgrund, den Thore seinerzeit der Schweiz abgekauft hatte. Auch diese Verbindungen ließ Jana löschen.«

»Die Frau hatte wohl viel Einfluss.«

»Ziemlich viel. Die Schwestern rangierten einige Zeit an Position zwei der reichsten Menschen weltweit. Man sprach auch vom DeWitt-Imperium.«

»Das Imperium schlägt zurück.«

Celine lachte. »Der Spruch ist woanders her.«

»Das stimmt.« Joris vollführte eine Geste mit der Hand, als könnte er kraft seiner Gedanken einen umgestürzten Krüppelbaum zur Seite fliegen lassen. Dabei bemerkte er ein Funkeln im Unterholz.

»Was ist?«, fragte Celine alarmiert.

»Ich dachte, ich hätte was gesehen.«

»Was?«

»Ein Aufblitzen.« Joris näherte sich der Stelle. »Wie wenn sich Sonne auf etwas Glattem reflektiert.«

Auch Celine kam zu ihm. Gemeinsam spähten sie ins Gehölz, doch da war nichts. »Vielleicht die Reflexion auf einem Wassertropfen.«

Joris strich mit den Fingern über die graugrünen Äste. Einige Nadeln rieselten zu Boden. »Keine Ahnung«, murmelte er. »Komisch.«

»Vielleicht war es ein Kumpel vom Kobold Klaus.«

Joris lächelte. »Ja, wahrscheinlich.« Trotzdem ließ er noch einmal den Blick durchs Gehölz streifen, über große Farne und wuchtige Wurzeln, bevor er fragte: »Gehen wir weiter?«

»Jo, damit wir vorankommen.«

Schweigend folgten sie dem Pfad einige Minuten, bis Joris nochmals nachhakte: »Und was war jetzt los mit der Brosche?«

»Ach so, ja. Die Brosche ließ Helena anfertigen, als sie älter wurde. Sie hatte mittlerweile ziemlich genau rekonstruiert, was damals geschehen war, und war überzeugt, dass wir den Mond zurückholen können, falls wir ihn finden. Dafür war aber zwingend das *Earth Gate* nötig. Helena ließ also Teile der Anlage, genauer gesagt den Quantencomputer an sich, kurz vor ihrem Tod in eine Art Standby-Modus schalten. Dabei wurden die gespeicherten Quantenzustände *eingefroren*. Um das wieder rückgängig zu machen, braucht man den Schlüssel, die Brosche. Dadurch wollte Helena verhindern, dass ihre Schwester absichtlich oder sonst irgendjemand aus Versehen die Anlage abschalten kann. Einmal heruntergefahren würden nämlich die eingefrorenen Quantenzustände unwiederbringlich verloren gehen, und die sind für den Rückteleport zwingend nötig.«

Joris verstand und irgendwie auch nicht. »Die Brosche ist also zwingend nötig, um das System betriebsbereit zu machen?«

»Schlauer Junge.«

»Und die hast du ernsthaft bei mir gelassen? Ich hab fünf Jahre lang den einzigen Schlüssel um den Hals getragen?«

»Was blieb mir anderes übrig?«

»Das frag ich mich auch. Nein, ich frag mich, warum *du* das entschieden hast und nicht Ella DeWitt. Die haben doch viel mehr Möglichkeiten, mehr Geld, mehr Einfluss, mehr von allem!«

»Und genau da liegt das Problem. Niemand, absolut niemand, würde den Schlüssel in der Wannentaler Kolonie bei einem Jungen suchen. Niemand. Trotzdem wäre er in Reichweite, keine Flugstunde vom Gate entfernt. Das war mein Job, Joris! Die Brosche sicher verwahren.«

Er konnte nur den Kopf schütteln. »Was für ein abgefahrener Scheiß!«

»Hey! Du sollst nicht fluchen.«

Er rollte mit den Augen. »Ja, Mama!«

»Nicht in dem Ton, Joris!«

»Ja-ha!« Als sie nicht zum ihm sah, zog er eine Schnute und tat so, als würde er sie nachäffen.

Carlos lag immer noch unter den großen Farnen und wagte es nicht, sich zu rühren, obwohl die Schritte und Stimmen längst nicht mehr zu hören waren. Er zählte sicherheitshalber noch bis zweihundert, bevor er sich erlaubte, die Spannung zu lösen.

Sein Kopf sank erschöpft auf den Gehölzboden. Was für ein Stümper war er eigentlich? Leistete er sich den größten Anfängerfehler aller Zeiten. Bei dem Sonnenstand und seiner Position war doch klar, dass eine Schnalle an seiner Uniform das Licht reflektieren konnte. Das predigte er seit Jahren den Jungen, und dann passte er selbst nicht auf. Es war zum Glück noch einmal gut gegangen.

»Weil es ein unerfahrenes Kind ist!« Murrend rollte er sich aus seinem Versteck hervor. »Aber wenigstens ein redseliges.«

Er wusste noch nicht, was er mit all den Informationen anfangen sollte. *New Horizon.* Eine Anlage samt Quantencomputer und Kernreaktor irgendwo im Berg. Davon hatte er nie gehört. Aber alles, was mit den DeWitts zu tun hatte, passte ins Bild und unterlag höchster Prioritätsstufe bei NOCOM. Deswegen auch die Rakete. Die Mutter war vermutlich eine Schlüsselfigur, wenn sie solches Wissen besaß. Und was hatte es mit diesem Schlüssel auf sich? Besaßen die beiden ihn etwa? Falls ja, wäre das seine Freifahrtkarte zurück zu NOCOM. Damit könnte er sich rehabilitieren.

Allerdings blieb da ein komischer Nachgeschmack im Mund. All das, was die Mutter übers Klima, die Vulkanausbrüche und die Erdrotation erzählt hatte, klang plausibel – und nicht erbaulich. War es wirklich so schlimm? Tanzte die Menschheit ohne Mond tatsächlich am Abgrund? War die Rettung des Monds vielleicht doch möglich und keine Träumerei von Esoterikern?

Carlos rieb sich Tannennadeln von der Glatze und verdrängte die Gedanken. Erst mal durfte er die beiden nicht verlieren. Und sich nicht entdecken lassen. »Du Stümper!« Er gab sich selbst einen Schlag mit der flachen Hand in den Nacken, bevor er sich wieder an die Verfolgung machte.

Kapitel 16

Die Hütte lag auf einer Alm inmitten von zerklüfteten Berghängen. Sie bestand aus Stein und Holz und Schiefer, grau geworden im Lauf der Jahrzehnte wie ein alter Mann. Die Fensterläden waren geschlossen, doch aus dem Kamin kräuselte sich ein Rauchfaden in den Himmel.

Celine lachte vor Erleichterung, als sie und Joris aus dem Gehölz in die Dämmerung der Nachmittagsrota traten, keine zweihundert Meter von der Hütte entfernt. »Wir haben es geschafft!« Sie fasste ihren Sohn an der Hand und drückte sie fest. »Und die anderen auch!«

Joris wischte sich Schweiß von der Stirn, obwohl es mit dem Anbrechen der Nacht immer kühler wurde. »Ich freu mich auf 'ne warme Mahlzeit. Einen Drucker werden die nicht haben, oder?«

Wieder ein Lacher. »Hier oben gibt es nicht mal Strom! Aber wir machen uns eine warme Mahlzeit, so eine richtig heiße Suppe wäre jetzt was.«

»Und woraus? Siehst du hier irgendwo ein Feld?«

»Eingelagert, Joris. Man hat Lebensmittel bevorratet wie vor ein paar Hundert Jahren.«

Er sah skeptisch drein. »Und das funktioniert?«

»Mit einem Loch im Boden bei einem Findling. Da ist es kühl und schattig. Wir haben Kartoffeln, Karotten und Äpfel eingelagert. Es gibt ein paar solcher Unterschlüpfe, die in Schuss gehalten werden. Als Zufluchtsstätten.«

»Für Kultisten?«

»Ja, wobei mir dieser Begriff nicht gefällt. Wir sind kein religiöser oder esoterischer Kult, wir sind Wissenschaftlerinnen und Forscher, viele davon ehemalige Mitarbeiter von DeWitt Enterprises. Dieses Okkulte hat uns im Lauf der Jahre die Regierung angedichtet. Propaganda können sie, das muss man ihnen lassen.«

»Aber es gibt doch auch Gläubige, die an den Mond beten und so Zirkel veranstalten.«

»Ja, die gab es früher auch schon. Der Mond hatte schon immer eine magische und mystische Wirkung auf uns. Du kennst ja den Spruch.«

»Wo auch immer du bist, wird Magie sein.«

»Genau. Wahrscheinlich liegt's daran, dass sich ohne Mond nie Leben auf der Erde entwickelt hätte. Die Leute wissen es zwar nicht, spüren es aber.«

»Wieso das?«

»Die Gezeiten haben dafür gesorgt, dass in Küstenregionen alles in Bewegung war. Bei Ebbe wurde der Boden trocken, bei Flut wieder nass. Damit wurden diese Regionen besonders mit Nährstoffen versorgt, was die Entstehung der Amphibien förderte. Und aus denen haben wir uns entwickelt, aber das sollte selbst Frau Maier euch beigebracht haben.«

»Hat sie. Sie zeigte uns auch Bilder von einem menschlichen Embryo, der ja auch im Bauch in irgendeinem Fruchtwasser heranwächst. Wie hat sie das damals genannt? Der Lurch im Mensch.«

Celine grinste. »Da war sie ausnahmsweise mal nicht falschgelegen. Aber genug von Frau Maier. Lass uns endlich einkehren!«

Sie überquerten die Alm im schwindenden Licht. *Wunderschön*, ging es Joris durch den Kopf. Die Kulisse war bezaubernd, die Berge, die Wiesen und darunter das Gehölz im Tal. Und es war so ruhig. George hätte es geliebt. *Vater* … Joris kämpfte mit stillen Tränen und dachte unweigerlich auch an all die anderen, an Pete, an Sarah, sogar an Prince. Waren sie wirklich alle durch die Rakete getötet worden? Wegen der Mission seiner Mutter?

Celine pochte dreimal kurz, zweimal lang an die Tür und wartete. Stuhlbeine schabten über Holz. Schritte. Ein Riegel knarrte.

Im flackernden Schein eines Feuers öffnete ihnen ein bärtiger Kerl. Wild und verwegen sah er aus, genau so, wie Joris sich die Vagabunden vorstellte, mit struppigem Bart, strähnigem Haar und breiten Schultern. Allerdings leuchteten seine Augen voller Wärme, als er rief: »Celine!«

»Tilman! Es tut so gut, dich zu sehen.« Sie umarmte den Kerl herzlich. »Darf ich vorstellen. Das ist mein Sohn.«

Tilman musterte ihn neugierig, bevor er ihm die Hand zum Gruß hinhielt. »Hi! Ich bin Tilman.«

»Und ich Joris.«

Der Kerl schien sich über den harten Handschlag zu freuen. »Kommt rein!«

Keine drei Schritte drinnen blieb Celine wieder stehen. »Wo sind die anderen?«

Tilman schloss die Tür und sagte verhalten: »Haben es nicht geschafft.«

»Wie bitte?«

»Nachdem du von uns getrennt worden warst, versuchten wir zu entkommen. Es schien gut zu gehen, bis sie uns in Konstanz aufspürten.«

Celine schluckte. »Sind sie alle …?«

»Ja. Ich konnte zwar mit Melissa entkommen, aber unterwegs erlag sie ihrer Verletzung.«

Celine sank auf einen der freien Stühle mit eingeschnitztem Herz in der Lehne. »Das war nicht geplant.«

»Wie so vieles.« Tilman setzte sich ebenfalls. »Ich bin

139

auch nur hier, weil ich verdammtes Glück hatte.« Er schob den Ärmel seines Pullovers hoch. Der Unterarm war bandagiert. »Streifschuss. Hätte auch anders ausgehen können. Aber jetzt sind wir hier. Ich hoffe, du warst erfolgreich.«

Celine zuckte mit den Schultern. »Das liegt im Auge des Betrachters.«

Eine gefurchte Stirn bei Tilman. »Du hast aber den Schlüssel?«

»Ja, haben wir. Aber …«

»Alle anderen sind tot«, fuhr Joris fort. »Die ganze Kolonie.«

Ein musternder Blick von Tilman. »Was ist passiert?«

»Erst ein NOCOM-Team, dem wir gerade so entkommen konnten«, antwortete Celine. »Dann jedoch …«

Ihre Stimme brach, und wieder war es Joris, der sagte: »… kam eine Rakete. Sie hat die gesamte Kolonie ausgelöscht.«

Tilman furchte die Stirn. »Das war also die Explosion gestern! Oh mein Gott! Eine Rakete, sagt ihr.«

»Und was für ein Ding.« Celine winkte ab. »Wir waren da grad auf dem See und wären beinahe draufgegangen.«

»Die wollten sicher Zeugen beseitigen. Das ist dieser Arsch von Falkenberg. Der würde auch ganz Deutschland wegbomben, wenn es sein müsste, nur um uns aufzuhalten. Aber das wird ihm nicht gelingen! Wir sind so nah dran, aber wem sag ich das.«

»Ja, wem sagst du das.«

Schweigen.

Ein Blick von Celine ins Feuer. Abwesend: »Hast du schon gegessen, Tilman?«

»Vor einer Stunde.«

»Dann koch ich Joris und mir was.« Und damit stand

sie auf und verschwand durch eine Tür im dunklen Nebenraum.

Joris wollte ihr folgen, doch Tilmans musternder Blick hielt ihn zurück. »Ist irgendwas?«

Der Kerl schüttelte den Kopf. »Ich bin nur neugierig. Wie alt bist du?«

»Vierzehn.«

»Dann war Celine Mitte zwanzig, als sie abtauchte.«

»Sie ist vor fünf Jahren abgetaucht!«

»Das liegt ganz im Auge des Betrachters, nur um deine Mutter zu zitieren.«

Joris gefiel der Typ plötzlich immer weniger. »Was soll das bedeuten?«

»Na ja, sie ist eigentlich in ihr wahres Leben *zurückgekehrt*.«

»Geht's noch schwammiger?«

Ein amüsiertes Lächeln blitzte unter Tilmans Bart. »Du weißt gar nichts, oder?«

»Ich weiß, dass ich ihr Sohn bin und dass sie mich liebt.«

»Beides ist zweifelsohne richtig. Du hast ihre Haare. Und dieses wissbegierige Funkeln in den Augen. Das Funkeln der DeWitts.«

Stille.

Ein Scheit knackte im Feuer.

Funken stoben in den Kamin.

»Der DeWitts?« Die Worte kamen kaum hörbar über Joris' Lippen.

Tilmann nickte. »Deine Mutter ist Ella DeWitts kleine Schwester.«

Carlos beobachtete die Berghütte aus sicherer Entfernung, und was er sah, gefiel ihm nicht. Sie bot mindestens für sechs oder acht Personen Platz, vielleicht sogar mehr, und mit einer Flugdrohne oder einem Heli könnte man auf der Alm landen. Außerdem kam er nur näher ran, wenn er quer über die Wiese lief – ohne Deckung und Versteckmöglichkeit. Auch das Wetter wurde wieder schlechter. Es war die nächtliche Kälte in den Bergen, die ihm in die Knochen kroch, sowie der Kalorienmangel.

Wenn er zuschlagen wollte, musste es bald sein. Nur womit? Seine Pistole und das Gewehr hatte er im See verloren. Ihm blieb nur das Messer, ein Allzweckmesser, dreißig Zentimeter von der Spitze bis zum Griff, gefertigt aus einem Stück besten Stahls. Allerdings wusste Carlos mit dem Messer umzugehen. Er hatte alle Zusatzausbildungen für den Nahkampf absolviert, auch wenn er selten in einen geraten war. Wozu nah ran an den Gegner, wenn man aus sicherer Distanz schießen konnte?

Jetzt musste er aber nah ran. Carlos sah sich nochmals um, lauschte in die Stille der Berge hinein, sprang dann auf und rannte los.

Joris stieß mit hochrotem Kopf die Tür zum Nebenraum auf. *»Du bist WER?«*

Celine ließ das Küchenmesser sinken. »Hat Tilman es dir erzählt?«

»Ich weiß nicht. Ich weiß ehrlich gesagt gar nichts mehr! Er hat gesagt, du wärst Ella DeWitts *Schwester!*« Bei den letzten Worten war Joris' Stimme schrill geworden.

Celine sah ihn nur aus ihren dunklen Augen an, ernst und ohne Regung.

Joris kochte immer noch innerlich. »Was ist denn jetzt? Bist du's?«

»Ja. Ich bin Ellas jüngere Schwester.«

Die Worte standen zwischen ihnen in der Hütte, als wären sie eine Wand.

»D-d-dann bin ich ein DeWitt.« Joris sank in sich zusammen. »Ich glaub's nicht. Ich bin … was bin ich jetzt eigentlich? Reich? Verfolgt?«

»Du bist ein ganz normaler, schlauer, fröhlicher Junge.« Celine wollte ihn an sich ziehen, doch er wich zurück.

»Bin ich offensichtlich nicht!«

Ein Seufzen. »Genau deswegen habe ich es dir nie erzählt, auch nicht George. Du wärst dann nie der normale Junge geworden, der du jetzt bist.«

»A-a-aber …«

»Kein Aber, Joris. Wenn du als DeWitt aufgewachsen wärst, wärst du von Geburt an im Fadenkreuz der Regierung gestanden. Du hättest im Verborgenen leben müssen, abgeschirmt und isoliert, ohne Freunde, dafür mit Bediensteten. Das wollte ich dir ersparen. Ich wollte, dass du echte Freunde findest, in eine normale Schule gehst, das wahre Leben kennenlernst, hier draußen im Gefahrenbereich, und nicht ein … ein Leben wie im Gefängnis führen musst.«

Sein Kinn bebte. »Hattest du das geführt?«

»Ja.« Celine wandte sich ab. »So bin ich mit Ella aufgewachsen. Es war … furchtbar. Ein goldener Käfig. Du kannst dir das nicht vorstellen. Es klingt immer so, als hätten die Reichen alle Möglichkeiten, aber nicht in dieser Welt. Nicht, wenn man eine andere Meinung hat als die Regierung. Nicht, wenn man DeWitt heißt.«

Joris schien zu verstehen. Er murmelte: »Joris DeWitt«, und schüttelte und schüttelte und schüttelte den Kopf.

Tilman saß am Tisch im Schein des Feuers und versuchte, das Streitgespräch auszublenden. »Er hat gesagt, du wärst Ella DeWitts *Schwester!*«, schrie der Junge gerade schrill.

Er hat es wirklich nicht gewusst. Typisch Celine. Tilman stand seufzend auf, legte das letzte Scheit Holz nach, schob mit dem Schürhaken die Glut zusammen, damit sie wieder besser brannte, und entschied, sich die Beine zu vertreten. Dann konnte er gleich frisches Brennholz holen und nach dem Wetter sehen. Er hätte gern seinen Kommunikator aktiviert und die Wetterdaten geprüft, aber das Risiko war zu hoch. Er hatte zwar einen mit spezieller 1024-Bit-Verschlüsselung, aber NOCOM könnte möglicherweise das Signal orten und eins und eins zusammenzählen. Am liebsten wäre Tilman sofort zur Forschungsstation aufgebrochen, aber Celine und ihr Junge brauchten eine Pause. Eine warme Mahlzeit und eine Runde Schlaf würde ihnen guttun, und dann könnten sie zur Morgenrota aufbrechen. *Mussten*, korrigierte er sich. Die Zeit drängte.

Er schob den schweren Riegel der Tür zur Seite und trat hinaus in die Dunkelheit. Sein Atem stieg als Dunst empor, so kalt war es geworden, aber immerhin ging kein Wind, und das war gut so. Dann blieb das Wetter nämlich konstant. Ein Sturm war das Letzte, was sie brauchen konnten.

Einige Atemzüge lang verharrte Tilman unter den Sternen und füllte seine Lungen mit frischer Luft, bevor er die Hütte umrundete, um ans Feuerholz zu gelangen, das im Windschatten des Findlings neben dem natürlichen Kühlraum aufgeschichtet war.

Von drinnen drang immer noch der Streit der beiden heraus, aber nur noch als Murmeln. Der erste Schock war offensichtlich verflogen. Außerdem würde der Junge es wegstecken. Er mochte vierzehn sein, aber er war ein De-Witt, und den DeWitts lag Kampfgeist, Ehrgeiz und Durchhaltevermögen im Blut. Das waren keine Schwächlinge, sondern Anführer, weswegen Tilman auch sein Leben in den Dienst der DeWitts gestellt hatte.

Er erreichte das Feuerholz und griff nach zwei Scheiten, als er die Bewegung schräg hinter sich mehr erahnte als sah. Er wich instinktiv zur Seite, spürte ein kaltes Brennen am Arm, keuchte vor Überraschung und warf eines der Scheite auf den Schatten.

Der grunzte und griff abermals an. Dabei sprang er unter dem Dach der Hütte hervor ins matte Sternenlicht. Es war ein Glatzkopf in der Uniform eines STORM-Soldaten. Er hatte ein hässliches Messer in Händen.

Sie haben uns gefunden. Tilman bekam gerade noch das Holzscheit hoch, um den Messerstich abzuwehren. »Fuck! CELINE!«

Der Angreifer ließ ihm keine Zeit für einen weiteren Schrei. Er tänzelte zur Seite, vollführte einen Ausfallschritt und stieß wieder zu, aber nur um sich in die andere Richtung zu drehen und mit dem Fuß nach Tilmans Knie zu treten.

Der versuchte noch auszuweichen, bekam den Stiefel aber voll ab. Das Gelenk gab nach, irgendetwas riss im Inneren, und Tilman stürzte schreiend zu Boden. Er rollte sich sofort zur Seite, den Schmerz ignorierend, und schleuderte das zweite Holz nach dem Glatzkopf. Der grunzte wieder, offenbar getroffen, und war dann trotzdem über ihm. Ein weiterer Tritt traf Tilman in die Seite, und noch einer an der Schulter.

Ächzend grub er die Finger in die Erde und warf sie dem Angreifer entgegen, doch der ließ sich einfach mit vollem Gewicht auf ihn fallen.

Etwas platzte in Tilman, als die mindestens neunzig Kilo Kampfgewicht des Glatzkopfs auf ihm landeten, und ihm wurde die Luft aus den Lungen gepresst.

»Celine!«, hauchte er noch mit dem letzten Atem, bevor sich das Messer in die weiche Stelle unter seinem Kinn grub.

Joris murmelte: »Joris DeWitt«, und kam aus dem Kopfschütteln nicht mehr heraus. Er ein Nachfahre von Thore DeWitt, der für das Verschwinden des Monds verantwortlich war! Das konnte doch nicht wahr sein! Das träumte er. Er musste träumen. Aber wenn er sich zwickte, schmerzte es.

Der erstickte Schrei von draußen schien auch kein Traum zu sein: »Fuck! CELINE!«

Celine und Joris tauschten einen irritierten Blick, bis sie heiser »Tilman!« ausstieß und schon zur Tür der Wohnstube sprang, das Küchenmesser in der Hand.

Während Joris hinter seiner Mutter in den Hauptraum stürzte, hörte er weitere Geräusche von draußen: ein Stöhnen und Ächzen und Grunzen.

»Da kämpft jemand! Scheiße! Wir sind aufgeflogen!« Celine stieß die Tür auf. »Hol die Rucksäcke, Joris! Schnell!«

Joris gehorchte einfach, während seine Mutter in der Dunkelheit verschwand, doch was brachten ihnen ihre Rucksäcke, wenn sie angegriffen wurden? Er ließ von ihnen ab und sah sich hastig nach einer Waffe um.

Ein Schürhaken lehnte neben dem Kamin.

Joris wollte danach greifen, als er Tilmans Rucksack unter der Sitzbank bemerkte. Darauf lag griffbereit eine Pistole.

Seine zitternden Finger schlossen sich um den Griff. Er wusste instinktiv, dass der schmale Hebel die Sicherung war, und drückte ihn zur Seite. Der rote Punkt im Metall zeigte, dass sie scharf war.

Ein weiterer Schrei drang herein, diesmal von seiner Mutter.

»Mama!«

Joris sprang endlich auf, schnappte sich noch eine der Laternen und folgte seiner Mutter hinaus in die kalte Dunkelheit.

Kapitel 17

Carlos grub dem Kerl gerade sein Messer in den Hals, als er das Knarzen der Hüttentür hörte. Schnelle Schritte, harte Atemzüge, ein erstickter Schrei. »Tilman!«

Carlos riss nochmals ruckartig am Messer, um dem Kerl keine Chance zu lassen, bevor er aufsprang und sich der Angreiferin widmete.

Die hatte auch ein Messer, aber so, wie sie es hielt, vermutlich keinerlei Erfahrung im Nahkampf. Es würde schnell gehen, doch Carlos wollte sie gar nicht töten, nicht Celine DeWitt. Er würde sie entwaffnen und als Geisel nehmen, und dann würde er den Kommunikator des Toten nutzen, den er an seinem Handgelenk gesehen hatte, und Falkenberg anrufen und sich rehabilitieren.

Aber erst einmal Celine DeWitt.

Die rannte nicht blindlings heran, sondern verfiel in bedachte Schritte, und wenn Carlos an den Kampf in ihrem Haus dachte und daran, dass sie vier seiner Leute eliminiert hatte, durfte er sie nicht unterschätzen. Er suchte festen Stand, stellte sich breitbeinig hin. Sollte sie nur kommen.

Der Kerl hinter ihm röchelte und kostete Carlos einen Blick.

In dem Moment griff Celine an. Furchtlos stürzte sie vorwärts und führte das Messer, und Carlos blieb nichts anderes übrig, als ihr auszuweichen. Und noch einmal. Dann griff er selbst an, ein schneller Schlag, das Messer ein flirrender Bogen in der Dunkelheit.

Er hatte auf ihren Unterarm gezielt, traf aber nur ihren Handrücken.

Sie schrie und sprang zurück.

Carlos wollte nachsetzen, als etwas nach seinem Fuß griff und ihn ins Straucheln brachte. Es war der Kerl. Mit einer Hand presste er sich die offene Kehle zu, mit der anderen zerrte er an Carlos Stiefel.

Der trat zu, dem Kerl mitten ins Gesicht, was ihn erschlaffen ließ. Als er sich wieder der Frau widmen wollte, stand ihr Sohn neben ihr, eine Pistole in Händen.

»Hände hoch!«, rief er. »Keine Bewegung, oder ich schieße!« Es klang wie in den uralten Westernfilmen.

Carlos schüttelte den Kopf. »Das wirst du nicht, Junge.« Er ließ sich langsam in die Hocke gleiten, um dem Kerl den Kommunikator vom Handgelenk zu ziehen. »Und wenn du schlau bist, ergibst du dich.«

»Hör nicht auf ihn! Wenn wir uns ergeben, sind wir tot.«

»Also soll er schießen?« Carlos steckte den Kommunikator ein und kam langsam wieder auf die Beine. »Willst du wirklich ein Kind zu einem Mörder machen?«

»Sie sind der Mörder!« Celine zischte scharf. »Sie haben mit der Rakete die ganze Kolonie ausgelöscht.«

Carlos schob sich einen Schritt auf die beiden zu. »Das ist nicht wahr! Ich hatte selbst keine Ahnung davon, sonst wäre ich zu der Zeit nicht auf dem verdammten Boot gewesen!«

»S-S-Sie sind das!« Der Junge kam ebenfalls näher. »Sie haben meinen Vater auf dem Gewissen!«

»Ich mache nur meinen Job!«

»Den eines Mörders!« Celine. »Und jetzt stehen bleiben, oder er schießt!«

»Nein, das wird er −«

Die Mündung erblühte fahlgelb, jedoch in den Himmel. Der Warnschuss ließ Carlos doch stehen bleiben. »Junge!

149

Lass den Scheiß! Du wirst in deinem Leben nicht mehr glücklich, wenn du einmal damit angefangen hast. Glaub mir. Oder frag deine Mutter.«

Die Pistole in seinen Händen zielte wieder auf ihn und zitterte, und Carlos befürchtete, dass der Junge noch einmal abdrücken könnte, doch dann schrie er nur: »Hauen Sie ab! Los! *Rennen Sie!*«

Carlos wich langsam zurück, Schritt für Schritt.

»Los jetzt, Sie Arschkröte! RENNEN SIE!«

Carlos kannte diesen Tonfall: Der Junge würde gleich durchdrehen. »Okay«, sagte er. »Okay! Ich verschwinde!«

»LOOOOOS!«

Carlos musterte ein letztes Mal die beiden, den Hass in den Augen der Mutter, den Wahnsinn in den Augen des Sohns, und dann rannte er.

Joris sah unter Tränen, wie der Kerl losrannte.

»Schnell!« Seine Mutter. »Gib mir die Pistole!« Er spürte ihre Hände auf seinen, und dann hatte sie die Pistole, und es krachte laut. Und noch einmal. Und noch einmal. »Scheiße! Der entkommt.« Wieder fiel ein Schuss und noch einer. »Fuck! Ich kann ihn nicht mehr sehen.«

Joris' Beine gaben in dem Moment unter ihm nach, und er sank zu Boden.

»Joris! Was ist?«

»Mir ist schlecht.« Er hustete hart, würgte und erbrach sich auf die Wiese.

»Scheiße!« Ihre Hände fanden seine bebenden Schultern. »Geht's?«

»Ich komm zurecht. Schau lieber nach Tilman.«

Sie zögerte, doch dann hastete sie die paar Meter zu ihrem leblosen Begleiter hinüber.

Joris blieb noch einige Sekunden sitzen, bevor er sich

mit dem Handrücken den Mund abwischte und auf Gummibeinen zu den beiden stakste.

Für Tilman kam allerdings jede Hilfe zu spät. Nur die Sterne spiegelten sich in seinen offen stehenden Augen.

Celine hielt trotzdem seine Hand und weinte bitterlich. Joris hingegen vergoss keine einzige Träne. Er stand einfach nur da, blickte hinab auf den Toten und schwor sich, dass niemand mehr wegen der Familie DeWitt sterben sollte.

Niemand mehr.

N-I-E-M-A-N-D M-E-H-R.

Kapitel 18

»Arschkröte. Tzzz.« Carlos schnitt sich mit dem Messer den Saum seines Unterhemds heraus. Mit einem Ruck riss er die restlichen Fäden durch und stopfte sich das Shirt wieder in die Hose.

Ein kurzer Blick zur Berghütte, alles ruhig. Die DeWitts waren noch nicht aufgebrochen.

Sein Arm. Die Bitch hatte ihn tatsächlich beim Sprint erwischt, ein Streifschuss nur, aber der brannte und blutete mächtig. Er schlang den Stoffstreifen um den Unterarm und legte einen provisorischen Verband an. Mit der unverletzten Hand und den Zähnen zog er den Knoten stramm. Das würde reichen müssen.

Wieder zurück zur Berghütte. Die Laterne stand immer noch im Gras neben dem Toten. Die anderen beiden beratschlagten wahrscheinlich, was sie jetzt tun sollten. Bei Nacht den Schutz der Hütte verlassen oder das Risiko eingehen, abermals gefunden zu werden? Carlos war sich sicher, dass sie baldmöglichst aufbrechen würden. Er hatte den Kommunikator des Toten an sich genommen, was sie mitbekommen hatten. Sie würden fliehen.

Carlos zog den Kommunikator aus der Hosentasche. Es handelte sich um eine qualitativ hochwertige Watch aus Alu, Saphirglas und Mesh. Für Außeneinsätze konzipiert. Und vermutlich verschlüsselt, damit NOCOM nicht mitlesen konnte.

Die Berghütte. Ruhig.

Der Kommunikator. Carlos aktivierte ihn mit einem Dreh am Display. Es erhellte sich – und war nicht gesperrt.

Der Akku bei über sechzig Prozent. Zwar Offlinemodus, aber das war nur ein weiterer Touch, um online zu gehen. Man konnte auch mal Glück haben.

Nur wie sollte er weiter vorgehen? Die drei waren offensichtlich die Einzigen in der Hütte gewesen, und es mit zweien aufzunehmen, traute sich Carlos durchaus zu – wenn da nicht die Pistole gewesen wäre. Er hatte wirklich Glück gehabt, dass der Junge nicht auf ihn geschossen hatte.

Und warum überhaupt kämpfen? Er wusste, wer sie waren und wo sie waren. Den Rest konnte NOCOM erledigen. Die sollten einen Trupp schicken, und fertig. Blieb allerdings weiterhin das Problem mit Falkenberg. Würde der ihn rehabilitieren oder ebenfalls von diesem Trupp eliminieren lassen? Carlos fand keine Antwort auf die Frage, beides war möglich. Fifty-fifty. Zu hohes Risiko. Nur wie minimieren?

Während Carlos über die Frage nachdachte, rührte sich was an der Hütte. Die Mutter kam heraus, packte den Toten an den Füßen und schleifte ihn ins Innere. Nochmals erschien sie in der Tür und sah sich um, bevor sie wieder reinging. Die Tür ließ sie offen.

Die brechen bald auf. Carlos musste schnell handeln. Eine Verfolgung bei Nacht war in den Bergen doppelt gefährlich; er konnte sie verlieren oder selbst abstürzen. Ein falscher Schritt, und das war's. Dazu kam, dass Carlos keine alpine Erfahrung hatte. Die Vorstellung, ihnen zu folgen, gefiel ihm immer weniger.

Also doch NOCOM.

Aber dann kam ihm eine Idee.

Er ging online und rief seinen Kumpel Alex an. Lexe, wie sie ihn nannten, hatte mit ihm die Ausbildung absolviert, und seitdem waren sie gute Freunde. Zig Einsätze hatten sie zusammen bestritten, bis sie beide Kommandoposten übernommen und ihre eigenen Teams bekommen hatten. Wenn Falkenberg Lexe schickte, konnte Carlos sicher sein, dass der ihn nicht eliminierte. Nicht Lexe und seine Leute.

Zum Glück ging Alex ran. »Wer stört um die Uhrzeit?«

»Lexe, hi! Hier ist Carlos.«

»Ach, Carlos! Das ist ja 'ne Überraschung. Was gibt's?«

»Ich brauch deine Hilfe.«

»Wofür?«

»Ich bin gerade an Celine DeWitt dran.«

Stille, dann leiser: »Du beliebst zu scherzen.«

»Nicht im Geringsten.«

Ein scharfer Atemzug. »Hast du das schon Falkenberg gemeldet?«

»Nein. Der hat versucht, mich zu eliminieren.«

»Was hat er?«

»Der hat 'ne Silberfalke geschickt, weil mir die DeWitt zuerst entkommen ist. 'ne ganze Kolonie hat er plattgemacht. Und es war reiner Dusel, dass ich nicht draufgegangen bin.«

»Und jetzt hängst du ihr an den Fersen?«

»So schaut's aus. Hab mir einen Kommunikator besorgt und würde sie melden, aber ich hab Schiss, dass Falkenberg mich wieder eliminieren lassen wird.«

»Verstehe. Und jetzt sollen wir kommen.«

»Genau, aber schon offiziell auf Falkenbergs Weisung. Wenn du dann da bist, weiß ich, was er dir für einen Auftrag gegeben hat.«

»Und entweder bringen wir dich heim oder lassen dich fliehen.«

»So ungefähr.«

»Okay. Das lässt sich einrichten.«

»Dein Wort, Lexe?«

»Aber sicher, Carlos. Ich schwör' bei Anita.«

»Deine über alles geliebte Anita. Ist klar. Dann ruf ich jetzt Falkenberg an. Bis dann!« Carlos legte auf.

An der Hütte war immer noch alles ruhig. Vermutlich packten die beiden ein paar Vorräte zusammen.

Also dann. Carlos atmete tief durch, bevor er in der Zentrale anrief und Falkenberg in der Angelegenheit DeWitt verlangte. Man stellte ihn sofort durch.

»Herr Evertim«, grüßte Falkenberg mit seiner ruhigen Stimme, in der nicht die geringste Verwunderung lag. »Guten Abend!«

»Sparen wir uns die Floskeln, Falkenberg. Sie wollten mich als Zeugen beseitigen. Hat nicht so ganz geklappt, was? Aber darum soll's nicht gehen, auch Sie machen nur Ihren Job. Ich hätte was für Sie im Angebot.«

»Ich bin ganz Ohr.«

»Oh nein, so läuft das nicht. Ich möchte vorher Zusagen. Ich möchte rehabilitiert werden. Ich unterschreibe Ihnen auch eine Schweigeerklärung, wenn Sie wollen. Ich lass mich sogar intern versetzen, egal, aber ich will zurück.«

»Zu Ihrer Tochter.«

Ein Zittern lief durch Carlos' Hände. »Lassen Sie Senta aus dem Spiel!«

»Selbstverständlich – wenn Sie mir was anbieten.«

Carlos biss sich auf die Lippe. Das lief gar nicht so, wie er sich das vorgestellt hatte. Überhaupt nicht.

Ein Seufzen in der Leitung. »Herr Evertim, ich verstehe Ihre Lage. Und Sie meine. Wenn Sie mir jetzt sagen, was Sie haben, dann garantiere ich, dass es Ihrer Tochter an nichts fehlen wird. Ich lege sogar ein Stipendium drauf, sobald sie volljährig wird.«

»Und was ist mit mir?«

»Sie kämen vorerst in Isolationshaft.«

»*Wie bitte?*«

»Eine Schweigeerklärung ist eine nette Sache, und ich bin überzeugt, Sie werden sich daran halten, aber auch unter Folter? Das können Sie mir nicht garantieren, und Sie könnten in die Hände falscher Leute geraten. Also ist das keine Option.«

»*Isolationshaft!?*«, wiederholte Carlos entgeistert.

»Nur vorübergehend, bis bestimmte … Missionen abgeschlossen sind. Es tut mir leid, Herr Evertim, mehr kann ich Ihnen nicht anbieten.«

»Nicht mal, wenn es um Celine DeWitt geht?«

»Was … wissen Sie über DeWitt?«

Das kurze Zögern und die Veränderung in Falkenbergs Stimme reichten Carlos, um zu wissen, dass er ihn hatte. »So einiges«, sagte er. Selbstgefälligkeit schwang in seiner Stimme mit. »Aber das verrate ich Ihnen nur, wenn Sie mir was Besseres anbieten. Isolationshaft – das ist wohl ein schlechter Scherz.«

»Also gut. Sonderurlaub. Zu Hause. Wir postieren rund um die Uhr ein Team in Ihrer Nähe, das für Ihre Sicherheit sorgt.«

Das klang schon besser. Auf unbestimmte Zeit zu Hause bei Frau und Kind. Vormittags vögeln, wenn Senta in der Schule war, nachmittags ein wenig plaudern, abends kochen und Couch. »Ich will das verbrieft. Und ich will, dass Alexander Martens mit seinem Team geschickt wird. Der kann die Dokumente gleich mitbringen.«

»In Ordnung. Kommandant Alexander Martens. Und jetzt sind Sie dran. Was haben Sie über Celine DeWitt.«

Carlos blickte zur Hütte hinüber. »Ich weiß, wo sie sich zusammen mit ihrem Sohn aufhält.«

»Ihrem Sohn?«

»Ja. Joris DeWitt. Vierzehn oder fünfzehn Jahre alt. War in der Wannentaler Kolonie versteckt.«

»Wo sind sie jetzt?«

»In den Schweizer Bergen. Sind auf dem Weg zu einer Forschungsstation der DeWitts. Irgendeine Topsecret-Location. Die beiden sprachen von einem *Earth Gate* und planen anscheinend, den Mond zurückzuholen.« *Mit einem Schlüssel,* doch das verschwieg Carlos vorerst. Es war besser, immer noch ein Ass im Ärmel zu haben.

Aufregung schlich sich in Falkenbergs Stimme. »Und die zwei sind in Ihrer Gewalt?«

»Nein. Die beiden sind bewaffnet in einer Berghütte. Und ich hab sie belauscht und halte mich in sicherer Entfernung auf. Wie lange wird es ungefähr dauern, bis Alexander hier ist?«

»Keine Stunde bis zum Bodensee. Das Wetter ermöglicht die Nutzung eines Helis. Sie müssen nur das Allgäu umfliegen.«

»Dann schicken Sie seine Leute los. Und ich schicke Ihnen die Koordinaten. Ach, Herr Falkenberg.«

»Ja?«

»Ich würde es mir gut überlegen, nochmals eine Rakete abzufeuern.«

Stille.

»Das *Earth Gate* ist laut Celine besetzt, und nur sie weiß, wo genau es liegt. Sie wollen diese Location doch finden, Herr Falkenberg, oder nicht?«

Jede Freundlichkeit wich aus Falkenbergs Stimme, als er sagte: »Schicken Sie endlich die Koordinaten, *Soldat!* Ihr Kumpel Mertens ist auf dem Weg.« Und damit wurde die Verbindung unterbrochen.

»Komm, wir müssen los!« Celine stopfte ihren Rucksack

voller Lebensmittel. Ebenso packte sie den Solarbrenner von Tilman samt seinem Survivalpack ein.

Joris stand neben dem Feuer und betrachtete den toten Tilman, den Celine eben in die Hütte geschleift hatte. »Und ihn willst du einfach so liegen lassen?«

»Nein, will ich nicht, aber wir haben keine Zeit. Der Typ hat Tilmans Kommunikator mitgenommen. Der informiert wahrscheinlich genau jetzt seine Leute, und dann werden die in Kürze hier aufschlagen.«

Joris ließ nicht locker. »Ist das fair? Er hat sein Leben für uns riskiert. Wir müssen ihm die letzte Ehre erweisen.« So wie sie es in der Kolonie immer taten, wenn jemand verstarb.

»Dann sprich ein Gebet, wenn du meinst, dass das unbedingt sein muss.«

Joris konnte nur den Kopf schütteln. »Du bist so was von … von …«

»Pragmatisch?«

»Nein … gefühlskalt!«

Sie hielt inne. »Das ist nicht wahr! Tilman war ein Freund, ein guter Freund! Ich kenne ihn schon aus der Zeit, bevor ich ins Wannental ging, und es tut mir so weh, dass er sterben musste. Aber glaubst du, es wäre fair, seinen Einsatz nicht zu nutzen, indem wir hier die Zeit vertrödeln und uns fassen lassen? Dann war sein Tod umsonst! Wenn du ihn ehren willst, dann tu es jetzt, aber schnell!«

Joris wollte widersprechen, aber er verzichtete darauf. Stattdessen nahm er eine der Decken, die auf den Bänken herumlagen, und bedeckte damit den Leichnam. Danach sprach er ein *Vaterunser*, wie er es gelernt hatte, und bekreuzigte sich.

Celine wartete an der Tür mit zwei Stirnlampen und den Rucksäcken. »Fertig?«

»Ja.« Joris nahm seine und setzte sie auf, schulterte danach den Rucksack und verließ die Hütte.

Draußen sah er sich nach dem Soldaten um, doch er entdeckte den Kerl nirgends. Es war einfach nur still, einzig in der Ferne wisperte das Gehölz.

Celine zeigte gen Süden. »Wir müssen in diese Richtung. Dort gibt es einen weiteren Wanderweg, dem wir einige Kilometer durch Dickicht und über Almen bis zu einer Felsformation folgen. Ziemlich markant, ähnlich einer Burgmauer mit Zinnen. Dort führt ein alter Klettersteig über den Berg. Die wohl schwierigste Stelle. Dahinter wird es dann einfacher.«

»In Ordnung.«

»Joris.«

»Ja?«

»Ich tue das alles nicht, um irgendwelchen Menschen zu schaden.«

»Ich weiß. Es fühlt sich trotzdem beschissen an.« Joris stapfte los, einfach nur müde und so voller gefährlicher Erlebnisse, dass sich sein Kopf wie mit Watte gefüllt anfühlte.

Beinahe hätte Carlos den Aufbruch der beiden verpasst, so sehr beschäftigte ihn das Gespräch mit Falkenberg. Dass der Arsch seine Tochter erwähnt hatte, war an Dreistigkeit nicht zu überbieten. Dem war offenbar jedes Mittel recht, und das ließ Carlos an seinem eigenen Plan zweifeln. Er hatte sich für schlau gehalten und gedacht, wenn er seinem Chef etwas anbot, würde der im Gegenzug auch liefern. Ein Geben und Nehmen, doch der Chef von NOCOM schien nur nehmen zu wollen.

Zum Glück hatte er Lexe vorab informiert. Der würde kein falsches Spiel mit Carlos abziehen, aber das gab ihm nur temporär Rückendeckung. Wer garantierte ihm danach, dass er zu Hause sicher war? Dass nicht mitten in der Nacht ein Trupp sein Haus stürmte und ihn im Bett erschoss?

Die Antwort gefiel Carlos nicht, aber jetzt musste er erst mal die beiden verfolgen, denn ohne sie hatte er gar nichts mehr in der Hand.

Sie verschwanden Richtung Süden. Einzig das Licht ihrer Stirnlampen war noch zu sehen, zwei tanzende Strahlen in der Dunkelheit.

Carlos überlegte, ob er sich einen Abstecher in die Hütte leisten konnte. Er brauchte dringend Kalorien, allerdings lief er dann Gefahr, die beiden zu verlieren, und daher entschied er sich dagegen. So schnell verhungerte er nicht.

Carlos Evertim aktivierte noch die Koordinatenübertragung des Kommunikators direkt an Lexe, zog den Jackenärmel darüber und verließ das Versteck zwischen den Kiefern.

Seine Schritte waren noch für einen Moment zu hören, bevor sich Stille über die Alm legte. Eine lastende Stille, schwer wie ein Leichentuch. Es klang wie die Ruhe vor dem Sturm.

Kapitel 19

»Pause!« Celine atmete schwer und lehnte sich gegen einen Baum. Der Weg hatte von der Almwiese zuerst abschüssig ins Gehölz geführt, nur um dann steil anzusteigen. Und es war mehr ein Hasenpfad statt ein Wanderweg. Die Äste streiften Joris' Schultern, und hier und da musste er sich ducken, um sich nicht den Kopf zu stoßen. Über einen Baum hatten sie sogar klettern müssen, weil er umgestürzt war. Und das alles nur im Schein ihrer Stirnlampen.

Auch Joris nutzte die Chance für eine Pause und trank ein paar Schlucke. »So brauchen wir ewig.«

»Es war auch nicht beabsichtigt, bei Nacht aufzubrechen.« Sie trank ebenfalls gierig und verschluckte sich beinahe. »Außerdem war der Weg beim letzten Mal besser in Schuss. Die Natur ist einfach unermüdlich, wenn es darum geht, die Welt zurückzuerobern.«

Joris steckte seine Flasche wieder weg. »Wann war dieses letzte Mal?«

»Vor zwei Jahren. Ich war in der Forschungsstation.«

»Und da bist du auch hier raufgeklettert? Warum nehmt ihr keinen Heli? Den könnt ihr euch doch locker leisten.«

»Ja schon, aber die Gefahr ist zu groß, entdeckt zu werden. NOCOM ist an die Luftraumüberwachung mit Primär- und Sekundärradar angeschlossen. Denen entgeht nichts, und spätestens zwei Minuten nach unidentifizierter Registrierung schicken die einen Kampfjet.«

»Auch auf Schweizer Boden?«

»Auch hier. Wenn es um den Mond geht, arbeiten

plötzlich alle zusammen. Deswegen müssen wir laufen. Und jetzt komm weiter, mir gefällt die Stille nicht.«

Sie setzten ihren Marsch fort; Celine ging voneweg, Joris folgte ihr dicht auf den Fersen, doch immer wieder drehte er sich um, um zu prüfen, ob der Kerl ihnen folgte. D*er Mörder meines Vaters.* Bei diesem Gedanken blitzte vor seinen inneren Augen sofort das Gesicht des Soldaten auf, wie er im Lampenschein mit dem blutigen Messer dagestanden hatte, die Augen in dunklen Höhlen, der Schatten eines Barts auf Wangen und Glatze. Er hätte den Tod verdient, aber Joris hatte nicht abdrücken können. Er hatte es einfach nicht gekonnt.

Er sah hinab auf seine Hand und bewegte den Zeigefinger. Er ließ sich problemlos krümmen, immer wieder, immer wieder. Warum war es vorhin dann nicht gegangen? Warum war der Finger so steif gewesen?

»Mama.«

»Ja?«

»Wie hast du das gekonnt?«

»Was denn?«

»Töten.«

Sie blieb stehen. Der Strahl ihrer Lampe fand sein Gesicht, seiner das ihre. »Mir blieb keine Wahl.«

»Weil sie dich sonst …?«

Sie nickte. »Wenn er vorhin eine Pistole gehabt hätte, hättest du auch geschossen.«

»Ich weiß nicht …«

»Hättest du. Als man das erste Mal eine Pistole auf mich richtete, konnte ich's auch. Es war fast *zu* leicht.«

Joris sah sie zweifelnd an. »Vorhin lief mein Hirn irgendwie auf Notstrom. Ich sah nur sein Messer und das Blut.«

»Versteh ich. Als ich damals in die Mündung blickte,

nahm ich keinen Kerl mehr wahr, keinen Kopf, nur die Mündung und dachte, da kommt jetzt gleich der Tod raus. Es fühlte sich wie eine Ewigkeit an, aber am Ende drückte ich ab, und zwar schneller als er. Tilman war damals dabei und meinte, es wären keine zwei Sekunden vergangen. Zeit ist wirklich ein dehnbarer Begriff. Auch physikalisch.« Sie lächelte, dann setzte sie ihren Weg fort.

Joris blickte nochmals auf seinen Zeigefinger und krümmte ihn. Ausstrecken, krümmen, ausstrecken, krümmen. Dann ballte er die Hand zur Faust und folgte seiner Mutter.

Der Weg wurde noch steiler, dafür das Dickicht luftiger, und so konnten sie nebeneinandergehen. Zum Reden fehlte ihnen jedoch die Luft. Schweigend stiegen sie in Kehren den Hang empor. Zwischen den Wurzeln der Krüppelbäume lagen erst faustgroße Steine, dann kopfgroße, schließlich Findlinge, die sie umgehen mussten. Jeder Schritt wurde schwieriger, musste wohlbedacht gesetzt werden. Joris leuchtete eigentlich nur noch auf den Meter vor ihm, um nicht in eine Spalte zu treten und sich den Knöchel zu verknacksen. Das wäre ihr sicheres Ende, denn irgendwo hinter ihnen war der Soldat. Er würde nicht aufgeben, das hatte Joris in seinen Augen gesehen. Der Kerl war zu allem entschlossen und ein harter Hund. Er musste aus dem See an Land geschwommen sein. Wie weit waren sie beim Unfall draußen gewesen? Mindestens noch zwei Kilometer, wenn nicht sogar mehr. Das war krass.

Joris blieb für einen Moment stehen, um wieder durchzuatmen. Sein Blick glitt den Hang hinab und an den Steilwänden der Berge empor, bis er in der Ferne das Licht sah.

»Mama!«

»Was ist?«

»Da blinkt ein Licht.«

Sofort war sie neben ihm. »Wo?«

»Dort hinten. Am Kamm. Siehst du es?«

Sie schluckte und sagte: »Scheiße! Lampe aus! *Schnell!*«

Für einen Moment spendete nur noch die von Joris Licht, dann wurde es ganz dunkel. »Was ist denn?«, fragte er leise.

»Das ist ein Hubschrauber. Die angeforderte Unterstützung.« Tatsächlich blinkte das Licht und änderte seine Position – es kam näher.

Joris suchte die Hand seiner Mutter und drückte sie. »Und jetzt?«

»Gehen wir weiter! Komm! Die können hier in dem Gelände nicht landen. Wir haben also Vorsprung.« Sie zerrte ihn schon weiter, doch Joris stolperte über den nächsten Stein und stürzte auf die Knie.

»Das ist doch Wahnsinn ohne Licht!«

»Was willst du dann?« Die Stimme seiner Mutter wurde schrill. »Komm jetzt, Joris, die dürfen uns nicht kriegen!«

»Warum suchen wir uns nicht lieber ein Versteck.«

»Damit sie uns finden?! Die haben Wärmebildkameras und Nachtsichtgeräte. Wir haben nur eine Chance: fliehen, bis der Heli abdrehen muss. Und sie so abschütteln.«

»Aber dann mit Licht.« Joris knipste seine Stirnlampe wieder an. »Wenn die Wärmebildkameras haben, ist es eh völlig egal.«

»Da hast du recht.« Auch Celine schaltete ihre wieder an.

Mutter und Sohn nickten sich gegenseitig zu, und schon hasteten sie weiter den Berg empor.

»Sichtkontakt«, sagte Ray, der Pilot. »Auf drei Uhr dreißig. Zwei flüchtende Personen.«

»Das sind sie!« Lexe spähte zum Fenster hinaus in die Dunkelheit. Die beiden hüpfenden Lichtpunkte lagen in weiter Ferne, doch sie donnerten im Eiltempo auf sie zu. »Nehme Kontakt zu Carlos auf.« Er aktivierte den anderen Kanal und schaltete Carlos' Kommunikator auf den Funk. »Lexe für Carlos, Lexe für Carlos. Statusmeldung.«

Ein Knacken, dann Carlos' schnelle Atemstöße. »Lexe! Euch schickt der Himmel!«

»Im wahrsten Sinne des Wortes! Wo bist du?«

»Verfolge die beiden den Hang hinauf. Schwieriges Gelände.«

»Möglichkeit zur Landung?«, fragte der Pilot.

»Negativ. Alles voller Felsen und Dickicht.«

»Nächste Landeoption?«

»An der Hütte. Zu weit weg.«

»Dann seilen wir uns ab«, bestimmte Lexe. »Und du bleibst in der Luft zur Koordination, Ray.«

»Verstanden.« Ray korrigierte den Kurs und ließ die Wespe tiefer sinken. »Allerdings müsst ihr gleich raus. Die Instrumente melden Fallwinde nahe am Hang.«

»Kein Problem. Schmeiß uns raus.«

»Kay, Lexe. Bereit machen für'n Ausstieg! Fast-Roping initiiert!«

Lexe hörte, wie die schwenkbaren Beams über den Ausstiegtüren nach außen glitten. Er rutschte nach vorn an die Kante, streifte sich die Spezialhandschuhe über und öffnete die Tür. Eisiger Wind brüllte ihm entgegen, doch davon ließ er sich nicht stören. Er holte den Seilsack unter dem Sitz hervor, hakte das obere Ende in den Galgen und warf den Sack nach draußen. Das dicke Seil darin rollte sich ab und verschwand lautlos in die Dunkelheit. »Ready!«

»Ready, too«, rief Greg vom anderen Ausstieg herüber.

»Dann go, go, go!«

Lexe packte das Seil, zog sich hinaus, schlang die Beine darum und ließ sich hinabgleiten. Ohne Sicherung, wie es beim Fast-Roping üblich war, glitt er die gut zehn Meter in die Tiefe, bevor er zwischen zwei Krüppelbäumen zu Boden sprang. Schnell die verbrauchten Handschuhe weg und Sturmgewehr in Anschlag bringen.

Das Abseilen dauerte keine dreißig Sekunden, und schon fielen die Seile herab, ausgeklinkt von Ray. Der Heli drehte ab und stieg wieder in die Höhe, als Lexe, Greg, Franka, Maria und Lobo, der für den erkrankten Harry eingesprungen war, sich zusammenfanden.

»Sind unten«, rief Lexe über das Knattern der Rotoren in den Funk und holte sich Carlos' GEO-Daten aufs Visier im Helm. »Etwa zweihundert Meter nördlich von dir.«

»Dann beeilt euch! Die beiden geben ganz schön Gas.«

»Nee, du bist nur lahmarschig geworden, Carlos.« Lexe lachte, winkte gen Süden und trabte los.

»Da haben sich gerade Soldaten abgeseilt.« Joris rieb sich Schweiß von der Stirn. »Fünf, wenn ich es richtig gesehen habe.«

»Eine Unit.« Celine stützte sich auf die Oberschenkel und pumpte Luft in ihre Lungen. »Da stimmt was nicht.«

»Wieso?«

»Warum schicken die nur eine Unit, wenn sie wissen, wer wir sind?«

»Wissen Sie das?«

»Also wenn der Kerl unser Geschrei an der Hütte nicht mitbekommen hat, weiß ich's auch nicht mehr.«

»Stimmt. Aber das soll uns recht sein, oder?«

»Ja, solls.« Celine stemmte sich hoch und lief weiter. Sie sah blass um die Nase aus.

»Geht's?«, fragte Joris besorgt.

»Muss. Komm, weiter!«

Weiter, immer weiter …

Einige Minuten hasteten sie weiter durchs Gehölz, während der Hubschrauber über ihnen kreiste. Schließlich blieb Joris stehen, weil seine Lunge brannte und er Seitenstechen bekam. »Das … ist … zweck…los.« Er spuckte schaumigen Speichel aus. »Wie willst du denen entkommen?«

Auch sie konnte nicht mehr und sank gegen einen Baum. »Ich weiß es nicht. Ich … ich …«

»Kannst du Hilfe ordern?«

»Nein, die können in der Station niemanden entbehren.«

»Aber dich auch nicht!«

Sie presste sich ebenfalls gegen die Seite. »Daher nimmst du jetzt die Brosche und verschwindest.« Sie holte sie unter ihrer Jacke hervor, streifte sie über den Kopf und drückte sie Joris in die Finger.

Der rührte sich keinen Millimeter. »Und du?«

»Ich halte sie auf.« Sie lächelte ohne Freude, während sie Tilmans Pistole aus dem Gürtelholster zog.

»A-a-aber ich hab doch keine Ahnung, wohin!«

»Folge dem Weg wie beschrieben. Dann über den Klettersteig. Dahinter liegt ein verborgener Abzweig, der vom Klettersteig wegführt. Auf dem einfach Richtung Gipfel bleiben. Du kannst es gar nicht mehr verfehlen.« Sie lud durch und schaltete ihre Lampe aus.

Joris starrte auf ihr Gesicht im Halbdunkel. »Mama!«

»Los! Jetzt liegt es an dir, die Erde zu retten.«

Tränen stiegen in seine Augen. »D-d-das −«

»Das kannst du! Los, Joris! Sonst waren alle Opfer umsonst!«

Alle Opfer umsonst, alle Opfer umsonst, alle Opfer umsonst …
Die Worte hallten wie ein tausendfaches Echo durch seinen Kopf, und Joris dachte an seinen Vater, an Tilman, an Pete und Sarah und deren Mutter und all die anderen, und dann machte er auf dem Absatz kehrt und stürzte in die Dunkelheit.

»Eine Person verloren!«, gab Ray durch den Funk durch. »Zweite Person flüchtet den Hang hinauf.«

»Die teilen sich auf!« Lexe sprang über eine knotige Wurzel und duckte sich unter einem Ast hinweg. »Carlos! Hast du gehört? Die teilen sich auf.«

Schweres Schnaufen »Hab ich. Ich häng' mich an den Jungen! Sichtkontakt!« Irgendwo krachte ein Schuss, und Carlos keuchte. »Sie schießt! Die Mutter ist hier irgendwo.«

»Die übernehmen wir!«

»Roger.«

Lexe wandte sich nach rechts und rannte zwischen zwei Latschenkiefern hindurch. Carlos' Punkt auf dem Visier bewegte sich in die gleiche Richtung, keine fünfzig Meter entfernt.

Wieder krachte ein Schuss, den er sowohl über den Funk als auch so hörte. Es blitzte zwischen den Ästen. »Sichtkontakt!«, rief auch er. »Zwei Uhr. Einkreisen und festnehmen.«

Er hob das Sturmgewehr in den Anschlag und stürzte vorwärts.

Wieder ein Schuss, zwei Bäume weiter rechts. Und noch einer, noch weiter rechts.

»Sehe sie!«, gab Franka durch. Ihr Gewehr knatterte los, flammende Sonnen in der Dunkelheit.

»Ich geb Rückendeckung.« Lobo.

Lexe blieb hinter einem Baum stehen und atmete

durch. Er wartete darauf, dass sie zurückschoss, doch das Feuer blieb aus. »Habt ihr sie erwischt?«

»Negativ. Kein Sichtkontakt.«

Neben Lexe erschien Maria. Er gab ihr ein Handzeichen, dass er gleich stürmen würde. Sie nickte. Und los, um den Baum, vorwärts, vorwärts, Schwenk links, niemand, Schwenk rechts, niemand, halt, nein, nur ein Schatten, und was ist das? Ein Rucksack. »Hier liegt ein Rucksack! Ein −«

Die Mündung erblühte schräg hinter ihm neben seinen Füßen, und aus dem Augenwinkel sah er, wie Marias Visier splitterte. Sie schrie und ging zu Boden. Lexe wirbelte herum, entdeckte die Mutter unter Bodendeckern und eröffnete das Feuer. Er ballerte einfach los, sicher war sicher, scheiß aufs Festnehmen.

Da griff jemand nach seinem Gewehr und riss es ihm aus der Hand. »FESTNEHMEN«, schrie Lobo. »WIR SOLLEN SIE FESTNEHMEN!«

Lexe sah nur rot, wollte sich auf Lobo stürzen, doch der verpasste ihm einen derben Schlag mit dem Griff des Gewehrs, der ihn zu Boden schickte.

»Was −«

Lobo zielte sogar noch auf ihn und drückte ab.

Lexes Welt wurde zu einer einzigen blendenden Explosion.

Carlos folgte immer noch dem Pfad und ließ den Lärm hinter sich. Vom Jungen fehlte jede Spur, aber die Latschen, die hier den Winden trotzten, versperrten auch überallhin die Sicht. Um den Jungen machte er sich wenig Sorgen, den würde er kriegen; was ihn mehr störte, waren die vielen Schüsse. Kam Lexes Team auch nicht mit Celine DeWitt zurecht?

Wieder donnerte eine Salve durch den Funk, und ein Kerl schrie: »FESTNEHMEN! WIR SOLLEN SIE FESTNEHMEN!«

Carlos blieb überrascht stehen. Die Stimme kannte er nicht. Jemand Neues in Lexes Team? Davon hatte sein Kumpel gar nichts gesagt. Carlos musste an Falkenbergs Verschlagenheit denken und bekam eine Gänsehaut. Er wollte gerade nach Lexe rufen, als der »Was −« ausstieß und von einer weiteren Gewehrsalve übertönt wurde.

Die Gänsehaut breitete sich über seinen Nacken aus. Irgendwas stimmte hier nicht.

»Zwei Personen down!«, rief der Unbekannte. »Maria und Alex hat's erwischt. Verstärkung! Ich brauche Verstärkung! SCHNELL!«

Alex hat's erwischt. Alex hat's erwischt …

Carlos' Finger ballten sich zur Faust. Das stank nach Falle. Nach dem Arschloch von Falkenberg.

Schnell schaltete er seinen Kommunikator offline, dann machte er auf dem Absatz kehrt, um Greg und Franka zu warnen, als der blasse Junge plötzlich vor ihm stand und ihm seinen Rucksack ins Gesicht schlug.

Es war weniger der Schmerz, der Carlos straucheln ließ, sondern die Überraschung. Der Junge hatte Mumm … und setzte nach. Er trat Carlos gegen die Seite und holte zu einem Schwinger aus, den Carlos aber abfing. Schnell verdrehte er dem Jungen das Handgelenk, halbe Drehung, und dann stand er hinter ihm und zog seinen Arm nach oben. Der Junge keuchte voller Schmerz, doch Carlos legte ihm die andere Hand über den Mund.

»Ruhig!«, knurrte Carlos. »Ganz ruhig!«

Der Junge zappelte wie ein Aal.

»Hör jetzt auf damit! Hörst du!«

Wieder ein Schlag gegen sein Schienbein, und Carlos

reichte es. Er ließ den Mund des Jungen los und drückte ihm stattdessen die Halsvene ab. Es dauerte keine zehn Sekunden, bis der Junge erschlaffte. Carlos ließ ihn zu Boden gleiten und zog das Paar Handschellen aus dem Gürtel, das er bei seinem Sturz in den See nicht verloren hatte. Damit fesselte er den Jungen an einen massiven Ast.

Der kam schon wieder zu sich und blinzelte ihn verständnislos an.

»Ruhig bleiben!«, knurrte Carlos und verpasste ihm noch einen Knebel. Wenn er etwas mehr hasste als schießwütige Kultistinnen und bockige Kinder, die ihm ihren Rucksack in die Fresse donnerten, dann waren es illoyale Vorgesetzte und verräterische Lügner.

Mit dem Messer in Händen trabte er den Weg zurück.

Celine presste sich die Hand auf den Oberschenkel. Einen Treffer hatte sie abbekommen, vielleicht auch zwei. Aber es war egal, solange sie Joris genügend Zeit verschaffte. Sie ließ das Bein los, spürte das Blut hervorquellen, kroch trotzdem mit zusammengebissenen Zähnen noch ein Stück weiter durchs Gehölz und setzte sich dann auf. Sie checkte das Magazin. Noch sechs Schuss – für vier Wichser. Da musste sie wohl besser zielen.

Allerdings tauchte kein Soldat auf. Alles war plötzlich still. Zu still. Wo schlichen die rum?

»Ich bin hier!«, schrie sie. »Kommt und holt mich, ihr Schlappschwänze!« Sie zielte direkt neben den Stamm vor sich. Wenn jemand kam, dann von dort.

Allerdings näherten sie sich gemeinsam und warfen eine Blendgranate voraus. Celine sah sie noch durch die Luft wirbeln und presste die Augen zusammen, doch die Explosion blendete sie trotzdem so sehr, dass sie halb blind um sich schoss, als sie Schritte hörte.

Jemand verpasste ihr einen Schlag gegen das Kinn, was ihr auch noch bunte Sterne bescherte, und derjenige nahm ihr schließlich die Pistole weg.

»Schachmatt«, sagte eine Soldatin. Sie zielte mit ihrem Sturmgewehr direkt auf Celines Stirn. Zorn zuckte über ihr Gesicht, illuminiert von der langsam ausglühenden Granate.

Celine spukte ihr vor die Füße. »Dann schieß doch, du Schlampe!«

Die Finger der Soldatin spannten sich, doch einer der Kerle, offenbar der Anführer, trat neben sie und schob den Lauf der Pistole herab. »Festnehmen lautet unser Befehl.«

»Ist mir doch egal! Die hat Lexe und Franka ausgeknipst!«

»Hat sie das wirklich?«

Rascheln im Gehölz, und dann trat Tilmans Mörder zu Ihnen. Er hatte ein Sturmgewehr in Händen, vermutlich von einem der beiden Toten. Damit zielte er auf den Anführer.

Die Soldatin, sowie der schweigsame dritte Kerl, sahen verwirrt zwischen den beiden hin und her. »Was ist hier los?«

»Das frag ich mich auch.« Tilmans Mörder deutete mit einem Nicken auf den Anführer. »Was hat der Kerl bei euch zu suchen? Wo ist Harry?«

»Krank. Kotzt sich die Seele aus dem Leib.«

»Recht kurzfristig, oder?«

Die Soldatin kniff die Augen zusammen, was selbst unter ihrem Helmvisier zu sehen war. »Bist du jetzt eigentlich ganz abgedreht, Carlos?«

»Ich nicht, sondern Falkenberg! Er hat erst vor zwei Tagen versucht, mich umzubringen. Deswegen hab ich euch geordert. Und jetzt sind Lexe und Maria tot. Zufall?«

Er öffnete die Hand, aus der blutverschmierte Patronen vom Kaliber ihrer Sturmgewehre zu Boden fielen. »Die hab ich gerade aus Lexes Brust gezogen.«

Die Soldatin zitterte und hob ebenfalls ihr Gewehr auf den Anführer. »Was bist'n du für'n Arschloch?« Auch der Schweigsame tat es ihr nach; er hatte anstatt eines Sturmgewehrs eine Sniper.

Celine konnte nicht glauben, was vor sich ging. Vielleicht zerfleischten sie sich noch gegenseitig, und sie war die lachende Dritte.

Ihr Wunsch schien in Erfüllung zu gehen, denn der Anführer brachte auch den Gewehrlauf hoch. Die Mündung wanderte zwischen den dreien hin und her. »Ich bin verdammt noch mal nur 'ne beschissene Vertretung!«

»Die auf Falkenbergs persönlicher Gehaltsliste steht?«, fragte Tilmans Mörder. »Mach uns nichts vor. Was ist dein Auftrag? Uns eliminieren?«

Die Zunge des Anführers fuhr zwischen seinen Lippen hervor. »Bullshit ist das! Ich soll niemanden eliminieren! Nur sie und ihren Sohn festnehmen.«

»Und wer bitte hat dann mit einem unserer Sturmgewehre Lexe erschossen? *Sie etwa? Siehst du ein Gewehr in ihren Händen?*«

Wieder die Zunge. »Ich …«

Da hoben sowohl die Soldatin als auch der Stille die Köpfe und blickten zum Himmel empor.

»Was ist?«, fragte Tilmans Mörder angespannt.

»Ray meldet einen zweiten Hubschrauber.«

»Da habt ihrs! Das ist ein Cleaner-Team. Die sollen nach uns auf–«

Der Anführer eröffnete das Feuer. Seine Salve ließ die Soldatin wie eine Puppe zappeln. Noch bevor sie zu Boden glitt, grunzte der Schweigsame und ballerte mit seiner Sniper auf den Anführer. Der erste Schuss riss ihm die Hand weg, der zweite traf ihn an der Schulter, der dritte am Helm. Während der Anführer rückwärts zu Boden kippte, drückte er noch einmal den Abzug durch, vielleicht auch nur aus Reflex. Sein Schuss traf den Schweigsamen in den Hals. Der ließ die Sniper fallen, griff sich an den Kragen und hustete. Blut spritzte über seine Lippen und Arme, und noch ein Schwall und noch einer. Dann sank auch er zu Boden.

Einzig Tilmans Mörder stand noch zwischen den Toten im schwindenden Licht der ausgebrannten Blendgranate. Sein Blick traf Celine, und dann lachte er rau und heiser, das Lachen eines Mannes kurz vorm Durchdrehen. »Jetzt sind wieder nur noch wir beide übrig. Und dein Junge.«

»Und die beiden Helis«, sagte Celine. Sie wusste nicht, ob das klug war, aber sie war sowieso am Arsch. Ihr Bein blutete immer noch, und sie spürte bereits die eisige Kälte in den Knochen.

»Ja, die Helis.« Carlos blickte zum Himmel empor, dann bückte er sich nach der Sniper. Er legte auf das herannahende Licht an und gab drei Schüsse ab. Daraufhin drehte der Heli ab.

»Nett«, sagte Celine. »Wie lange wird sie das aufhalten?«

»Lange genug, damit wir verschwinden können.«

»Wir?«

»Ja, wir.« Tilmans Mörder zerrte der Toten den Helm vom Kopf und sprach ins integrierte Funkgerät. »Ray, bitte kommen, Ray, bitte kommen.« Nur noch die Displaybeleuchtung erhellte sein Gesicht in roten, blauen, grünen und weißen Sprenkeln.

Eine leise Stimme antworte: »Ray hört! Bist das du, Carlos? Was ist bei euch da unten los, verdammt?«

»Das willst du nicht wissen. Dreh einfach ab und flieg nach Hause.«

»Was soll ich?«

»Hau ab, oder ich hol dich und deinen Vogel mit der Sniper runter!«

Ray erwiderte noch etwas, doch Celine verstand die Worte nicht mehr. Der Heli, der die ganze Zeit über ihnen gekreist war, legte sich zur Seite und schoss davon. Das Donnern seiner Rotoren wurde leiser und leiser.

Da erglühte ein Leuchtstab in mattem Weiß, und Tilmans Mörder sank vor ihr in die Hocke und besah sich ihr Bein. »Sieht nicht gut aus.« Ohne auf eine Erwiderung zu warten, zerrte er die Tote heran, durchwühlte ihre Taschen, fand ein Sanikit und entrollte es.

Während er einen Verband heraussuchte, fragte Celine: »Warum machen Sie das? Warum helfen Sie mir?«

»Wer sagt, dass ich dir helfe?« Er reichte ihr Verbandsmaterial. »Aufdrücken! Feste!«

Celine gehorchte und stöhnte vor Schmerz.

»Fester! Es blutet noch.« Er half nach, was ihr wieder bunte Sterne vor den Augen bescherte.

»Warum?«, fragte sie abermals, matter jetzt. »Warum tun Sie das?«

»Weil ihr offenbar meine Lebensversicherung seid.« Er holte ein Fläschchen samt Spritze aus dem Sanitätskit. »Bingo!« Routiniert klippte er die Nadel fest und zog sie im Fläschchen auf.

»Was ist das?«, fragte Celine. Ihr Gesichtsfeld flackerte.

»Gutes, altes Morphium.« Tilmans Mörder lächelte, die Spritze vorm Gesicht, dann setzte er ihr die Nadel, und eine Woge Wärme wallte durch Celines Adern.

Mit der Wärme kamen Müdigkeit und Dunkelheit.

»Wo ist Joris?«, fragte sie noch leise, aber die Antwort hörte sie schon nicht mehr.

Kapitel 20

Der Knebel erfüllte seinen Mund mit Fusseln und dem Geschmack von Schweiß und Blut. Joris würgte und krampfte und kämpfte gegen die Handschelle, aber Stahl und Ast waren stärker als er. Ihm blieb nichts anderes übrig, als zwischen den Latschen den Hang hinabzublicken und zu beobachten, wie der zweite Helikopter abdrehte und kurz darauf auch der erste.

Er hatte keine Ahnung, was das bedeutete.

Und dann kam die Stille. Als die beiden Hubschrauber in der Ferne verklungen waren, seufzte nur noch ein sanfter Wind in den Bergkiefern.

Joris versuchte noch einmal, den Knebel aus dem Mund zu bringen, doch der Typ hatte ihn zu fest gebunden.

Der Typ. Joris könnte sich in den Hintern beißen, weil er den Soldaten nicht hatte überwältigen können. Hatte er wirklich geglaubt, ein Hieb mit dem Rucksack würde einen solchen Kerl ausknocken. Völlig lächerlich. Das war ein Killer, eine Kampfmaschine. Gegen den wirkte sein Vater wie ein schmächtiger Bücherwurm.

Joris blinzelte Tränen weg. *Papa! Mama! Lasst mich nicht allein. Bitte, lasst mich nicht allein.*

Doch die Stille war erbarmungslos und ihr Griff so mächtig, dass Joris die Brust eng wurde. Er bekam mit einem Mal keine Luft mehr, ruckte an der Handschelle, keuchte in den Knebel, saugte eine Fussel ein, hustete und würgte. *Jetzt ersticke ich auch noch.* Während Joris nach Luft rang, koppelte sich ein Teil seines Denkens irgendwie ab.

Als stünde er neben seinem würgenden Körper, fragte er sich, was die letzten Tage schiefgelaufen war.

Da hatte er seine totgeglaubte Mutter im Gehölz gefunden, dann hatte sie sich als Kultistin entpuppt, die verfolgt wurde. Sein Vater hatte sie verraten, und dann waren die Mörder aufgetaucht. Der Tod war über sie gekommen. Sein Vater. Die Rakete. Schorsch. Tilmann. Und jetzt seine Mutter.

Er hob den Blick zu den blassen Sternen. Wie würde es wohl aussehen, wenn dort oben der Mond stünde? Silbern soll sein Licht sein, bei Vollmond so hell wie an trüben Tagen. Wie sähen wohl die Berghänge aus? Der Bodensee, mit dem Mond als glitzernder Sonne bei Nacht?

Joris fühlte die Brosche an seiner Brust. Das Erbe der DeWitts. Sein Erbe. Er hatte doch eine Aufgabe zu erfüllen. *Jetzt liegt es an dir, die Erde zu retten.* Das tat es. Es lag verdammt noch mal an ihm, und deswegen konnte er hier nicht kläglich an einem Krüppelbaum ersticken.

Joris war plötzlich wieder in seinen Körper zurückgekehrt, spürte ein grausiges Kribbeln in den Händen und auf dem Gesicht und mahnte sich trotzdem zur Ruhe. *Atmen, Joris! Atmen! Durch die Nase! Ja. Ein-atmen. Aus-atmen. Ein-atmen. Aus-atmen.*

Es wirkte. Er wurde ruhiger und ruhiger, bis er sein pochendes Herz nicht mehr hinter den Ohren schlagen hörte. Dafür vernahm er ein Rascheln zwischen den Latschenkiefern. Ein Lichtstrahl huschte hierhin und dorthin. Jemand schnaufte schwer. Ein Mann. Die Kampfmaschine!

Er trug Celine über der Schulter.

»Ah, hier hab ich dich angebunden.« Er ließ sie neben der Kiefer auf den Boden gleiten. »Ich dachte schon …«

Beim Anblick seiner schlaffen Mutter schrie Joris wieder in den Knebel hinein, doch es waren nur unartikulierte Laute zu hören.

»Ja, ja, ich nehm ihn dir schon ab!«

Joris spuckte Fusseln aus. »Oh Gott! Was ist mit ihr? Was haben Sie —«

»Gerettet hab ich sie! Und dich wohl auch, du undankbarer Lauch.« Der Kerl hatte sogar ihren Rucksack dabei und nahm ihn ab. Ebenso ein Sturm- und ein Scharfschützengewehr, die Joris jetzt erst auffielen. Er glitt neben ihr in die Hocke. »Aber sie hat viel Blut verloren. Nicht gut.«

»Ist sie … deswegen ohnmächtig?«

»Nein, ich hab ihr eine Ampulle Morphium gegen die Schmerzen gegeben.«

Joris musterte den Kerl. »W-w-warum tun sie das?«

»Das frag ich mich auch. Schicksal vermutlich, wenn es so was gibt. Glaubst du an so was, Junge?«

»Keine Ahnung.«

»Tu's nicht, sonst wird jede Entscheidung, die du in deinem Leben triffst, sinnlos. Vorbestimmung. Plan Gottes.« Der Kerl spuckte aus. »Alles Humbug!« Er rieb sich über die mit Stoppeln übersäte Glatze, dann zog er Celines Trinkflasche aus dem Rucksack und trank. Als er sie zuschraubte, fiel sein Blick auf Joris. »Hast du auch Durst?«

Der nickte nur.

Ein langer, durchdringender Blick. »Wenn ich dich losbinde, machst du dann wieder Faxen?«

Joris schüttelte den Kopf.

»Rat ich dir auch, Junge. Sonst wirst du den Kürzeren ziehen.«

Nachdem der Kerl die Handschelle geöffnet hatte, stürzte Joris, anstatt zu trinken, neben seine Mutter und strich ihr übers Gesicht. »Mama. Gott. Bitte, wach auf! Lass mich nicht allein. Bitte.«

Sie hörte nicht auf sein Flehen.

»Spar dir die Mühe, Junge. Sie wird noch mindestens

zwei Stunden von rosa Elefanten träumen.« Er blickte in die Ferne. »Und in der Zeit möchte ich möglichst ein paar Kilometer gutmachen, bevor die zurückkommen.«

Joris musterte den Mann, aus dem er nicht schlau wurde. »Es waren doch Ihre Leute, oder nicht?«

Ein Schnauben. »Meine Leute … Ja, es waren meine Leute, nur sollten sie mich umbringen.«

»Sie? Warum das?«

»Weil ich offenbar zu viel weiß.«

Joris verstand. »Über uns.«

»Richtig, Schlauberger. Die hätten mich eliminiert und euch mitgenommen. Aber so läuft das nicht, nicht mit mir. Hört ihr?«, rief er laut den Hang hinab. *»Nicht mit mir!«*

Nur der Wind antwortete mit einem Wispern.

»Und jetzt?«, fragte Joris leise. »Was machen Sie jetzt?«

»Erst einmal von hier verschwinden. Wenn die nämlich zurückkommen, dann mit der Kavallerie, Junge.«

»Joris.«

»Was?«

»Ich heiße Joris und nicht Junge.«

Der Kerl musterte ihn aus zusammengekniffenen Augen, dann lachte er plötzlich, was in ein Kopfschütteln überging. »Ich bin echt im falschen Film.«

Seine gute Laune entfachte Wut bei Joris. »Sie sind im einzigen Film, der gerade läuft! Einem beschissenen Film. Und … und … eigentlich sollte ich Sie … umbringen! Sie haben meinen Vater abgeknallt. Sie … Sie … Monster!« Joris wandte sich ab, weil ihm plötzlich wieder Tränen in die Augen stiegen.

Zu seiner Überraschung trat der Kerl neben ihn und hielt ihm eine Pistole mit dem Griff voran entgegen. »Dann tu's, Junge.«

»Joris!«

Wieder dieses amüsierte Schnauben. »Dann tu's, Joris. Erschieß mich! Räche deinen Vater!«

Joris starrte auf die Knarre, dann dem Kerl in die Augen. »Sie wissen, dass ich es nicht tun werde.«

Er zuckte mit den Schultern. »Ich würd es darauf ankommen lassen.«

»Warum?«

»Weil du recht hast. Ich hab deinen Vater hinterhältig erschossen. Ich wollte damit deine Mutter aus ihrem Versteck locken, um sie zu stellen. Sie war dafür allerdings zu abgebrüht. Eine starke Frau ist sie, das muss man ihr lassen.« Er wedelte noch einmal auffordernd mit der Pistole herum, doch Joris schüttelte nur den Kopf.

»Also gut.« Der Kerl steckte die Waffe weg. »Dann hätten wir das geklärt. Ich schlage vor, wir setzen euren Weg fort.«

»Wir?«

»Natürlich wir. Glaubst du, ich lass euch jetzt ziehen? Ihr seid so was wie meine Lebensversicherung. Außerdem wirst du ohne meine Hilfe nicht weit kommen, Junge. Also: Wohin geht's?«

Joris zögerte ein paar Sekunden, doch dann zeigte er den Hang hinauf und sagte: »Dort oben liegt irgendwo der Einstieg zu einem Klettersteig. Zu dem müssen wir.«

»Okay. Dann los! Nimmst du die Rucksäcke?«

Joris nickte nur, während er zusah, wie der Kerl seine Mutter wieder schulterte.

Sie stiegen ein gutes Stück den Hang empor, bis der Kerl sagte: »Ich brauch 'ne Pause.« Wieder legte er Celine ab und sank neben ihr zu Boden. »Ihr habt doch sicher Verpflegung dabei?«

»Mama hat einiges Zeug eingepackt.«

»Dann pack aus, Junge! So langsam frisst sich der Hunger durch.«

Celine hatte Brot, Karotten, runzelige Äpfel, Tuben voller Astronautennahrung und getrocknete Rindfleischstreifen dabei. Der Kerl nahm sich eine der Beef-Jerky-Packungen. »Sind die echt vom Viech?« Er las die Verpackung. »Tatsächlich! Nicht aus dem Drucker! Geil!« Mit den Zähnen riss er sie auf und schob sich einen Fetzen Fleisch in den Mund. »So was hab ich ja schon ewig nicht mehr gegessen. Immer nur den Fraß aus dem Printer.«

Joris besah sich eine Tube Astronautennahrung. Ananas-Geschmack. Noch nie hatte er eine Ananas gegessen. Wie das Zeug wohl schmeckte?

Der Kerl kaute geräuschvoll. »Boah, ist das geil! Da krieg ich gleich 'nen Ständer.« Ein Seitenblick zu Joris. »Krieg das nicht in den falschen Hals, Junge. Das war nur so ein Spruch.«

»Schon okay.« Er riss die Tube auf und drückte sich das Gel in den Mund. Es schmeckte süß und pappig. Und irgendwie nach Chemie.

»Und? Kann man das Zeug essen?«

»Geht so.« Joris drückte sich noch mehr auf die Zunge. »Es ersetzt zumindest eine vollwertige Mahlzeit.«

»Immerhin. Hast du eines mit würzigem Geschmack?«

»Cold Brew Coffee?«

»Klingt gut.«

Joris warf es ihm rüber, dann leerte er seine Tube und sah nach seiner Mutter. Die war immer noch ohnmächtig. Der Verband ums Bein färbte sich langsam rot.

Der Kerl bemerkte Joris' Sorge und sagte: »Sie ist zäh. Sie wird's vermutlich packen.«

Hoffentlich.

Einige Zeit schwiegen sie, während der Kerl kaute und

kaute. Er schien die ganze Packung Rindfleisch essen zu wollen.

»Wo kommen Sie eigentlich her?«, wollte Joris wissen. Das Schweigen lastete zu sehr auf seinen Schultern.

»München. Außenbezirk Neue Warte. Wohn da mit meiner Frau und meiner Tochter.«

»Sie haben Kinder?«

»Natürlich! Sie ist in deinem Alter. Hübsches Mädel. Könnte dir gefallen. Aber warum sollte ich keine haben?«

»Keine Ahnung. Als … als …«

»Killer? Das wolltest du sagen, nicht? Aber ich seh mich nicht als Killer, sondern als Soldat. Wir sorgen für Ordnung. NOCOM räumt auf.« Die letzten Worte hatten irgendwie einen bitteren Klang, und auch das Beef Jerky schien ihm nicht mehr zu schmecken, denn er schob den Rest in die Packung zurück und steckte sie in die Jackentasche. Danach widmete er sich dem Cold Brew Coffee und saugte die Paste aus der Packung.

»Wie sind Sie eigentlich zu NOCOM gekommen?«, fragte Joris.

Der Kerl schleckte sich die Paste von den Lippen. »Weiß auch nicht. Ich wollte immer was machen, wo ich mich bewegen kann. Hatte nie Bock, den ganzen Tag in den Betonbunkern zwischen Displays und Hologrammen zu hocken. Aber was bleibt noch an Jobs mit Bewegung? Ist doch alles heutzutage robotergesteuert.«

»Also bei uns auf den Feldern haben wir keine Roboter.«

»Das mag sein, aber wenn du in der Stadt aufgewachsen bist, zieht es dich nicht auf die Felder. Also bin ich bei NOCOM gelandet. Klassische Ausbildung, Sonderkräfte, Sturmschule, schließlich Kommandant. Eigentlich gefällt mir das auch, die Ausbildung von solchen wie dir, nur ein bisschen älter. Der Umgang mit Menschen ist schon was Schönes.«

Joris traute seinen Ohren nicht. »Und dann töten Sie Menschen?«

Ein Schulterzucken. »So ist das halt. Da kommt ein Ticket rein, und du brichst mit deinem Team auf. Du erledigst den Job, setzt einen Haken, und es kommt das nächste Ticket rein. Irgendwann stellst du keine Fragen mehr, warum und wie und wer und weshalb.«

»Ernsthaft?« Joris dachte daran, wie er mit der Pistole an der Hütte auf den Kerl gezielt hatte. Die Gefühle, die ihn dabei beinahe überwältigt hatten. Er konnte sich das gar nicht vorstellen.

»Is' aber so, Junge. Der Mensch gewöhnt sich an alles, auch ans Töten.«

»Also ich werd das nie«, war sich Joris sicher. »Niemals.«

Der Kerl sagte nichts dazu, sondern zuzelte die letzten Reste des Kaffeegels aus der Packung.

Joris sah ihm dabei zu und wunderte sich darüber, dass er mit dem Mörder seines Vaters beisammensaß und mit ihm plauderte. Er kannte nicht mal seinen Namen! »Wie heißen Sie eigentlich?«

»Nenn mich Carlos.«

»Ist das Ihr wirklicher Name?«

»Tatsächlich. Und jetzt genug gequatscht, Junge. Ich will endlich von diesem Hang weg.« Und damit war alles gesagt. Wortlos brachen sie wieder auf.

Als die Morgenrota graute, erreichten sie den Einstieg zum Klettersteig. Der Berg ragte über ihnen auf wie eine Mauer, und es sah tatsächlich so aus, als hätte sie Zinnen. Fehlten nur noch die Ritter und Bogenschützen, die dort fochten.

»Das ist es.« Joris deutete den Steilhang hinauf. »Hier sieht man die alten Eisensteige.«

Carlos hatte Joris' Mutter abgelegt und hob den Kopf in den Nacken. »Das schaffen wir aber nicht mit ihr.«

»Müssen wir aber.«

»Sei nicht stur, Junge! Wie willst du klettern und sie gleichzeitig tragen? Vergiss es!«

»Dann bleib ich hier. Sie können ja gehen. Ich halte Sie nicht auf.«

Der Soldat rührte sich nicht, sondern musterte nur sie beide, dann wieder den Klettersteig und prüfte die Eisensteige. Sie waren alt und rostig, aber sie hielten sein Gewicht.

Mit nachdenklicher Miene stieg er wieder herab. »Wenn sie wiederkommen, sitzen wir hier wie auf dem Präsentierteller. Wir müssen weiter.«

»Und sie soll ich zurücklassen? Niemals.«

»Das hast du schon einmal.«

Joris fuhr hoch. »Weil sie mich dazu genötigt hat!« Er sackte sofort wieder in sich zusammen. »Ich hab's in dem Moment nicht mal überrissen.«

Der Soldat setzte sich neben ihn. »Aber jetzt überreißt du es. Wenn wir hierbleiben, kriegen sie uns alle. Wenn wir weiterwollen, dann nur ohne sie.«

»Wir könnten den Berg absteigen.« Joris zeigte den Hang hinab, im Lot zum Weg, den sie gekommen waren. »Und uns irgendwo verstecken, bis sie wieder fit ist.«

Auch Carlos blickte hinab, dann schüttelte er den Kopf. »Auch dort werden sie uns finden.«

»Sie werden uns überall finden!«

»Aber nicht in dieser Basis, zu der ihr wolltet.«

Joris musterte den Soldaten. »Woher wissen Sie davon?«

»Hab euch belauscht, als ihr von Rorschach zur Hütte seid.«

»Sie waren das im Gehölz!«

Ein Lächeln. »Und beinahe hättest du mich entdeckt. Aber zurück zu der Forschungsstation. Die ist hier irgendwo?«

Joris überlegte, ob er lügen sollte, doch was blieb ihm für eine Wahl, und so nickte er. »Deswegen müssen wir über den Klettersteig. Danach geht's weiter Richtung Gipfel.«

»Und dort sind wir sicher?«

»Laut meiner Mutter: ja. Es ist wie eine Festung und topsecret.«

Carlos sah wieder den Klettersteig empor und atmete tief durch. »Ist die Frage, ob es noch so geheim ist. NOCOM weiß, wer ihr seid. Sie werden sich das Gelände ganz genau anschauen und eins und eins zusammenzählen.« Der Soldat wandte sich wieder Joris zu. »Und stimmt es wirklich, dass die Erde ohne Mond hopsgehen wird?«

»Nicht die Erde, sondern die Menschheit.«

Carlos hob beide Augenbrauen. »Keine schöne Vorstellung. Was hatte sie gesagt? Über fünfzig Grad auf der Sonnenseite, minus fünfzig auf der Schattenseite?«

»So ungefähr. Wahrscheinlich kann man dann nur noch im Grenzbereich leben.«

»Im ewigen Zwielicht.« Der Soldat blickte nachdenklich in die Ferne.

Da stöhnte Celine.

»Mama!«

Ihre Pupillen bewegten sich unter den Lidern, bis sie die Stirn furchte und die Augen öffnete. »Joris.« Sie bemerkte Carlos und erschrak. »Sie! Lassen Sie −«

»Ruhig!«, sagte er. »Ganz ruhig.«

Sie starrte ihn an, und eine Erinnerung zuckte über ihr Gesicht. »Sie haben mir geholfen! Der Verband! Das Morphium!«

Ein mattes Lächeln. »Wie geht es Ihnen?«

»Keine Ahnung.« Sie versuchte, sich aufzusetzen, doch ihre Arme zitterten so stark, dass Joris helfen musste. »Ich glaub, nicht so gut.«

»Sie haben viel Blut verloren. Trinken Sie!« Er reichte ihr eine der Trinkflaschen.

Wieder schaffte es Celine nur mit Joris' Hilfe und verzerrte danach das Gesicht. »Ich komm mir vor wie eine alte Oma.« Sie kämpfte sich weiter hoch, bis sie saß. »Ihr habt es bis zum Klettersteig geschafft. Und die Helis?«

»Werden zurückkommen. Eher früher als später.«

»Also müssen wir weiter.« Sie hielt Joris die Hand hin, damit er ihr auf die Beine half.

Er reagierte nur nicht.

»Was ist? Warum hilfst du mir nicht?«

»Wie bitte willst du so den Klettersteig schaffen? Du kannst kaum sitzen.«

»Es geht schon.« Sie kämpfte sich selbst hoch und wäre beinahe gestürzt, wenn diesmal nicht Carlos zugepackt hätte. Schnell löste sich Celine wieder von ihm. »Gib mir einfach den Rucksack, Joris.«

Widerwillig gehorchte er, doch Celine schulterte ihn nicht, sondern kramte darin herum. Aus einem Fach beförderte sie schließlich ein schwarzes Etui hervor und öffnete es mit zitternden Fingern. Es war zur Hälfte mit Spritzen und Fläschchen gefüllt.

»Was ist das?«, fragte Carlos.

»Erythropoetin und Ephedrin.«

»Sie wollen sich dopen? Verträgt sich das mit Morphium?«

»Keine Ahnung. Ich bin kein Arzt.«

»Es war die Maximaldosis. Subkutan.«

»Und weiter?« Celine zog eines der Mittel auf und spritzte es sich.

»Ich sag's nur. Ihre Entscheidung.«

»So wie Ihre, dass Sie uns geholfen haben. Wenn Sie wollen, können Sie gehen.«

Carlos seufzte. »Die Diskussion hatte ich schon mit Ihrem Jungen.«

»Also bleiben Sie?«

»Sieht so aus.« Er trat ganz nah vor Celine und sagte: »Was bleibt mir auch anderes übrig, Frau DeWitt? Wenn ich zurückgehe, wird mein Chef mich töten. Er hat's jetzt schon zweimal versucht, da lässt das dritte Mal nicht lange auf sich warten.«

»Und Sie glauben, *ich* kann Ihnen helfen?«

»Wenn wir überleben … Sie haben doch noch Macht und Einfluss. Sie könnten dafür sorgen, dass meine Frau und meine Tochter untertauchen können. Und ich dazu.«

»Ist das jetzt eine Verhandlung?«

»Das liegt an Ihnen.« Er legte die Hand auf den Griff der Pistole in seinem Gürtel. »Ich will nur leben und das Beste für meine Familie. Ob ich nun NOCOM diene oder DeWitt Enterprises …« Er zuckte mit den Schultern. »Wie gesagt: Das liegt an Ihnen.«

Celine sah dem Mörder ihres Mannes in die Augen und schüttelte den Kopf. »Ich glaub einfach nicht, dass ich das sage, aber wenn Sie uns helfen, dann helf ich Ihnen.«

Er lächelte und hielt ihr die Hand hin. »Deal?«

Sie schlug ein. »Deal.« Und dann setzte sie sich die zweite Spritze, damit sie endlich weiterkonnten.

Sie hatten beschlossen, dass Joris vorauskletterte, danach Celine folgte, und den Abschluss Carlos bildete. Das erste Drittel ging sogar überraschend gut, der Chemiecocktail beflügelte Celine sichtlich. Mit jedem weiteren Steigeisen aber wurde sie langsamer und langsamer, und schließlich

187

sank sie blass und schweißnass auf einen Bergvorsprung, auf dem Joris schon wartete.

»Du brauchst eine Pause«, sagte er besorgt.

»Es geht schon.«

Die Sturheit ließ ihn wütend werden. »Es geht eben nicht! Schau dich an: Du siehst aus wie eine Tote! Und dein Bein! Es blutet wieder.« Tatsächlich glänzte der ganze Oberschenkel wieder in sattem Rot.

Celine musterte ihre Verletzung irgendwie teilnahmslos, während Carlos ebenfalls auf den Vorsprung kletterte.

»Was ist?«, fragte er alarmiert. »Probleme?«

»Ihr Bein«, sagte Joris.

Carlos besah es sich und nickte. »Da hat Ihr Junge recht. Wir müssen die Blutung stoppen, sonst verbluten Sie, Frau DeWitt.«

Sie murmelte etwas, verdrehte die Augen und sackte zusammen.

»Scheiße!« Carlos hielt sie gerade noch fest, bevor sie über die Kante in die Tiefe stürzte. »Schnell! Das Sanikit!«

Joris' Finger suchten schon danach.

Carlos prüfte derweil ihren Puls am Hals und erschrak, so schwach, wie er war. »Adrenalin!«, sagte er. »Schnell!«

»Welches ist es?« Joris wühlte sich durch die Ampullen und Fläschchen.

»Epinephrin steht drauf!«

»Epinephrin, Epinephrin, da …!« Joris zerrte die Spritze raus und reichte sie Carlos. Der riss die Verschlusskappe mit den Zähnen herunter, ließ einen Strahl herausspritzen und setzte dann Celine das Adrenalin.

Sie erzitterte. Ihr Augen flatterten, doch sie wachte nicht auf.

»Fuck!« Seine Hand an ihrem Hals. »Puls unregelmäßig!«

Joris biss sich auf die Fingerknöchel. »Tun Sie was, bitte, tun Sie was!«

»Nochmals Adrenalin! *Junge!* Hörst du?«

Joris hörte und gab ihm die letzte Ampulle Epinephrin. Nach der Injektion schüttelte sich Celine und schlug die Augen auf. Joris begann zu weinen. »Mama.«

»Joris.« Ganz leise und schwach.

Er sank neben ihr am Abgrund zu Boden und hielt ihre Hand. »Was machst du für Sachen?«

»Das einzig Richtige. Und jetzt hör zu.« Sie zog ihn an sich und flüsterte ihm ins Ohr: »Du musst ins *Earth Gate*. Aktiviere dort mit der Brosche den Computer. Du brauchst danach noch einen Code. Er steht in der Brosche. Hörst du? Du kannst sie mit Gewalt öffnen, aber erst *nach* dem Aktivieren des Computers. Die Reihenfolge ist entscheidend! Verstanden?«

»Mama …«

»Verstanden?«

»Ja. Ja, ich hab's kapiert.« Heiße Tränen auf seinen Wangen. »Aber du musst mir das nicht erzählen, denn du wirst das selbst tun! Du wirst das Teil hochfahren! Du!«

Celine lächelte. »Du bist ein genauso mieser Lügner, wie dein Vater es war.« Sie drückte seine Hand und schloss die Augen. »Ich liebe dich, Joris. Vergiss das nie! Ich liebe dich mehr als den Mond, mehr als alles andere auf der Welt. Ich –«

Sie erzitterte und erschlaffte.

»Mama?« Joris drückte ihre Hand so fest, dass seine Knöchel weiß hervorstachen, aber sie reagierte nicht mehr. »MAMA? Nein! Bleib hier! Du darfst nicht sterben. Nicht du auch noch. Nicht du auch noch!« Er sank über ihr weinend zusammen, bis ihn sanfte Hände vom Abgrund zurückzogen und an eine breite Brust drückten.

189

Kapitel 21

»Komm, Junge, komm!« Carlos schob den bebenden Joris von sich, hielt ihn aber an den Schultern fest, um ihm in die Augen blicken zu können. »Wir müssen weiter.«

»Nein! Ich kann sie doch nicht hierlassen!«

»Wirst du müssen.«

»Auf keinen Fall. Ich werde sie mitnehmen, ich trage sie!«

»Sei nicht albern, das steilste Stück steht uns noch bevor.« Carlos ließ den Jungen los, um sich seiner Ausrüstung zu widmen und die Reste des Sanikits wieder einzupacken. »Und denk mal darüber nach, was sie sagen würde. Hätte sie gewollt, dass du ihren Leichnam irgendwohin trägst und dabei riskierst, abzustürzen? Nein, das hätte sie ganz sicher nicht gewollt.«

Der Junge wollte widersprechen, machte aber den Mund wieder zu. Die nächsten Sekunden stand er nur da und blickte auf seine tote Mutter hinab, die Hände neben den Hüften zu Fäusten geballt, dann bückte er sich ruckartig nach seinem Rucksack und schulterte ihn. Die Bauchtragegurte ratschten, als er sie stramm zog. Und dann stand er an der nächsten Sprosse und stieg hinauf und stieg hinauf, mit einem Eifer, der nur vom Zorn geschürt werden konnte.

Carlos sah ihm hinterher und sparte sich eine Ermahnung. Er war nicht sein Vater. Er schnappte sich seinen Rucksack und den der Toten, warf sich beide über, hängte sich noch die beiden Gewehre um und begann ebenfalls mit dem Aufstieg.

Der hatte es in sich. Die Eisen scheuerten an seinen Händen, hinterließen braune Roststreifen, die vom Schweiß wie dunkle Tränen verschmiert wurden. Dazu kamen Wind und Kälte. Mit jeder Steige schien beides intensiver zu werden, und auch der Blick gen Norden verhieß nichts Gutes. Das Tief über dem Allgäu schien sich allmählich weiter auszudehnen. Die graublauen Ausläufer erreichten bald den Bergkamm und rochen nach Schnee. Der würde Carlos nicht mal ungelegen kommen; bei starkem Schneefall würde sich kein Pilot ins Gebirge trauen, um sie zu finden, denn Sichtflug konnten sie dann vergessen. NOCOM könnte höchstens Drohnen schicken, aber bei denen bestand die Gefahr der Vereisung, und viel sahen die Kameras auch nicht.

Wenn es sich Carlos so überlegte, würde er Schnee sogar richtig gut finden. Schnee ohne viel Wind. Aber erst wenn sie den Klettersteig hinter sich hatten.

Der Junge war beinahe oben, als die ersten Schneeflocken herabrieselten, prächtige Kristalle, die auf dem Felsen schmolzen und dunkle Flecken hinterließen.

Einer landete bei Carlos im Augenwinkel, und er blinzelte ihn weg. Mit zusammengekniffenen Augen kletterte er weiter, bis auch er an den Zinnen ankam und sich durch einen Spalt im Fels hindurchschob. Dahinter erstreckte sich ein etwa zwei Meter breiter Grat entlang der Zinnen, begrenzt von einem fast lotrechten Abhang. Eisenschlaufen, in denen einst ein Stahlseil befestigt gewesen war, ließen erkennen, wie der Klettersteig ursprünglich verlaufen war.

Joris deutete in jene Richtung und stapfte los, nicht mal eine Hand am Fels.

Carlos wagte einen Blick in die Tiefe, atmete tief durch und folgte. Er brauchte bis ans Ende der Zinnen, um den Jungen einzuholen. Dort hob sich eine Bergschulter weiter in die Höhe. Der Klettersteig wechselte wieder auf Steigen, damit man den Fels erklimmen konnte.

Der Junge zeigte aber auf einen Felsvorsprung. »Dort müssen wir hin.«

»Runter vom Weg?«

Ein Nicken. »Dahinter liegt ein schmaler Pfad verborgen. Der führt zur Forschungsstation.«

Carlos blickte ihn zweifelnd an. »Und wie sind die Angestellten früher raufgekommen?«

»Per Helikopter mit verbundenen Augen.«

So, wie der Junge es sagte, kam kein Zweifel mehr bei Carlos auf, und Joris kletterte auch schon los, bevor Carlos noch etwas erwidern konnte.

Wieder folgte er ihm, doch bei Weitem nicht so zügig. Der Fels war trügerisch, vom Schnee mittlerweile feucht. Immer wieder rieselten Steine herab, obwohl Carlos dachte, sicheren Stand zu haben. Mehrmals bewahrten ihn nur seine starken Hände vorm Abrutschen, und er war schweißgebadet, als er den Vorsprung fast umklettert hatte. Tatsächlich kam dahinter ein schmaler Pfad in Sicht, kaum zu erkennen, wenn man nicht wusste, dass er da war.

Der Junge wartete dort auf ihn. Er hielt einen faustgroßen Stein wurfbereit. »Woher weiß ich, dass Sie nicht lügen? Dass Sie sie nicht umgebracht haben?«

Carlos schluckte und spürte den Abgrund deutlich unter sich. »Sei nicht albern! Ich hab versucht, sie mit Adrenalin zu retten.«

»Was nicht funktioniert hat!«

»Ich bin auch kein Arzt.«

In den Augen des Jungen flackerte Wahnsinn auf. Carlos hatte diesen Blick schon mehrmals gesehen, immer dann, wenn er Kultisten in die Falle getrieben hatte.

»Schalte deinen Verstand ein, Junge! Du bist doch ganz

schön helle im Kopf. Warum hätte ich deine Mutter so um-
ständlich umbringen sollen, wenn es vorher viel einfacher
gewesen wäre.«

»Um als Held dazustehen.«

Carlos pfiff durch die Zähne. »Ich will kein verdammter
Held sein, sondern *leben! Einfach nur leben!*«

»Was Mama und Papa nicht mehr können.« Der Stein
wankte. »Was sie nie wieder können.« Der Junge sah in den
Abgrund und schüttelte den Kopf. »Aber ich hab's mir geschworen. Ich hab's mir geschworen.« Und dann warf er
den Stein hinab. Lautlos verschwand er in der Tiefe, das
Poltern folgte erst Sekunden später.

Carlos hatte die Luft angehalten; erst jetzt erlaubte er
sich, zu atmen. Mit zitternden Fingern kletterte er die letzten drei Meter zum Pfad, wo er erleichtert in die Knie sank.
Sein Puls raste trotzdem, und Schweiß tropfte ihm von der
Nase.

Die Stiefelspitzen des Jungen schoben sich in sein Blickfeld. Er sah auf.

»Tut mir leid«, flüsterte Joris DeWitt und hielt ihm die
Hand hin.

Carlos schüttelte den Kopf, schlug aber ein. »Nee,
Junge. Mir tut's leid.« Und das tat es ihm wirklich.

Weil der Schneefall immer dichter wurde, banden sie sich
mit ihren Gürteln aneinander. Carlos ging diesmal voraus,
jeden Schritt wohlbedacht setzend. Zwischen den Felsen
bildeten sich erste Schneeverwehungen, die den Unter-
grund trügerisch machten. Sosehr Carlos vorhin das Wetter herbeigesehnt hatte, umso mehr verfluchte er es jetzt,
aber es war wie mit allen Dingen: Es gab immer Vor- und
Nachteile.

»Wie weit ist es eigentlich?«, fragte er nach hinten.

»Keine Ahnung. Mutter hat nur gesagt, dass wir dem Weg bis zur Station folgen sollen.«

»Na dann.«

Der Weg stieg beständig an, und es war eine einsame Wanderung, links der Fels, rechts der Abgrund, um sie herum der Schnee. *Wie in einer Glocke,* kam es Carlos in den Sinn, *isoliert und abgeschnitten vom Rest der Welt. Und nur mit den eigenen Gedanken unterwegs.*

Was Carlos durch den Kopf schoss, war ziemlich wirr. Er konnte kaum glauben, noch vor wenigen Tagen zu Hause mit Senta gefrühstückt zu haben, bevor sie in die Schule gegangen war. Und jetzt war er hier im Schneegestöber auf irgendeinem Berg in den Appenzeller Alpen, gejagt von seinen eigenen Leuten. Welch verschlungene Pfade manchmal das Leben nahm. *Und wie sehr es dem des Jungen ähnelt.* Noch vor Tagen war er vermutlich mit seinem Vater zu Hause beim Frühstück gesessen, bevor er in die Schule gegangen war. Und jetzt war er hier im Schneegestöber auf irgendeinem Berg in den Appenzeller Alpen, der Erbe der DeWitts auf der Flucht, unschuldige vierzehn Jahre alt, Vollwaise und an den Mörder seines Vaters gebunden. Carlos wollte gar nicht wissen, wie es in dem Jungen aussah. Die Stille musste unerträglich sein.

»Warst du eigentlich schon mal in München?«

»Nein. Immer nur hier am See. Ab und an mal für einen Tag in den Bergen, wenn das Wetter gut war.«

»Sei froh drum.«

»Inwiefern.«

»Na, in der Stadt hast du nichts verpasst. Die Tage sind trist und grau, überall Beton und Stahl. Man hat das U-Bahn-Netz und die Kanalisation ausgebaut. Wenn wir unterwegs sind, dann meist unterirdisch, selten mit dem Bus oder der

S-Bahn. Das sind eher die Schönwetterfahrten in den Englischen Garten.«

»Stimmt es, dass man versucht hat, München anzuheben?«

»Tatsächlich. Man hat Neuperlach komplett untergraben und auf Plattformen gestellt, die man dann angehoben hat.«

»Hat's funktioniert?«

»Ja, aber nicht mit den gewünschten Effekten. Man wollte so einen geschützten, sturmsicheren Bereich schaffen, hat das aber nicht hinbekommen. Zu viel Aufwand und zu hohe Kosten. Ursprünglich stammt die Idee aus der Zeit vor dem Verschwinden des Monds. Man wollte den Verkehr und Versorgungsleitungen unterirdisch verlegen, um oben eine grüne Stadt zu gestalten. Also ganz ohne Straßen, nur mit Fuß- und Radwegen. Damals klang das plausibel. Man kämpfte mit der Umstellung vom Verbrennermotor auf Elektro und Wasserstoff. Andere Firmen konzipierten Smartcities, in denen alles vernetzt war. Autonomes Fahren steckte in den Kinderschuhen. Angehobene Städte hätten da viele der Probleme gelöst – in der Theorie.«

»Was ist aus Neuperlach geworden?«

»Gehört heute zum Geistergürtel.«

»Wozu?«

»Noch nie gehört? Als *Geistergürtel* bezeichnen wir die äußersten Bezirke, die direkt an die Natur grenzen. Die gleichen nämlich Geisterstädten.«

»Zu viele Sturmschäden?«

»Ja. Alle sind ins Innere von München geflohen. Früher hat man in die Höhe gebaut, heute in die Tiefe. Alles ziemlich verquer. Und wenig menschenfreundlich, wenn du mich fragst. Man hat zwar alles mit Tageslichtlampen und

Infrarotstrahlern ausgestattet, um die Sonne zu simulieren, aber es bleibt Kunstlicht.«

»Klingt auch nicht nach der lebenswerten Stadt, wie es immer heißt.«

»Ist es auch nicht. Klar, es ist nicht so rau und hart wie hier draußen, aber wenn ich an den Bodensee denke – schon ein schönes Fleckchen Erde.«

Der Junge antwortete nichts darauf, und Carlos biss sich auf die Unterlippe. *Wie der Elefant im Porzellanladen.*

Schweigend ging es weiter, und Carlos kehrte geistig zu seiner Tochter zurück. Wie es ihr wohl ging? Ob Falkenberg es wirklich wagen würde, sie als Druckmittel zu benutzen? Er fand seine Hand am deaktivierten Kommunikator und zog sie zurück. Er würde sich und den Jungen damit nur in die Schussbahn bringen. Solange Falkenberg ihm nicht drohen konnte, brachte ihm auch kein Druckmittel etwas, und solange würde er Senta nicht anrühren. Carlos musste also von der Bildfläche verschwinden, sosehr es ihn auch schmerzte, aber nur so konnte er seine Tochter und seine Frau beschützen.

Und was würde passieren, wenn der Junge es wirklich schaffte, den Mond zurückzuholen? Carlos konnte sich das nicht vorstellen, weder technisch noch fiktiv, aber er war nie ein Mann mit einer blühenden Fantasie gewesen. Er staunte auch immer wieder über die Medizin. Erst vor Kurzem hatte er wieder seine Vitaminnanos gespritzt bekommen. Sie bestanden aus Nanopartikeln, in die Vitamine gekapselt waren. Sensoren erkannten automatisch den Vitamingehalt im Blut und schütteten – bei Bedarf – Vitamine aus. Jedes Jahr bekam er seine Dosis über den Amtsarzt, denn so lange hielten die Nanokapseln in etwa. Nanokapseln. Das war auch so ein Thema, das er sich nicht mehr vorstellen konnte. So unvorstellbar riesig das

Universum auf der einen Seite war, so unvorstellbar klein kam die Nanotechnik daher, und der Mensch als plumpes Tier dazwischen. *Ein Tier, das immer noch mit ordinären Erkältungen kämpft, aber Organe druckt und implantiert. Das Gott spielt und die DNA verändert. Das Viren züchtet und per Gedanken Computer steuert.* Und trotzdem floh er im Schneegestöber mit einem Jungen durch die Berge, weil andere den Mond nicht zurückhaben wollten. Daran hatte sich trotz Fortschritt nichts geändert; die Menschen schlachteten sich noch genauso gegenseitig ab wie im Mittelalter. Wenn er allein an den verschlagenen Falkenberg dachte … was der Chef von NOCOM wohl gerade ausheckte?

»Wir müssen abdrehen«, gab der Pilot durch. »Zu schlechte Sicht wegen des Schneesturms.«

»Verstehe. Bleiben Sie auf Stand-by.« Henry Falkenberg terminierte den Call, legte den Kopf in den Nacken und musterte die Betondecke. Dann schlug er mit der Faust auf den Tisch.

Niemand aus seinem zwölfköpfigen Team zuckte zusammen.

»Wo kann das Gate nur sein, verdammt?« Er verließ den Konferenztisch und schritt in die Mitte des Einsatzraums zum Hologramm. Dort schwebte der Bodensee samt Umland und Schweizer Bergen auf einer Fläche von fünf mal fünf Metern im Detailgrad eins zu hundert. Die ehemalige Wannentaler Kolonie war eingezeichnet, ebenso der Raketeneinschlag, der sich in Endlosschleife wiederholte. Auch die Hütte in den Bergen und der Weg, den Celine Dewitt mit ihrem Sohn vermutlich bis dorthin genommen hatte.

»Zuletzt sind sie hier gesichtet worden«, sagte Henry laut. »Hangaufwärts. Dort gibt es aber laut Daten nur den alten Zinnen-Klettersteig. Der führt von dort weiter über die

197

Bergschulter zu den Zinnen und steigt dahinter wieder ab. Und wie geht's dann weiter? Durchs Tal? Wohin?«

Er blickte empor. Über dem See schwebten Zahlen aus Licht in der Luft. Der Countdown verriet ihm, dass sie nur noch sechzehn Stunden bis zum Zeitfenster hatten. Ob das überhaupt stimmte, war die nächste große Frage, die er nicht beantworten konnte. Der Kerl, den sie bei Konstanz vor einer Woche festgenommen hatten und der offensichtlich mit Celine DeWitt unterwegs gewesen war, hatte nicht mehr verraten können, bevor er seinen Verletzungen erlegen war. Nur der Countdown war auf seinem Kommunikator erbarmungslos herabgelaufen.

Henry schüttelte den Kopf. »Das macht so was von null Sinn, Leute! Wenn die es noch schaffen wollen, muss das *Earth Gate* irgendwo in dem Bereich liegen.« Er strich mit ausgestrecktem Zeige- und Mittelfinger durch das Hologramm. An den entsprechenden Stellen färbte es sich von Grau zu Rot. »Gehen wir noch einmal alles durch! Was haben wir in der Region?«

»Den Grundnetzsender auf der Wallerspitz«, antwortete eine Technikerin und ließ einen Berggipfel mit einem Sendemast aufleuchten. »War früher zur Übertragung von Rundfunk- und Fernsehprogrammen sowie dem öffentlichen Fernsprechverkehr installiert worden.«

»Noch in Betrieb?«

»Seit dreißig Jahren nicht mehr. Ein Wunder, dass der Mast überhaupt noch steht.«

»Was haben wir noch?«

»Ein Radarluftlagesystem auf dem Zellerer. Ebenfalls außer Betrieb seit sechzehn Jahren, da veraltet.« Der zweite Gipfel flammte auf.

»Und dann noch die Wetterstation auf dem Larschenberg.«

Henry blähte angesichts des dritten aufleuchtenden Bergs die Wangen auf. »Warum wollen die in das Gebiet? Da ist nichts. Weder der Sender auf der Wallerspitz noch das Radar auf dem Zellerer oder die Wetterstation sind adäquate Locations. Was gab es 2099 schon?«

»Sekunde …« Die Technikerin rief verschiedene Datenbankeinträge auf. »Sendemast wurde 1984 errichtet, Wetterstation 2011 und Radar 2041.«

»War also alles schon da. Irgendwelche Verbindungen zu DeWitt Enterprises?«

»Keine.«

»Die waren echt gründlich.« Oder Celine DeWitt wollte ganz woanders hin. »Möglichkeiten für einen versteckten Heliport?«

»Nichts erkennbar laut Flug- und Satellitendaten.«

»Mal groß machen«, verlangte Henry. Anstatt des Hologramms erschien ein Satellitenfoto der drei Gipfel. Darauf waren nur Felsen und grüne Hänge und ein natürlicher See inmitten der drei Gipfel zu erkennen.

»Von wann ist die Aufnahme?«, wollte Henry wissen.

»Vom August letzten Jahres. Satellitenbild. Ein Pixel entspricht dreißig Zentimetern.«

»Haben wir was Aktuelleres?«

»Moment«, rief ein anderer Techniker. »Ich checke die Flugdaten … hmmm … sieht schlecht aus. In den letzten Wochen kein Flugverkehr in der Region, zu viele Stürme.«

»Was ist mit den älteren Daten von *NASA World Wind*?«

»Check läuft … Sekunde … Fehlanzeige.«

»Wie Fehlanzeige?« Damit hatte man früher jeden beliebigen Ort der Erde und mancher Planeten in 3-D-Grafik betrachten können.

»Keine Einträge für die Region.«

»Ernsthaft? Da ist doch alles drin.«

»Nicht das Appenzeller Land. Wurde 2136 teilweise aus der Datenbank gelöscht.«

Henry wurde warm. Das passte zeitlich zum berüchtigten Streit zwischen Helena und Jana DeWitt, von dem ihnen ihr Informant berichtet hatte. Falkenberg vermutete mittlerweile, dass Jana DeWitt jegliche Beteiligungen von DeWitt Enterprises vertuschen ließ. Einzig über das Kerngeschäft gab es noch historische Daten. Nur zu blöd, dass ihr Informant aufgeflogen war. Sie hatten dafür zwar Ella DeWitt bekommen, aber die hatte bis zum bitteren Ende geschwiegen. Selbst das Waterboarding hatte ihre Lippen nicht öffnen können. Ella DeWitt war wirklich eine Frau mit Prinzipien gewesen.

»Ich will aktuelle Aufnahmen von der Region!«, bellte Henry in den Raum. »Am besten Near-Real-Time-Data! Und ich will welche, auf denen Schnee liegt! Egal von wann.«

»Schnee?«, fragte einer der älteren Kollegen. »Wofür das?«

Henry musterte den Älteren und vermerkte sich, dass er ihn aussortierte. »Weil das *Earth Gate* mit dem Quantencomputer Energie braucht, Herrgott! Eine Menge Energie!«, erklärte er trotzdem. »Waren Sie beim Briefing nicht dabei?«

Ein Kopfschütteln.

»Das erklärt einiges. Kurzfassung: Wir vermuten, dass Thore für die Energieversorgung einen Kernreaktor nutzte. Falls das so ist, muss er für ausreichend Kühlung gesorgt haben. Wenn also das Gate wirklich da in den Bergen liegt, entsteht dort Abwärme, und die muss irgendwie verarbeitet werden.«

»Der See?«

»Womöglich. Und das würde bedeuten, dass der im Winter nicht zufriert.«

Der Techniker verstand. »Bin schon dran, Herr Falkenberg!«

»Das hoff ich für Sie.« Henry blickte wieder auf das schwebende Foto und schüttelte den Kopf.

Der Countdown tickte über ihm.

Kapitel 22

In Joris' Kopf herrschte eine seltsame Leere, seit er den Stein in die Tiefe geworfen hatte. Er war wie betäubt, fühlte weder die Schneeflocken, die auf seinen Händen und dem Gesicht schmolzen, noch die Kälte. Mechanisch setzte er einen Fuß vor den anderen, folgte Carlos wie ein Hund an der Leine.

Immer wieder meinte er auch, die Welt drehe sich um ihn herum und zöge ihn in einen Strudel tanzender Schneeflocken hinab bis zu einem Felsvorsprung, auf dem eine Gestalt lag. Joris wusste, dass es seine Mutter war, aber er konnte nur Umrisse erkennen, ein Gesicht im Schatten und ohne Augen. Das Bild war noch beängstigender als der Gedanke, dass er sie nie wiedersehen würde. Nie wieder.

Wieder drehte sich der Boden unter ihm weg, und Joris trat in einen Spalt zwischen den Felsen. Er blieb hängen, strauchelte und stürzte vorwärts. Dabei stieß er sich die Hände an kantigen Felsen und warf sich zur Seite, um sich nicht auch das Gesicht zu zertrümmern – nur um in trudelnde Schneeflocken zu fallen. Sie waren oben und unten, links und rechts und überall.

Ich falle, drang zu ihm durch. Vielleicht war es gut. Vielleicht warteten unten Mama und Papa auf ihn. Mit Sicherheit warteten sie auf ihn!

Etwas riss mit aller Kraft an seinem Bauch, und Joris' Fall stoppte abrupt.

Carlos stapfte den einen Moment noch vorwärts, im

nächsten wurde er unvermittelt auf den Abgrund zugerissen. Ihm entwich ein Keuchen, und seine Hände glitten über den Fels, doch er bekam nur Schnee zu fassen.

»Fuck!«, stieß er hervor und ließ sich fallen. Aus dem Augenwinkel sah er das weiße Nichts des Abgrunds auf sich zurasen, und doch bekam er irgendwie seine Hand in eine Felsspalte. Der Ruck kugelte ihm beinahe den Arm aus. Ächzend biss er die Zähne zusammen und spannte alle Muskeln. Mit dem Fuß fand er zusätzlich Halt. Der Sturz wurde gestoppt. Dafür zerrte das Gewicht des Jungen an seinem Hosenbund. Sie hatten die Gürtel miteinander verbunden und dann mit der Handschelle und einem Karabinerhaken, den er immer am Gürtel aus Mikrofaser trug, an ihren Hosen befestigt. Es war nie als Sturzsicherung gedacht gewesen …

»Junge! Hörst du mich?«

»Ja.« Irgendwie völlig abwesend.

»Bist du verletzt?«

Keine Antwort.

»Findest du Halt?«

Wieder keine Antwort, und Carlos überkam der Gedanke, dass der Junge die Gürtelschnalle lösen könnte. Er hatte so viel durchgemacht, wundern würde es ihn nicht.

»Junge?«, rief er nochmals. »Mach keine Dummheiten! Ich zieh dich jetzt hoch.«

Ein ganz leises »Ja«.

Carlos tastete mit der freien Hand nach dem Gürtel, ohne seinen Halt zu gefährden, bekam die geflochtene Mikrofaser zu fassen und zog. »Komm schon!«, knurrte er. »Du schaffst das!«

Es war ein Ding der Unmöglichkeit. Es dauerte keine halbe Minute, und sein Bizeps machte zu. Joris sank wieder auf Zug.

»Ich schaff's so nicht! Du musst klettern!«

»Ich kann nicht.« Ein Schluchzen. »Ich kann einfach nicht.«

»Du kannst! Du bist gesichert. Pack einfach den Gürtel so weit oben wie möglich und zieh!«

Ein Ächzen, dann ein Wimmern: »*Ichkannnicht.*«

»Doch, Junge!«

»Der Rucksack, er ist so schwer!«

»Dann schnall' ihn ab.«

»Aber die Ausrüstung.«

»Egal. Los! Jetzt!« *Weil ich es nicht mehr ewig halten kann.* Carlos biss die Zähne zusammen. »Hast du es?«

»Gleich.« Und dann ließ der Zug ein wenig nach.

Carlos schloss die Augen. »Und jetzt noch einmal! Kletter!«

Er spürte die Bewegungen des Jungen, hörte das Knarzen des Leders und das Rascheln der Mikrofaser, schmeckte Schweiß und Schnee auf den Lippen, und dann sah er Joris' Hand und griff danach. Er mobilisierte alle Reserven und zog den Jungen über die Kante.

Schwer atmend blieben sie beide liegen.

»Das. War. Knapp.« Carlos spuckte klebrigen Speichel aus und setzte sich auf. »Alles in Ordnung?«

Joris nickte, so blass wie der Schnee. »Ich glaub schon.«

»Was war?«

»Keine Ahnung. Alles hat sich plötzlich gedreht und dann …«

Erste Anzeichen einer posttraumatischen Belastungsstörung? Carlos würde es nicht wundern. »Wahrscheinlich die Anstrengung, Junge. Ab jetzt gehen wir eng beieinander, okay?«

Nur ein mattes Nicken.

Carlos half dem Jungen auf die Beine, klopfte ihm aufmunternd auf die Schulter und zog ihn dann mehr mit sich wie einen besoffenen Kumpel. Das ließ ihn an Lexe denken,

an gute Tage in München, als sie die Ausbildung gemeinsam absolvierten. Eine lustige Truppe waren sie gewesen,
das Leben ein großer Spaß und sie unsterblich.

Wie sehr das Gehirn einen doch bescheißt, dachte Carlos bitter.
Nüchtern betrachtet war doch jeder Tag ein Tanz auf des
Messers Schneide …

Sie plagten sich noch endlose Minuten den Berg hinauf,
als er den Lichtschimmer bemerkte. Es war nur ein schma-
les, schwaches Leuchten zwischen Felsen, vielleicht fünfzig
Meter entfernt.

»Joris! Schau!«

Der Junge hob den Kopf und starrte in die Richtung.
Schließlich fragte er wie benebelt: »Ist das die Forschungsstation?«

»Ja, das ist sie.« Carlos hatte keine Ahnung, aber er
hoffte es. Lange würde es der Junge nicht mehr machen.
Er brauchte Erholung, und die fand er nicht draußen bei
Schneegestöber auf einem Bergkamm.

Das Licht kam mit jedem Schritt näher und entpuppte
sich als runde Lampe im Fels über einer Stahltür. Die war
dunkelgrau matt lackiert, sodass sie zwischen den Felsen
nicht auffiel. Auch von einem Hubschrauber aus würde
man Tür und Licht kaum bemerken, denn die Lampe war
nach oben hin mit einem Schutzblech versehen. Darauf
lag zentimeterhoch der Schnee.

Eine Tür im Nirgendwo.

Carlos konnte nur den Kopf schütteln. Es musste einfach die Forschungsbasis sein.

Als er sie erreichte, pochte er auch einfach mit den
Fäusten dagegen und schrie: »Aufmachen! Aufmachen!
DeWitt ist hier!«

Nichts rührte sich, einzig der Schnee fiel lautlos durch
das Licht.

Carlos lachte. »Wenn die jetzt nicht aufmachen, werd ich verrückt.« Ein zweites Mal trommelte er gegen die Stahltür im Berg und schrie, bis er heiser war.

Nichts rührte sich, einzig der Schnee fiel lautlos auf ihre Schultern.

»Junge! Irgendeine Idee?«

Joris schüttelte nur den Kopf. Die Haare hingen ihm strähnig ins Gesicht, die Hände hatte er in den Hosentaschen vergraben, und seine Lippen waren blau.

»Dann schieß ich die Tür auf!« Er dirigierte Joris zur Seite, holte die Sniper hervor, legte aus schrägem Winkel aus fünf Zentimetern auf das Schloss an, um mögliche Abpraller abzulenken, schickte ein Stoßgebet in den Himmel und drückte ab.

Das Schloss barst beim zweiten Schuss.

Die Tür ließ sich daraufhin mit der Schulter aufdrücken.

Lachend stürzte Carlos in einen dunklen Flur aus Beton und grauen Bodenfliesen. »Komm, Junge! Rein in die gute Stube.«

Joris taumelte hinterher, schloss noch irgendwie die Tür und sank gleich neben ihr auf den Fliesenboden. Sofort schloss er die Augen.

Ja, Junge, schlaf dich aus. Carlos rieb sich den Schnee von der stoppeligen Glatze, wischte sich die Hände trocken, holte eine Wärmedecke aus dem Rucksack, legte sie dem Jungen knisternd um die Schultern und sank dann neben ihn.

Er gönnte sich noch eines der Astronautengels, Geschmacksrichtung *Happy Banana*, und saugte es bis auf den letzten Rest aus der Tube. Dabei schloss er die Augen.

Schließlich fiel die leere Verpackung auf den Boden, aber Carlos merkte das nicht mehr – er war ebenfalls vor Erschöpfung eingeschlafen.

»Ich hab was!«, rief Carla, die Teammeteorologin.

Henry verschüttete beinahe den Kaffee, als er zum Hologramm stürzte. »Dann anzeigen!«

Eine Animation erschien über der Holobox; sie zeigte Wetterbewegungen im Zeitraffer. Der Bodensee war zu erkennen, ebenso die Schweizer Berge, über die stilisierte Wolken glitten.

»Das war der letzte Schneesturm in der Region. Ende Februar.«

Falkenberg sah genauer hin, erkannte aber nichts. »Was soll damit sein?«

Der Bereich zwischen den drei Gipfeln wurde von Carla mit einer transparenten Fläche markiert. »Sehen Sie genauer hin. Die Rotation der Winde ist auffällig.«

»Weil sie sich verwirbeln?«

»Richtig. Genau über den drei Gipfeln.«

»Und was sagt mir das? Herrgott, Carla, Sie sind die Meteorologin im Team.«

Carla zuckte. »Ja, Entschuldigung! Also, das sieht nach einer labilen Schichtung mit einer Luftmassenumwälzung aus. Der Wind strömt von Norden heran, ein kalter, trockener Wind, angetrieben von einem Tief über England. Hier aber verwirbelt er. Das entsteht normalerweise nur, wenn eben trockenkalte Luft auf feuchtwarme Luft trifft.«

»Feuchtwarm?«

»Genau. So entstehen ganz klassisch Großtromben.«

»Tornados?«

»Ja, im kleineren Format spricht man von Windhosen.«

Henry sah nochmals auf die Animation. »Also noch mal: Hier zwischen den Gipfeln muss feuchtwarme Luft auf trockenkalte treffen, damit so ein Wirbel entstehen kann?«

»Genau. Und da wir im Februar laut Wetterdaten während dieser Zeit null Grad am Bodensee hatten, kann das kein natürliches Phänomen sein.«

»Feuchtwarme Luft«, murmelte Henry. »Vom See.«

»Und oder von schmelzendem Schnee«, fügte Carla hinzu.

Da rief der ältere Mitarbeiter: »Ich hab dazu auch was. Ein Luftbild. Zwar drei Jahre alt, aber bei klarem Wetter im Januar von einer Regierungsmaschine aufgenommen worden, die nach Mailand unterwegs war.« Die Aufnahme ersetzte die Animation.

Im Raum wurde es still. Niemand rührte sich.

»Das ist es«, hauchte Henry, die Aufnahme der schnee-bedeckten Landschaft als Reflexion in den geweiteten Augen. In der Mitte stachen die drei Gipfel mit dem See aus dem Weiß hervor. Keiner von ihnen war mit Schnee bedeckt, ebenso wenig der See. Er leuchtete türkisblau im Sonnenschein wie ein Auge, das in den Himmel spähte.

Teil 3

New Horizon

Kapitel 23

Joris hörte aufgeregte Stimmen, aber was interessierten sie ihn? Er wollte einfach nur schlafen. Er war so müde, so erschöpft, so −

»Aufwachen!« Jemand rüttelte unsanft an seinem Arm. »Hey du! *Wach auf!*«

»Nein«, murmelte er und entzog sich der Hand. »Ich muss träumen. Da sind Mama und Papa. Lass mich!«

»Junge! Steht jetzt auf!« Diesmal kannte er die Stimme, und eine Erinnerung durchzuckte ihn: Der Schnee. Der Berg. Das Licht. Die Stahltür. Die Station. Carlos. Er blinzelte und sah sich vier Männern mit Gewehren gegenüber. Carlos hatte die Hände gehoben und stand mit dem Gesicht zur Wand neben ihm.

»Er kommt zu sich«, sagte einer der Männer.

»Wurde auch Zeit!«, knurrte ein anderer.

»Jetzt bin ich aber gespannt«, ein dritter.

»Er wird euch nichts anderes erzählen!«, sagte Carlos. »Er ist ihr −«

»Schnauze!« Einer der Kerle zielte auf Carlos. »Du hältst jetzt einfach deine Schnauze, Dreckskerl!«

»Carlos«, sagte Joris leise. »Er heißt Carlos, nicht Dreckskerl.«

»Was hast du gesagt?« Ein Gewehrlauf richtete sich auf Joris.

»Dass er Carlos heißt.« Joris rieb sich über das Gesicht, um die Benommenheit loszuwerden. »Er ist mein Begleiter.«

»Sag ich doch!«, triumphierte Carlos. »Ich bin sein Bodyguard.«

Einer der Männer schnaubte. »Niemals würde Celine einen von NOCOM engagieren. No way.«

»Na ja, es hat sich auch mehr so ergeben.«

»Dummes Gelaber«, zischte einer der Kerle. »Wir sollten sie am besten abknallen. Zum Glück war sein Kommunikator deaktiviert.«

Endlich war Joris ganz da. »Abknallen? Warum? Ist das nicht das *Earth Gate?*«

Die Männer tauschten Blicke. »Was weißt du darüber, Junge?«

»Dass hier am Ende des Wegs ein Zugang zum *Earth Gate* liegen soll, zur ehemaligen Forschungsstation von Thore DeWitt. Meine Mutter hat mir den Weg beschrieben.«

»Und Celine soll deine Mama gewesen sein, na klar.« Einer der Kerle winkte ab. »Was für einen Bullshit labern die da.«

»Das ist keinesfalls Quatsch«, sagte Carlos. »Mensch, ihr könnt das doch überprüfen. Am Klettersteig auf einem Absatz liegt ihre Leiche.«

»Leiche?«

»Ja, Mann. Sie wurde bei der Flucht schwer verletzt. Zwei Schüsse ins Bein, dazu eine ältere Verletzung, die sie vor einer Woche abgekriegt hat. Sie hat sich gedoped, um den Aufstieg zu schaffen, starb dann vermutlich an Herzversagen. Die Adrenalin-Spritzen liegen noch mit auf dem Felsvorsprung, sofern der Wind nicht stärker geworden ist.«

Die Männer tauschten wieder Blicke, bis einer fragte: »Und warum sollte sie dann mit einem Dreckskerl wie dir unterwegs sein?«

Carlos seufzte. »Das hat sich so ergeben. Meine Leute wollten mich umbringen, weil mir Celine entkommen ist. Ich hab mich daraufhin lieber abgesetzt.«

»Und begleitest jetzt ihren Sohn. Lächerlich.«

»Aber schau ihn dir mal genau an, Marco. Der hat schon Ähnlichkeit mit Frau DeWitt.«

»Er ist schlank und braunhaarig. Toll.«

»Nein, die Augen! Diese Aufmerksamkeit darin. Ich hab selten jemanden gesehen, der diese Klarheit hat.«

»Du spinnst doch, Locke.«

»Nein, er hat recht.« Joris setzte sich langsam weiter auf. »Ich bin Celines Sohn.«

»Und wo warst du all die Jahre?«

»Am See. Wannentaler Kolonie.«

Wieder seltsame Blicke. »Da war sie«, sagte der Kerl namens Locke. »Hundertpro. Das hat Ella mal erwähnt. *Meine Schwester ist nicht weit weg, aber gut verborgen.* Das passt.«

»Also ich glaub den beiden kein Wort.«

»Überzeugt euch das?« Joris holte die Mondbrosche unter der Jacke hervor und ignorierte die Gewehrläufe, die zitterten und zuckten.

Ein Raunen ging durch die vier Männer.

»Das haben sie sicherlich gefunden«, flüsterte der eine.

Und Marco: »Oder der Leiche gestohlen!«

»Bullshit«, mischte sich Carlos ein. »Sie hat es ihm gegeben, damit er hier diesen Quantencomputer aktiviert, um den Mond zurückzuholen.«

Marco wurde rot im Gesicht. »Halt jetzt endlich deine Fresse, oder ich verpass dir zwei Kugeln, klar?«

»In Ordnung, in Ordnung. Einfach ganz entspannt bleiben.«

»Nein, hier bleibt niemand entspannt! Ihr taucht hier auf und ballert euch einen Weg rein. Da bleib ich nicht ruhig!«

»Es war 'ne olle Tür«, murmelte Carlos. »Ich tausch' euch auch das Schloss, wenn es sein muss.«

»Spar' dir deine dummen Sprüche, Alter! Und jetzt zu dir, Junge. Was weißt du über die Brosche?«

»Dass sie der Schlüssel ist, um den Quantencomputer aus dem Stand-by hochzufahren. Ein Schutzmechanismus, entwickelt von Helena DeWitt vor über hundert Jahren.«

Wieder Blicke. »Das kann er einfach nicht wissen.« Locke.

»Und wenn doch? Wenn Falkenberg das herausgefunden hat und den angeblichen Sohn von Celine bei uns einschleusen will.«

»Ziemlich wilde Theorie.«

»Fällt dir 'ne plausiblere ein? Die Geschichte von denen ist genauso abgefahren.«

»Aber wahr«, sagte Joris und erhob sich. »Und wenn ich ehrlich bin, werd ich langsam sauer. Stinksauer! Ich hab meinen Vater verloren und meine Mutter. Auf mich wurde geschossen und eine Rakete abgefeuert. Ich wäre beinahe im See ertrunken, vom Berg abgestürzt und erfroren. Alle meine Freunde sind tot. Und alles nur wegen dieser beschissenen Rettungsmission des Monds. Wisst ihr was, wenn ihr meine Hilfe nicht wollt, dann geh ich. Und nehm Carlos wieder mit.«

»Nanana, Junge, nicht so schnell«, rief Marco. »Hier spaziert niemand mehr raus.«

»Also das auch nicht? Was dann?«

»Wir müssen wissen, ob du die Wahrheit sagst.«

»Dann macht doch einen simplen DNA-Abgleich«, schlug Carlos vor. »Wenn ihr hier so Superfreaks seid, die den Mond zurückteleportieren können, könnt ihr doch wohl überprüfen, ob er ihr Sohn ist.«

Locke nickte. »Schona kann das. Die hat das passende Equipment für einen Abgleich.«

»Du willst sie wirklich mitnehmen?«

»Was sonst?«

»Abknallen.« Marcos Wort hing dick wie Sirup im Raum, bis Locke den Kopf schüttelte. »Deine Vorsicht in allen Ehren, aber falls das wirklich Joris DeWitt ist, will ich nicht verantwortlich für seinen Tod sein.«

Marco atmete tief durch, bevor er sich an Joris wandte und ihn mit Blicken durchbohrte. »Also gut«, sagte er schließlich. »Wir nehmen sie mit.«

»Wurde auch Zeit«, seufzte Carlos und bekam dafür einen Schlag mit dem Gewehrgriff von hinten in den Rücken.

»Wenn du noch ein Wort verlierst …«, zischte Marco.

»… bekomm' ich eine Kugel zwischen die Rippen«, vollendete Carlos den Satz. »Ich hab's verstanden.«

Ohne dass jemand noch ein Wort sagte, wurden sie abgeführt.

Es ging, flankiert von den Bewaffneten, in den Berg hinein, zumindest kam es Joris so vor. Er glaubte, mit jedem Schritt das zunehmende Gewicht des Bergs über sich zu spüren, Tonnen von Felsgestein, die den Stürmen trotzten. Wärmer wurde es definitiv. Nach wenigen Minuten schwitzte er unter seiner Jacke; ein Blick zu Carlos zeigte dasselbe Bild: Dem Soldaten standen Schweißperlen auf der Stirn.

Nach weiteren endlosen Minuten blieben sie vor einer von vielen grauen Stahltüren stehen. Marco sperrte sie auf. Dahinter lag ein Treppenhaus. Es ging hinein und vier Etagen in die Tiefe. Wieder eine Tür, diesmal noch massiver. Als sie hindurchgeführt wurden, umfing sie kühle, trockene Luft. Sie strömte aus einem Belüftungsrohr, das sich an der Decke entlangzog.

Marco winkte einen der anderen Kerle zu sich. »Du trommelst alle verfügbaren Leute zusammen und verriegelst die kaputte Tür. Nein, sperr am besten den ganzen

Versorgungstrakt vier. Sicher ist sicher. Und kümmer dich um ihre Ausrüstung. Kompletter Check-up.«

Der Kerl nickte und verschwand in einem dunklen Flur. Die anderen folgte den Belüftungsrohren bis zu einer Art Schleuse. Die bestand aus zwei gegenüberliegenden polierten Stahltüren mit eingelassenem Bullauge. Dazwischen lag eine Art Kammer mit Gitterboden, die kaum Platz für zwei Personen bot. Locke hantierte an einem Eingabepad herum und trat danach durch die erste Schleuse. Es dauerte einige Sekunden, bis ein helles *Pling!* zu hören war, ein grünes Licht den Schacht erhellte und Locke auf der anderen Seite die Schleuse verließ.

»Jetzt du, Junge!« Marco stieß Joris durch die Tür auf den Gitterrost. »Einfach nur warten. Du wirst auf Sprengstoff, gefährliche Substanzen und Gifte gecheckt.«

Ehe Joris antworten konnte, schloss sich die Tür. Er spürte einen kurzen Windhauch, das grüne Licht ging an, und er wurde von Locke empfangen.

Als Nächstes folgte der dritte Kerl ohne Namen.

Dann war Carlos als Vorletzter an der Reihe. Er zögerte im Türrahmen.

»Los, Glatze! Was ist? Haste Platzangst?«

»Eher 'ne Allergie – auf Idioten.« Er wirbelte herum, schlug dem Kerl das Gewehr aus der Hand, verpasste ihm einen Schlag mit der flachen Hand gegen den Hals und schickte ihn zu Boden.

Locke keuchte auf und klopfte gegen das Bullauge. »Marco! Fuck! *Marco!*«

Zu ihrer aller Überraschung schüttelte Carlos nur den Kopf. »Jämmerlich«, sagte er und trat in die Schleuse. Die Tür schloss sich, das grüne Licht leuchtete auf, und Carlos wollte zu ihnen heraustreten, sah sich jedoch Lockes Gewehrlauf gegenüber.

»Keine Bewegung!«

»Mach dich locker.« Carlos hob die Hände. »Ich tu euch nichts.«

»Und was sollte das eben?« Locke blickte durch die Schleuse zu Marco hinter der geschlossenen Tür. Der rappelte sich stöhnend auf und hielt sich den Kehlkopf.

»Ich wollte nur wissen, ob ihr Soldaten seid.«

Locke musterte Carlos argwöhnisch, bevor er den Kopf schüttelte. »Nein, sind wir nicht.«

»Dacht ich mir fast, so wie ihr schon die Gewehre haltet.« Er seufzte und trat endlich neben Joris. »Wir sind hier richtig, Junge, darauf kannst du Gift nehmen.«

Der Konferenzraum, in den sie ihn und Carlos brachten, war so ziemlich der verrückteste Raum, den Joris je gesehen hatte. Er hatte die Form einer Halbkugel, in die Hunderte Lichter eingelassen waren, die wie Sterne funkelten. Fenster gab es keine, allerdings bestand der Boden aus Glas und ermöglichte den Blick in einen ähnlichen Raum, der ebenfalls einen Halbkreis darstellte mit einer Decke aus Glas. Zusammen bildeten die beiden eine Kugel. Dazwischen lagen gut zwei Meter Luft und baumdicke schwarze Abstandshalter.

»Was ist das dort unten?«, fragte Joris neugierig. Er sah ein futuristisch anmutendes Terminal, in der Mitte umringt von Displays. Das Ganze schwebte auf einem kreisförmigen Steg in der Halbkugel, der von zentimeterdicken Seilen gehalten wurde.

»Das geht dich einen feuchten Kehricht an«, knurrte Marco. »Wir warten erst auf das Ergebnis des DNS-Tests.« Er warf Carlos einen vernichtenden Blick zu und schob seinen Kehlkopf hin und her.

Joris spähte trotzdem weiterhin hinab und vermutete,

dass es ein Teil der Quantenanlage sein müsste. Schon allein die verrückte Optik passte irgendwie zu den Erzählungen über Thore DeWitt, seine visionären Ideen und dem Projektnamen *New Horizon*.

Als eine Tür aufging, hob Joris den Blick. Die Frau namens Schona, die ihm zuvor Blut genommen hatte, trug immer noch den weißen Kittel über ihrem üppigen Busen. »Neunundneunzig Komma neun Prozent Übereinstimmung.« Sie hielt einen Tabletcomputer hoch. »Er ist es. Es besteht kein Zweifel.«

Niemand der fünfundzwanzig Anwesenden sagte ein Wort, nicht mal Marco.

Ich bin also wirklich ein Nachfahre von Thore DeWitt. Joris wollte es immer noch nicht glauben. Sein Blick glitt wieder hinab in die untere Halbkugel. Gehörte das alles jetzt ihm?

»Und jetzt?«, fragte Locke.

Eine Frau mit Drei-Millimeter-Rasur rieb sich die Glatze. »Glauben wir wohl besser die Geschichte der beiden.«

»Und was bringt uns das?«, fragte ein älterer Herr mit einem Bauch so rund wie eine Regentonne. »Er ist ein Kind. Willst du einem Kind die Führung übertragen? Sicherlich nicht.«

»Aber er hat die Brosche.« Sie lag vor Joris auf dem Tisch.

»Und das reicht?« Wieder die Regentonne. »Können wir damit das Gate hochfahren?«

»Soviel wir von Celine wissen, ja.«

»Und dann? Ich dachte, es sind weitere Schritte nötig.«

»Wir brauchen noch eine Art Passwort, dass den Teleport startet.«

»Haben wir das?«, fragte Marco.

Niemand antwortete.

»Also sind wir, so kurz vor dem Ziel, am Ende. Groß-artig.«

»Nicht zwangsläufig«, entgegnete die Kahlgeschorene, die offenbar die Anführerin war. »Erst mal müssen wir das Gate hochfahren. Wir wissen nicht, wie lang es dauert und ob es bei der Rekonstruktion der Qubits zu Komplikatio-nen kommt. Wir müssen uns also alle bereithalten, um ein-greifen zu können. Und wir müssen beten, damit das noch rechtzeitig passiert.« Sie sah auf ihren Sturmwarner. »Wir haben noch knapp elf Stunden.«

»Dann fehlt trotzdem noch das Passwort«, blieb Locke hartnäckig.

»So was lässt sich hacken«, warf eine hagere Frau ein, deren Haar bereits ergraut war. »Wir haben schon ganz andere Sachen gehackt.« Ihr Blick wanderte zu Carlos. »Die Software ist immerhin zweihundert Jahre alt. Da fin-den wir irgendwelche Schlupflöcher.«

»Wenn du das sagst, Jessie.«

Die Ergraute namens Jessie nickte. »Das kriegen wir hin. Ich übernehm' das.«

Da wandte sich die Kahlrasierte an Joris. »Hat dir deine Mutter irgendwas über die Rückholaktion anvertraut, ab-gesehen von der Brosche?«

Er schüttelte den Kopf, doch dann hob er die Hand, als eine Erinnerung zurückkehrte. »Sie hat was von einem Code gesprochen. Der sei in der Brosche.«

»*In* der Borsche?« Marco, kritisch wie immer.

»Ja. Sie sagte, ich solle damit erst das Gate hochfahren und dann die Brosche zerstören, um an den Code zu kom-men. Die Reihenfolge wäre wichtig.«

Ein Schnauben von Marco. »Klar, wir zerstören die Brosche, und dann fällt das Gate zurück in den Stand-by-Modus und wir schauen dumm aus der Röhre.«

»Jetzt mach dich halt mal locker, Marco!« Locke rieb sich über das müde Gesicht. »Wir fahren erst einmal das Gate hoch, und dann sehen wir weiter. Step by step. Das Ganze allerdings schleunigst. Die Zeit drängt.«

Marco zuckte nur mit beiden Augenbrauen, sagte aber nichts.

Da hob Carlos die Hand. »Ich hätte noch 'ne Frage.«

Sofort spürte man die Kälte, die dem ehemaligen Soldaten von NOCOM entgegenschlug. Trotzdem fragte die Kahlrasierte: »Was wollen Sie wissen?«

»Gibt es eine Verteidigungsstrategie? Wie sieht die Anlage aus? Gibt es Waffensysteme? Ich meine, Joris, Celine und ich sind bis zum Hang unterhalb des Klettersteigs verfolgt worden. NOCOM wird uns suchen, sobald das Wetter besser wird. Möglicherweise tun sie es auch schon, wenn diese Mission so wichtig ist. Daher: Wie sicher sind wir hier?«

»So sicher, wie es möglich ist«, antwortete Marco scharf.

Carlos winkte ab. »Mir ist schon klar, dass ihr mir nicht vertraut. Müsst ihr auch nicht, aber es wäre dumm, es nicht zu tun.«

Die Kahlrasierte hob die Hand, damit Marco den Mund hielt, und fragte: »Wie meinen Sie das, Herr Evertim?«

»Na ja, ich kenne NOCOM in- und auswendig. Ich hab fast zwanzig Jahre für den Verein gearbeitet. Ich weiß, was die können. Und so leicht, wie wir beide hier reingekommen sind, wird das für Falkenberg kein Problem, wenn die erst einmal wissen, wo die Station ist.«

»Aber das wissen sie nicht«, ging Marco dazwischen.

»Aber sie können es herausfinden! Es sind nur wenige Kilometer bis zum Klettersteig. Auf dem liegt auch noch Celines Leiche! Es wäre also sträflich doof, zu hoffen, dass

NOCOM die Station nicht findet. Daher noch einmal: Welche Abwehrstrategie gibt es? So wie ich das nämlich verstanden habe, gibt es nur diese eine Chance respektive Zeitfenster. Bis dahin muss die Station also um jeden Preis gehalten werden, und bis dahin muss NOCOM um jeden Preis versuchen, den Teleport zu unterbinden, oder verstehe ich das falsch?«

Die Kahlköpfige blickte in die Runde, bevor sie sagte: »Das ist schon richtig, Herr Evertim, aber …«

»Sie vertrauen mir nicht, ich weiß! Ich will nur sagen, dass NOCOM alles schicken wird, was sie haben, besonders weil ich dabei bin.«

»Weil Sie Interna verraten könnten?«

Carlos lächelte verhalten. »Zum Beispiel.«

Die Kahlköpfige atmete tief durch, bevor sie sich an die Anwesenden wandte. »Ganz unrecht hat Herr Evertim nicht.«

»Und was willst du damit sagen?« Marco, die Augen zusammengekniffen.

»Dass wir uns darüber beratschlagen sollten. Seine Expertise könnte uns tatsächlich helfen, sollte es zu einem Angriff kommen.«

Marco wollte nicht glauben, was er hörte. »Seid ihr eigentlich alle blind? Auf seiner Brust steht dick und fett NOCOM. Was ist, wenn er ein trojanisches Pferd ist?«

»Ja, klar«, sagte Carlos. »Ich öffne meine Brust, und dann kommen ganz viele kleine Soldaten raus.«

»Ruhe!« Ein kräftiger Kerl, der bisher geschwiegen hatte, schlug auf den Tisch. Der Rums verhallte unheilvoll, bevor er weitersprach: »Danke! Fakt ist, dass er durch die Schleuse kam. Sauber ist er also.«

»Aber er kann uns immer noch verraten. Er kann Amok laufen. Er kann NOCOM die Schleusen *öffnen*.«

»Wird er aber nicht.«

Alle Blicke wanden sich zu Joris.

»Woher willst du das wissen?«, fragte Marco. »Ach so ja, du kennst ihn ja schon so lange, ach wie dumm von mir.«

Wieder schlug der Kräftige auf die Tischplatte. »Spar dir deinen Sarkasmus, Marco, und lass den Jungen reden. Also, Joris: Was macht dich so sicher, dass Herr Evertim vertrauenswürdig ist?«

Joris zuckte mit den Schultern. »Ich weiß es nicht, aber ich spüre es. Hier tief drin.« Er fasste sich an die Brust. »Carlos ist kein schlechter Mensch.«

Zu ihrer aller Überraschung wischte sich Carlos Tränen aus den Augen und sagte leise: »Danke, Junge!«

Stille.

Schließlich hob die Kahlgeschorene die Stimme: »Eine schöne Geschichte, aber uns läuft die Zeit davon. Daher schlag ich vor, wir stimmen umgehend ab. Wer ist dafür, dass wir Herrn Evertim involvieren? Ich bitte um Handzeichen.«

Sechs, acht, schließlich zehn Hände gingen in die Höhe.

»Und wer ist dagegen?«

Dreizehn Hände hoben sich.

»Das sieht dann schlecht aus, Herr Evertim.«

Er sah in die Runde. »Ich kann euch ja verstehen. Ich wäre genauso skeptisch, aber wenn ich das richtig sehe, seid ihr alles Wissenschaftlerinnen und Wissenschaftler. Alles Spezialisten. Was ist dein Fachgebiet?«, fragte er den Kräftigeren.

»Astrophysik.«

»Und deines?«, fragte er Locke.

»Mathematik.«

»Und Ihres vermutlich Cybersecurity.« Die Frage galt der hageren Jessie, die nickte.

»Gut ist das«, fuhr Carlos fort. »Genau so bildet man ein Team. Für jeden Fachbereich die bestmögliche Besetzung. Aber einen Fachbereich habt ihr offensichtlich vergessen: die Verteidigung. Fragt doch mal ihn, wie schnell er an der Schleuse zu Boden gegangen ist, obwohl ich unbewaffnet war.«

Marco wurde knallrot. »Das war –«

»Überraschend? Mit dem Schlag gegen die Kehle hast du nicht gerechnet. Und warum nicht? Weil du keine Erfahrung im Kampf hast. Ich schon. Ich kann nicht mal mehr sagen, wie viele Gefechte ich geführt, wie viele Vagabunden ich gestellt und wie viele von euch ich liquidiert habe. Ja, sorry dafür, ich mach daraus auch keinen Hehl, aber wenn ihr einen Fachmann für die Verteidigung von eurer Basis braucht, dann findet ihr keinen Besseren als mich.«

»Nettes Plädoyer«, sagte die Kahlgeschorene, »ändert aber nichts. Die Abstimmung ist durch.«

»Ist sie das?« Es war die leise Stimme der Hackerin. »Ich glaube, ich überleg es mir anders. An sich hat er nämlich recht. Wir haben immer alle Posten bestmöglich besetzt, nur nicht den der Sicherheit – weil wir seit Eddies Tod niemanden mehr dafür bekommen haben.«

»Ja, aber brauchen wir den jetzt noch?«, rief jemand in den Raum. »Wir reden von ein paar Stunden, bis wir –«

Plötzlich ertönte ein Alarmsignal im Raum, und die Sterne in der Kuppel färbten sich rot.

»Was ist?«, fragte Carlos alarmiert. »Greifen sie an?«

Die Kahlgeschorene antwortete nicht, sondern stürzte zum Eingang, neben dem ein großer Monitor hing. Irgendwo drückte sie drauf und rief: »Statusmeldung!«

»Flugobjekte vom Radar registriert«, antwortete eine Männerstimme, gut zu hören über die Lautsprecher.

»Acht Hubschrauber nähern sich von Norden, Frau Deckard.«

»Falkenberg«, sagte Carlos düster. »Seine Angriffsstaffel. Acht Tiger vom Typ TL85. Der kommt mit allem, was er in München zur Verfügung hat.«

»Wie viele Mann kann er auf die Schnelle mobilisieren?«, fragte Deckard sichtlich angespannt.

»Zwischen sechzig und achtzig. Hundert, wenn er alle Posten abzieht.«

»Und die passen in die Hubschrauber?«, fragte der Kräftige.

Carlos nickte. »Acht pro Heck plus Pilot und Co-Pilot. Zur Not gehts aber auch zu zehnt hinten drin. Nicht zugelassen, aber schon praktiziert.«

»Hundert Mann«, stöhnte Locke. »Wenn das alles solche sind wie er, dann Prost Mahlzeit.«

Carlos ging darauf nicht ein, sondern fragte gezielt Deckard: »Gibt es in der Station irgendwelche Möglichkeiten der Flugabwehr? Die Tiger sind mit je zwei Raketen bestückt. Wenn die wollen, können die uns mit einem Raketenhagel zuscheißen.«

Sie biss sich auf die Unterlippe, warf einen Blick in den Raum und sagte dann: »Wir haben einen *Dome*.«

Carlos kniff die Augen zusammen. »Ein Raketenabwehrsystem?«

»Ja. Wurde von Thore installiert, allerdings ursprünglich nicht zur Raketenabwehr, sondern zur Sicherheit vor Marschflugkörpern oder gekaperten Flugzeugen. Selbst damals, beinahe achtzig Jahre nach 9/11 war die Angst noch groß. Sie dürfen nicht vergessen, wir betreiben nebenan ein Atomkraftwerk.«

»Ist der *Dome* gewartet?«

»Vollumfänglich. Automatisches Repair-System.«

»Mit wie vielen Raketen ist der *Dome* bestückt?«

»Mit zwanzig. Eine Unit.«

»Okay, das ist gut. Dann werden sie schnell merken, dass sie so nicht reinkommen.«

»Was werden sie dann tun?«, fragte der Kräftige.

»Zu Fuß angreifen. Falkenberg wird vermutlich zwei Drittel der Einheiten rauswerfen und das letzte Drittel als Back-up zurückhalten. Oder gleich mit allen stürmen. Wie groß ist der Kuppelradius?«

»Nur auf sieben Kilometer eingestellt. Das reicht, damit die Dämpfer mögliche Erschütterungen abfangen.«

»Dämpfer?«, fragte Carlos.

»Das Gate ist wegen gespeicherter Quantenzustände gefährdet durch Erschütterung. Daher wurde es damals mit Dämpfern, meterdicken Gummihalterungen und jeglichem Schnickschnack aus der erdbebensicheren Bauweise versehen.« Deckard zeigte auf die schwarzen Bolzen zwischen Glasboden und Glasdecke des unteren Raums.

Carlos nickte verstehend. »Und das Gate ist da unten?« Er zeigte hinab.

Deckard nickte ebenfalls, als Marco aufsprang. »Jetzt weiht ihr ihn doch in alles ein!«

Sie fuhr zu ihm herum. »Hast du eine bessere Idee? Hast du einen Plan, wie wir einhundert Soldaten aufhalten sollen?« Sie wandte sich an Carlos und reichte ihm die Hand. »Ich würde sagen, dass Sie wohl doch an Bord sind, Herr Evertim.«

Carlos schlug ein. »Und ich würde sagen, dass Sie es nicht bereuen werden.«

Kapitel 24

Joris konnte gar nicht so schnell schauen, wie sich die Versammlung auflöste. Während Marco, Locke und einige andere Carlos umringten, nahm ihn die Kahlgeschorene, die sich ihm noch einmal als Selma Deckard vorstellte, zur Seite.

»Wir gehen ins Gate.« Sie wollte nach der Brosche greifen, doch Joris schnappte sie sich zuerst.

»Die nehm ich.« Er lächelte kühl und steckte die Hand mit der Brosche in die Hosentasche.

Sie musterte ihn für einen Moment voller Abscheu, doch dann nickte sie. »Also dann! In diese Richtung.«

Während sie durch eine Tür aus der Kuppel traten, gesellte sich der kräftige Kerl und die Hackerin namens Jessie zu ihnen.

»Hey«, grüßte er freundlich. »Ich bin Xandy und für die Quantenanlage zuständig.«

»Hi! Schön, Sie kennenzulernen.«

»Ganz meinerseits. Schon mal einen Quantencomputer gesehen?«

»Noch nie.«

»Aber du weißt, wie er funktioniert?«

»Über Qubits«, sagte Joris stolz und erinnerte sich an einige Unterrichtseinheiten bei Frau Maier. »Die herkömmlichen Computer arbeiten mit Nullen und Einsen, Quantencomputer mit mehreren Zuständen. Das bringt den Vorteil, dass man nicht alles seriell errechnen muss.«

Xandy lächelte. »Da kennt sich einer aus.«

»Deswegen werden wir auch das Passwort knacken«,

sagte Jessie. »Wir haben einen Quantencomputer mit hundert Qubits zur Verfügung, abgekapselt vom Gate. Das entspricht mehr repräsentativen Bits, als es Atome auf der Erde gibt. Damit lösen wir jedes Passwort in annehmbarer Zeit.«

»Ist es wirklich so einfach?«

»Nein, aber im Rahmen des Möglichen.«

»Ich kann mir das so schwer vorstellen. Überhaupt den Mond zurückholen. Das klingt völlig irre.«

»Das geht den meisten Menschen so. Aber du musst einfach die Funktionsweise verstehen. Ein klassischer Computer rechnet eins plus zwei gleich drei. Ein Quantencomputer rechnet x plus y gleich z mit allen möglichen Ergebnissen. Die Zeiteinsparung ist dadurch gigantisch. Wo zuvor ein herkömmlicher Rechner für eine hochkomplexe Aufgabe zehntausend Jahre gebraucht hätte, braucht der Quantencomputer circa drei Minuten.«

»Das ist schnell, aber gibt's denn Aufgaben, die so schwer zu lösen sind?«

»Oh ja. Nimm nur eine Großstadt wie Berlin und errechne den bestmöglichen Weg von A nach B. Ein Navi prüft jede Wegvariante nacheinander und vergleicht am Ende, welcher Weg der schnellste ist. Ein Quantencomputer macht das parallel. Und ein Navi ist jetzt kein gutes Beispiel. Wenn es um DNA-Berechnungen geht, um Medikamentenbauweisen, um Nanotechnik oder eben ums Teleportieren, dann zeigt sich erst der Vorteil der Quantenphysik. Leider wird die Entwicklung seit fast hundert Jahren wegen der Stürme nicht mehr vorangetrieben. Wir könnten so viel weiter sein, wenn sich die Regierungen nicht gegen die Nutzung der Quantencomputer ausgesprochen hätten.«

»Haben sie das?« Joris hatte davon noch nie gehört.

»Natürlich! Weil sie genau wissen, dass der Mond teleportiert wurde. Sie haben Angst, dass noch mehr Unfälle passieren. Dabei könnten die Systeme mittlerweile sicher sein. Wenn man überlegt, dass die Chinesen schon 2012 ein Quantennetzwerk mit verschränkter Leitung nutzten, um die geheimen Gespräche bei ihrem Parteikongress abzuschirmen, dann wären wir heute auf einem ganz anderen Stand der Technik. Aber so ist das eben mit der Spezies Mensch: Was sie nicht mehr versteht, macht ihr Angst.«

Sie erreichten einen Aufzug am Ende einer Halle, und durch eine automatische Glastür traten sie in die Röhre. Saugend schlossen sich die Türen, Joris verspürte einen kurzen Druck auf den Ohren, dann rauschten sie hinab.

»Druckausgleich«, erklärte Xandy. »Wir haben in der Quantenanlage ein anderes Klima als oben.«

Jetzt war es an ihm, sie aus dem Aufzug in die Anlage zu führen.

Joris blieb abrupt stehen. Der Anblick war gigantisch. Den langen Flur flankierten matt erleuchtete Kammern aus Glas, in deren Mitte aus der Decke je ein schwarzer Zylinder in der Dicke eines Baumstamms ragte.

»Darf ich vorstellen«, sagte Xandy, »*New Horizon*.«

»Sind das alles Quantencomputer?« Joris kam aus dem Staunen nicht mehr heraus.

»Alles einzelne Terminals, ja. Wir brauchen ja auch eine ganze Menge Rechenleistung, um den Mond samt Basis und Menschen zu teleportieren.«

»Davon hat meine Mutter gesprochen. Aus dem *Lunar Gate* auf dem Mond hat sich höchstwahrscheinlich eine Bevölkerung entwickelt. Könnt ihr wirklich mit denen reden?«

»Können wir leider noch nicht. An einer Verbindung arbeiten wir, aber unser Fokus liegt erst mal auf dem *Earth Gate*. Kommt!«

Er führte sie den Flur entlang tiefer in die Anlage. Joris bemerkte, dass es immer Cluster aus jeweils neun Quantenrechnern waren, die von Quergängen abgetrennt wurden. Auf der Etage mussten über hundert der Quantencomputer hängen.

»Gibt es noch mehr davon?«, fragte er beeindruckt.

»Ja. Nochmals diese Etage weiter unten. Dazwischen liegen die Kühlsysteme, Verbindungen, Rohrleitungen und Wartungskanäle.«

»Irre.«

»Das sagt jeder, der zum ersten Mal hier ist.«

Es ging weiter an den Quantencomputern vorbei. In einem Quergang arbeiteten eine Frau und ein Mann an einer der Säulen. Sie hatten die schwarze Verkleidung abgenommen und hantierten am Innenleben herum. Es bestand aus goldfarbenen Röhrchen und Querplatten und weißen Kabeln. *Wie ein Herz,* schoss es Joris durch den Kopf.

Schließlich erreichten sie den schalenförmigen Raum unterhalb des Konferenzraums. Der Steg schwebte tatsächlich an Seilen in der Luft. Beinahe unsichtbare Glasgeländer schützten vor dem Hinunterfallen.

»Herzlich willkommen im Herzen von *New Horizon*, Herr DeWitt!«

Joris trat mit offenem Mund auf den Steg. Es fühlte sich an, als beträte er das Innere eines Planeten. *Und das alles gehört dir!* »Wahnsinn! Unglaublich!« Er lachte laut.

»Nicht zu viel Euphorie«, bremste Selma Deckard. »Noch ist nichts erreicht. Und wenn wir es nicht schaffen, stehen hier nur ein paar Milliarden Technikschrott rum.«

Joris wurde ernst und zog die Brosche hervor. »Sie haben recht. Also? Was hab ich zu tun?«

Xandy zeigte auf die Terminals in der Mitte. »Hier entlang bitte.«

Es waren seltsame zehn Meter bis zur Mitte. Joris glaubte fast, dorthin zu schweben. Er hatte es also wirklich entgegen allen Widrigkeiten geschafft, am Gate anzukommen. Seine Mutter wäre so stolz auf ihn. *Mama …*

Tränen wollten aufsteigen, doch er kämpfte sie nieder. Jetzt hatte er anderes zu tun, und keiner musste ihm sagen, was es war. Auf dem mittleren Terminal gab es nur eine einzige Option: Die Brosche mit der gravierten Mondseite nach unten in eine Vertiefung legen.

Joris zögerte, suchte den Blickkontakt zu Xandy, zu Jessie und Selma.

»Nur zu«, sagte Xandy lächelnd. »Streng genommen bist du hier jetzt derjenige, der die Entscheidungen trifft.«

Derjenige, der die Entscheidungen trifft. Joris ballte die Hand um die Brosche. Es lag also jetzt an ihm, zu entscheiden, den Mond zurückzuholen. War es das Richtige? Führte es zu einer besseren Welt? Beendete es die Verfolgung und Ermordung der Kultisten? Oder weihte er die Population auf dem Mond dem Tod? Brachte es die Erde aus dem Lot und kostete weiterer Milliarden Menschen das Leben?

Ihm wurde heiß und kalt zugleich.

Derjenige, der die Entscheidungen trifft.

So fühlte sich also Verantwortung an.

Joris zögerte noch einige Herzschläge lang, dann trat er ans Pult. Die Silberkette rasselte leise. Die Brosche leuchtete im Licht der LED-Strahler wie der Mond vor zweihundert Jahren am Himmel.

»Für dich, Mama«, wisperte er und drückte die Brosche in die Vertiefung. Etwas klickte hörbar.

Die Beleuchtung in der Halbkugel änderte sich zu hellblau, und eine Stimme sagte: »Willkommen, Helena! Soll *New Horizon* aus dem Stand-by-Modus geholt werden?«

Joris schluckte klebrigen Speichel hinunter und sagte mit zitternder Stimme: »Ja. *New Horizon* bitte aktivieren.«

»Das Gate fährt hoch! Das Gate fährt hoch!«, dröhnte Xandys Stimme in der ganzen Forschungsstation aus den Lautsprechern.

Die Unterhaltungen um Carlos verstummten, und Jubel brach aus. Einzig Marco applaudierte nicht, sondern musterte Carlos.

Der zuckte mit den Achseln und wandte sich wieder den Bauskizzen der Forschungsstation auf dem runden Tisch zu, die er angefordert hatte. Die Station zu verteidigen war knifflig, zumindest wenn man sie in ihrer Gesamtheit betrachtete. Die O'Neill-Kolonie war sicher, lag ganz unten im Berg mit nur einem einzigen Zugang aus der Quantenanlage. Die wiederum war über drei Zugänge erreichbar, zwei Aufzugschächte mit speziellem Druckausgleich und ein Treppenhaus, sollten die Aufzüge defekt sein. Darüber lag die Forschungsstation mit ehemaliger Wetterstation sowie die Zentrale des Kernreaktors. Der Komplex hatte mehrere Zugänge an die Oberfläche; einen davon hatten Joris und er genommen. Den größten Zugang gab es am See; von einer Werkstatt kam man in eine natürliche Kaverne nahe dem Ufer. Der Zugang erschien Carlos am gefährlichsten, denn dorthin gelangte man mit kühner Kraxelei vom Steilhang aus, und es wäre seine Wahl, wenn er angreifen müsste.

Nur wie sichern? Die Forschungsstation konnten sie abriegeln, mehr war nicht nötig. Den Kernreaktor hingegen mussten sie erhalten, denn ohne Energie würde die Quantenanlage herunterfahren und damit die gespeicherten Zustände des damaligen Teleports verlieren.

Er wandte sich an Marco, während die anderen immer noch jubelten und sich in den Armen lagen. »Können wir die Quantenanlage absperren?«

Der junge Kerl musterte Carlos abschätzig.

»Wozu?«

»Damit wir uns auf eine Verteidigung konzentrieren können. Mein Plan: Quantenanlage komplett mit den Personen abriegeln, die dort gebraucht werden. Die Forschungsstation danach dichtmachen. Den Rest des Personals in die Werkstatt und zum Kernreaktor. Ich vermute, dass Falkenberg dort ansetzen wird.« Er zeigte auf der Karte auf die Kaverne.

Marco nickte. »Also«, begann er widerwillig, »man kann theoretisch *New Horizon* versiegeln. Das ist ein Notfallprotokoll, das greift, sollte es zu Erdbeben, Erschütterungen, Explosionen et cetera kommen. Wurde aber noch nie ausgelöst.«

»Okay. Aber theoretisch werden die drei Zugänge dichtgemacht?«

»Vollständig abgekapselt, ähnlich Brandschutztüren. In der Anlage gibt es eine Notstromversorgung, die bei Bedarf die Schleusen von innen wieder öffnet.«

»Aber man ist erst mal sicher?«

»Sicherlich viele Stunden, eher Tage, bis man da von außen reingekommen ist.«

»Das würde uns reichen. Hmmm … geht das auch mit dem Reaktor?«

»Nein, den können wir nicht abkapseln, nur halten. Die Notausgänge sind kein Problem, die sind so massiv, dass man auch Tage braucht, um sich durchzuschweißen, aber die Werkstatt ist wohl der Knackpunkt. Auch wegen des

Sees. Wenn ich Hubschrauber hätte, würde ich dort die Leute rauswerfen.«

Carlos kratzte sich am Kinn. Das bestätigte seine ersten Intuitionen. »Also bündeln wir definitiv dort unsere Kräfte«, sagte er schließlich und deutete auf die Kaverne. »Was ist mit dem See an sich? Dort gibt es doch Kühlsysteme, Rohrleitungen, was auch immer. Kommt man von dort auch rein?«

Marco musterte ihn. »Habt ihr so irre Kampfschwimmer?«

»Nicht viele, aber eine Handvoll. Wie kalt ist das Wasser?«

»Fragen Sie eher: wie warm. Momentan liegt die Temperatur bei sechzehn Grad Celsius. Wenn die Anlage hochfährt, wird's eher eine Badewanne.«

Carlos rümpfte die Nase. »Und gibt's jetzt unter Wasser Zugänge?«

»Zum Glück nicht. Ist alles vergittert worden.«

»Okay. Und was ist mit dem Radarluftlagesystem auf dem Zellerer?«

»Wird von hier aus für den Dome betrieben. Kein direkter Zugang. Wenn sie das allerdings zerstören, sind wir blind.«

»Und der Sendemast auf der Wallerspitz?« Carlos deutete auf den Plan. »Hier gibt es massive Leitungen oder Rohre.«

»Das ist ein ehemaliger Fluchttunnel. Wurde von uns stillgelegt.«

»Bedeutet?«

»Wir haben es vor Jahren zugemauert. Sowohl von der Wetterstation als auch von hier.«

»Kameras? Sensoren?«

»Nein.«

»Also auch eine Person nötig als Back-up.«

»Kann nicht schaden.«

Carlos nickte. »Dann teilen wir das sinnvoll auf, hätte ich gesagt. Übernehmen Sie das? Sie kennen die Leute und ihre Fähigkeiten, ich nicht.«

Marco musterte Carlos und nickte schließlich. »Mach ich! Bleibt trotzdem die Frage, wie Sie das Notfallprotokoll aktivieren wollen. Ein Feuerzeug an einen Rauchmelder halten, reicht nicht.«

Carlos lächelte. »Ich lass mir schon was einfallen. Sagen Sie, wo genau finde ich die Unit für den Dome?«

Der Kultist bekam große Augen. »Sie wollen nicht …«

»Doch. Genau das.«

»Sie sind ja völlig irre.«

»Ich tue nur, was getan werden muss. Also: Wo finde ich die Raketenabwehranlage?«

Marco schüttelte immer noch den Kopf. »Warten Sie einen Moment. Ich instruiere die anderen, und dann bring ich Sie persönlich hin.«

Während die beiden sich auf dem Weg zum Dome machten und Joris immer noch in der Zentrale staunte, schaltete die KI von *New Horizon* das System stufenweise hoch. Die Zustände des Teleports waren Qubitweise in künstlich gezüchteten Diamantkristallen gespeichert worden, die nahe dem absoluten Nullpunkt ruhten. Um die Zustände auszulesen, musste man erst eine temporäre Kopie erstellen. Das System nutzte dazu Laserstrahlen und Radiowellen, erhitzte die Diamanten und übertrug die Zustände. Der Energiebedarf dazu war immens, und der Kernreaktor fuhr auf Maximalleistung hoch. Entsprechend schaltete die Steuerung die Kühlaggregate auf maximale Stufe, der Stickstoff wurde durch die Rohrleitungen gepumpt, die

Wärmetauscher wurden heiß, und die Turbinen im See schalteten auf Höchstgeschwindigkeit, um das wärmer werdende Wasser mit dem kühleren zu verwirbeln.

Es dauerte keine zehn Minuten, bis sich erste thermische Strudel im See gebildet hatten. Niemand bemerkte sie, denn die Wasseroberfläche kräuselte sich nur stellenweise leicht und es kam zu Verwirbelungen. Etwas Wasserdampf stieg auf. Außerdem bildete sich feuchtwarmer Nebel, gefangen zwischen den Gipfeln und den steilen Berghängen.

Über denen fegte mittlerweile eisiger Wind von Norden hinweg. Er riss Schnee von den Kämmen und wehte die Flocken Richtung See.

Sie wirbelten langsam in Kreisbahnen hinab und schmolzen unterwegs, doch ihre Geschwindigkeit nahm mit jeder Minute zu.

Kapitel 25

Die Rotoren der acht Tiger knallten über dem Bodensee, während sie in Formation über das wogende Grau dahinschossen.

»Appenzeller Land voraus«, meldete der Pilot übers Intercom. »Warte auf weitere Befehle.«

»Wir fliegen zur Ausstiegsstelle von Team Mertens«, gab Falkenberg zurück.

»Verstanden.« Sein Tiger flog voraus. Der Schneefall wurde mit jedem Meter dichter. Auch der Wind nahm zu.

»Wird ungemütlich«, sagte der Soldat neben Henry.

Ein anderer lachte. »Das ist doch noch Sonnenschein. Ungemütlich ist was ganz anderes.«

Falkenberg ließ das unkommentiert. Er konzentrierte sich auf das Gelände, das unter ihnen hinwegzog. Die Sicht betrug maximal zwei Kilometer, eher weniger.

Während die Soldaten weitere Sprüche rissen, um ihre Nervosität zu überdecken, entdeckte Henry die Hütte, gefolgt von Gehölz, zerklüftetem Fels und Latschenkiefern, alles weiß eingezuckert. Das Gelände sah nett aus, aber auf den geschulten Blick wirklich schwierig, als Landemöglichkeit sah er nur die Alm. Auf sein Kommando ging es weiter, bis urplötzlich Wallerspitz, Larschenberg und Zellerer aus dem Schneetreiben auftauchten wie Spukgespenster.

»Sichtkontakt!« Der Pilot drosselte die Geschwindigkeit, sodass sie schließlich in der Luft schwebten.

Der Anblick war erhaben, wie die drei Gipfel aus dem Weiß hervorstachen und den von Nebel verhangenen See umringten wie Krieger einen Schatz. Und da wusste Henry, dass sie richtig waren. Dort irgendwo in den drei Bergen lag *New Horizon*. Es war perfekt gewählt; der See als Kühlung, die Berge als Schutz, die einsame Lage, die Wetterstation, einfach alles. Warum hatte sein Team die Location nicht vorher gefunden? Seit Jahren suchten sie das Gate, aber im Appenzeller Land hatten sie es nicht vermutet.

»Wir fliegen näher ran!«, gab er Befehle. »Ich will so dicht wie möglich an die Gipfel.«

»Verstanden.« Der Pilot legte einige Schalter um und steuerte den Tiger auf die Wallerspitze zu, auf der der Sendemast wie ein rot-weißes Gerippe in den Himmel ragte.

Mit pochendem Herzen blickte Henry dem Gipfel entgegen. Schaffte er es noch, dem Treiben der DeWitts ein Ende zu setzen? Konnte er die wahnsinnige Aktion, den Mond zurückzuteleportieren, unterbinden? Er musste. Henry war kein Wissenschaftler, aber er erinnerte sich an jede einzelne Präsentation, die er in den letzten zehn Jahren auf den Tisch bekommen hatte. Ob nun die Erde ins Trudeln geriet oder ob sie abrupt von der plötzlichen Mondanziehung gebremst wurde und die Erdkruste zwischen den Kontinentalplatten aufbrach oder ob es zu einem Impakt mit dem Erdtrabanten kam, die Ergebnisse waren in jedem Fall identisch: Sie würden alle sterben.

»Schalten Sie die Wärmebildkamera ein«, verlangte er. »Auf den Schirm.«

Der Monitor neben seinem Sitz flammte auf.

Ein Raunen ging durch die Soldaten. »Der See kocht ja!«, rief einer. »Krass!«

So einfach wäre es gewesen. Henry ballte die Hände im Schoß zu Fäusten. Einfach jeden beschissenen Quadratkilometer Europas mit Wärmebildkameras abscannen.

»Wir sind hier richtig!«, rief er. »Das Raketensystem scharf machen.«

Der Pilot wandte den Kopf. »Das Raketensystem?«

»Ja, das Raketensystem, Herrgott! Wir drehen denen den Saft ab!«

»Mit welchem Ziel?«

»Erst einmal den See. Mit etwas Glück erwischt es die Kühlung, und die müssen abschalten, bevor ihnen der Reaktor um die Ohren fliegt.«

Der Pilot nickte, hantierte an Tasten und Schaltern herum, und schon ertönte unter ihren Füßen ein Summen der ausfahrenden Raketenhalter.

»Raketensystem scharf. See mittig erfasst. Erbitte Schussfreigabe.«

»Erteilt!«

Der Pilot klappte eine Schutzkappe zur Seite und drückte den roten Knopf darunter. Das Fauchen unter ihnen dauerte nur den Bruchteil einer Sekunde, und schon schoss die Rakete als leuchtender Punkt auf den See zu.

Henry lächelte bei dem Anblick, bis ein Felsspalt im Berg aufblitzte. Ein weißer Strahl zischte heraus und ließ die Rakete in der Luft explodieren. Die Detonation war so heftig, dass der Hubschrauber ins Wanken geriet.

»Wuhuuu!«, rief einer der Soldaten. »War das 'ne Raketenab–«

Ein zweites Mal blitzte der Felsspalt auf, und ein Leuchtstrahl zischte direkt auf Henry und seinen Tiger zu.

Der Pilot riss mit einem Ruck am Hebel und kippte den Helikopter abrupt zur Seite. Henry wurde in die Gurte geworfen und sah nur noch, wie die Abwehrrakete ganz knapp an ihnen vorbeizischte und den Tiger neben ihnen erfasste.

Die Explosion war noch heftiger und rüttelte sie ordentlich durch.

»Abdrehen, abdrehen!«, schrie jemand, während der

Helikopter bockte und seitwärtskippte. Der Motoren jaulten.

Henry bekam einen der Haltegriffe zu fassen und stemmte sich gegen die Erdanziehung. Er blickte wieder hinaus und registrierte, dass auch die anderen Hubschrauber abdrehten.

»Die haben einen Dome!«, rief jemand anders. »Einen fucking Dome!«

»Befehle, Chef?« Die zitternde Stimme des Piloten, der den Vogel knapp an der Bergflanke vorbeisteuerte, aber offenbar stabilisiert bekam. Schnee stob in alle Richtungen, wirbelte um den Tiger.

»Zur Hütte«, rief Henry grimmig. »Und dort bereit machen zum Aussteigen!«

»Sie drehen bei!« Marco lachte. »Und Sie haben sogar einen runtergeholt!«

Carlos ließ die Hände von der manuellen Raketensteuerung am Feuerleitstand sinken. Ihn hatte eine seltsame Ruhe erfasst, wie er sie noch nie in seinem Leben verspürt hatte.

»Los!« Marco klopfte ihm auf die Schulter. »Noch einen!«

»Nein.« Carlos deaktivierte die manuelle Steuerung. »Wir haben nur noch achtzehn Raketen. Wenn die was Größeres schicken, brauchen wir gebündelte Kräfte.«

Marcos Freude gefror ihm auf dem Gesicht. »Sie glauben, die schicken so ein Teil wie am Bodensee?«

»Könnten Sie. Und dann Gnade uns Gott, dass dieses alte Baby noch genug Power in der Batterie hat, um sie zu stoppen.«

»Sie sind nicht überzeugt, dass die Abwehr reicht?«

»Ich weiß es schlichtweg nicht und möchte so wenig Risiko wie möglich eingehen. Reicht schon, dass ich noch einen Sprengsatz brauche.« Er loggte sich in die Konsole ein und versuchte das veraltete System zu verstehen. Er musste irgendwie einen Raketenslot deaktivieren, um den Sprengkörper aus der Rakete auszubauen.

Marco trat zurück zum Fenster des Feuerleitstandes, das von Felsen bestens verborgen war, und nahm das Fernglas in die Hand. »Ich glaube, die fliegen Richtung Alm.«

»Höchstwahrscheinlich. Wenn ich Falkenberg wäre, würde ich dort landen, die Kontrollzentrale einrichten und von dort den Angriff koordinieren.«

»Wie viel Zeit bleibt uns?«

»Vielleicht zwei bis drei Stunden, dann werden sie hier sein. Und deswegen hilfst du mir jetzt am besten. Ich muss einen Slot aufkriegen.«

»Geht das überhaupt?«

»Wenn nicht, ziehen wir vorübergehend den Stecker.«

»Und machen uns angreifbar?«

Carlos sah vom Display auf und wischte sich Schweiß von der Stirn. »Bessere Idee? Dacht' ich mir. Und jetzt hilf mir! Ich muss irgendwie an einen der Sprengsätze rankommen!«

Joris stand immer noch im Kuppelraum von *New Horizon*, hatte jedoch nichts zu tun. Um ihn herum war rege Betriebsamkeit eingekehrt, nachdem er mit der Brosche das Gate aktiviert hatte. Eine Frau sagte immer wieder »Oh!« und »Unglaublich!« und »Wahnsinn!«. Xandy ließ seine Finger über eine Tastatur huschen, unablässig und ohne Pause, wie tastende fette Spinnenbeine. Joris hatte keine Ahnung, wie man so viel tippen konnte. Auch andere waren dazugekommen und beugten sich über Displays, Anzeigen und Bedienfelder.

Ein Kerl sagte begeistert: »Die Qubits aus den Kristallen werden tatsächlich umgespeichert. Ich kann's kaum glauben. Zweihundert Jahre alte Qubits! Eine Sensation!«

»Wie viele sind schon in den temporären Speicher geholt worden?«, fragte eine andere.

»Drei Prozent. Bald vier.«

Jemand stieß geräuschvoll Luft aus. »Dann dauert das bei der Geschwindigkeit noch etwa acht Stunden.«

»Die haben wir nicht mehr«, entgegnete die Kahlrasierte. »Das Zeitfenster öffnet sich in sieben Stunden und elf Minuten.«

»Dann müssen wir den Prozess beschleunigen.«

»Und Qubitverluste in Kauf nehmen? Das könnte Leuten auf dem Mond das Leben kosten! Wir schauen erst, ob sich das System von selbst beschleunigt. Gut möglich, dass die KI sukzessive vorgeht.«

So ging es hin und her, und Joris wusste nicht wohin. Irgendwann trat er einfach ans Pult, in das er die Brosche gesteckt hatte.

»Was willst du hier?«, fragte Selma Deckard barsch, als sie ihn bemerkte, und drängte ihn zurück.

Joris schluckte. »Die Brosche anschauen. Wie Mama es gesagt hat, soll ich sie nach der Aktivierung öffnen.«

»Davon wirst du schön die Finger lassen!« Sie rief nach einem Kerl. »Konrad, bringst du den Jungen mal hoch.«

Ein stiernackiger Techniker kam angestapft. »Aber klar.« Er packte Joris am Oberarm und zerrte ihn mit sich.

»Hey! Was soll das?«

»Sei nicht albern«, sagte Konrad. »Kinder haben hier nichts verloren.« Er brachte ihn mit eisernem Griff aus der Zentrale, an den Quantenstationen vorbei bis zum Aufzug. Er schob ihn hinein, gab eine Zahlenkombination in das Bedienfeld ein, und schon schloss sich hinter Joris die Tür.

241

Durch das Glas sah er noch den feisten Konrad, der ihn keines zweiten Blickes würdigte, dann ging es schon nach oben in die Forschungsstation.

Mit Druck auf den Ohren wollte Joris wieder hinunterfahren, aber der Aufzug rührte sich nicht vom Fleck. Voller Wut schlug er gegen das Bedienfeld aus Edelstahl, doch nichts passierte.

Schließlich trat Joris aus der Röhre in die Forschungsstation. Dort war es mucksmäuschenstill. Niemand war zu sehen, der betongraue Flur verwaist.

Joris fand den Weg bis zum Konferenzraum mit dem Glasboden, aber auch dort war niemand mehr. Trotzdem trat er ein und blickte hinab. Einige Zeit beobachtete er das geschäftige Treiben der Kultisten, die eifrigen Unterhaltungen, die huschenden Spinnenbeine von Xandy, das gelegentliche Nicken von Selma Deckard, die über einen Laptop gebeugte Hackerin und Konrad, der mit zu tief hängender Hose unter einem Pult kniete und an Kabeln herumfummelte.

Kinder haben hier nichts verloren.

Mit einem Ruck wandte sich Joris ab und stapfte aus der Kuppel.

Carlos brannte der Schweiß in den Augen. Vor ihm lag eine der Luft-Abwehr-Raketen auf dem Boden, drei Meter lang und neunzig Kilo schwer. Sie hatten tatsächlich das System runterfahren müssen, um manuell einen Schacht zu öffnen und die Rakete mit Hilfe eines Roboterarms herauszuziehen.

Während Marco den Dome wieder in Betrieb nahm, kämpfte Carlos mit der Raketentechnik. Er hatte dazu mal eine Fortbildung gehabt, die war aber fünfzehn Jahre her. Der Aufbau war ihm trotzdem noch im Gedächtnis: Erst

Suchkopf mit Lenksystem, dann Gefechtskopf und zuletzt Antriebsteil. Suchkopf und Antrieb interessierten ihn nicht, er brauchte einzig den Gefechtskopf. Der hier verbaute besaß einen Annäherungszünder und eine Spreng-Splitter-Ladung. Das war genau das, was Carlos sich erhofft hatte.

Allerdings war die Technik so alt, dass er von all den Kabeln und Platinen überfordert war. Und besonders vertrauenswürdig sahen sie auch nicht mehr aus; an etlichen Stellen zeigte sich Korrosion. Auch ein Kondensator war geplatzt.

»Also gut«, murmelte Carlos. »Dann die russische Methode.« Er packte das Verbindungsstück zwischen Zünder und Ladung und riss es mit aller Gewalt heraus. Die Halterungen brachen knirschend, ansonsten passierte nichts.

Marco hatte die Luft angehalten und ließ sie pfeifend entweichen. »Alter Verwalter, Sie sind mir zu hart drauf.«

»Carlos«, sagte Carlos. Er warf die Platine achtlos zu Boden.

»Wie bitte?«

»Ich heiß Carlos und nicht alter Verwalter. Und jetzt reich mir bitte den Akkuschrauber.« Wieder lief ihm Schweiß in die Augen, als er sich über die Rakete beugte und die Ladung herausschraubte. Mit beiden Händen hob er die Röhre in der Größe einer Zwei-Liter-Jumbo-Cola-Flasche schließlich aus der Ummantelung. »Da ist das gute Stück.«

»So klein?«, fragte Marco angesichts der zwei Meter langen Rakete.

»Jo. Der Rest ist Treibstoff, Technik, Schieß-mich-tot. So viel Aufwand, um vielleicht zehn Kilo Sprengstoff an Ort und Stelle zu bringen. Hier … halt mal.«

Marco erstarrte, plötzlich die Sprengladung in den Händen, während Carlos sich den Schweiß von der Stirn wischte.

»Was ist?«, fragte er gelassen. »Warum plötzlich so bleich? Solange du das gute Stück nicht fallen lässt, passiert gar nichts. Und selbst wenn, wäre eine Detonation höchst unwahrscheinlich.«

Marco nickte andeutungsweise, den Blick nur auf die metallene Röhre in seinen Händen gerichtet. »Und wie willst du das zum Detonieren bringen?«

»Das überleg ich mir als Nächstes. Wir brauchen irgendetwas, das eine überschaubare Explosion verursacht.«

»H-h-haben wir sicherlich. Gleich nebenan liegt eine Wartungswerkstatt für den Dome.«

»Na, dann schauen wir da mal. Wir basteln uns schon was Schönes, oder?« Dabei klopfte er dem Kultisten kräftig auf die Schulter, was ihn nur noch blasser werden ließ.

»Das System wird immer langsamer«, rief Xandy über das Pult. »Erst acht Prozent. Irgendwas blockiert die Zwischenspeicherung.«

»Es gibt aber keine Fehlermeldungen«, gab Konrad zurück. »Alle Systeme laufen auf Hochtouren.«

»Aber warum wird der Mist dann langsamer und nicht schneller? Jessie? Blockierst du was?«

Die Softwarespezialistin sah von ihrem Laptop auf. »Kann durchaus sein. Ich scanne das System nach Schwachstellen.«

»Kannst du mal stoppen?«

»Ungern. Wenn wir das Passwort nicht knacken, sind wir aufgeschmissen.«

»Und wenn die Qubits nicht umgespeichert sind, ebenfalls.«

Die Hackerin seufzte. »Okay, okay. Sekunde … jetzt. Scan unterbrochen.«

Xandy musterte angespannt die Anzeigen auf seinem Display und nickte erst andeutungsweise, dann immer schneller. »Ja, ja, ja, das System beschleunigt.«

»Dann schalte ich wieder ein. Moment! Jetzt ist der Scan wieder an.«

»Ja, ja, ja … eindeutig!« Xandy hob den Blick. »Dein Scan bremst das ganze System aus.«

Jessie verschränkte die Hände hinterm Kopf. »Toll. Und jetzt?«

»Lässt du dir was anderes einfallen. Spiegel das System oder simulier' es oder mach einen Kopfstand. Aber ohne die Qubits im Zwischenspeicher können wir gar nichts tun.«

»Was ist mit der Brosche?«, fragte Selma. »Der Junge hat gesagt, wir müssten sie zerstören.«

»Klar. Willst du das Risiko eingehen, das System jetzt zu unterbrechen? Dann gehen uns die bisherigen Qubits unwiederbringlich verloren, und das war's dann.«

Selma rieb sich die stoppeligen Haare. »Ja, das war's dann. Also, Jessie …«

»Ja, ja, ich hab die Arschkarte gezogen. War ja klar. Und jetzt seid ruhig, ich muss denken!«

Auch Henry Falkenberg zerbrach sich den Kopf. Wie kam er am besten in das Gate? Kurz hatte er in Erwägung gezogen, eine Silberfalke zu ordern, aber falls die den Reaktor zerstörte, hatte er plötzlich eine nukleare Katastrophe mitten in Europa zu verantworten. Und was passierte in einem solchen Fall mit dem Gate? Wenn diese Wahnsinnigen den Teleport bereits initiiert hatten, konnte es dann zu Komplikationen kommen? Konnte sich die Erde wegteleportieren? Irgendwohin ohne Sonne? Er hatte keine Ahnung, niemand hatte eine Ahnung, das Risiko war zu groß.

Er musste diese Basis auf herkömmliche Weise stürmen, es half alles nichts.

»Zwei Units nehmen den Klettersteig, zwei Units versuchen, hier den Hang zu erklimmen, und der Rest die Wallerspitz an dieser Stelle«, gab er schließlich das Kommando.

»Kein Back-up?«, fragte einer der Teamleiter.

»Nein. Wir schlagen mit allem zu, was wir haben. Hart und schnell. Wir machen keine Gefangenen. Jeder Kultist wird liquidiert. Und jetzt Go, uns läuft die Zeit davon!«

Während er mit seinen übrigen achtundsechzig Soldaten die Alm im Laufschritt Richtung Berg verließ und den Kinngurt des Helms straff zog, wanderte sein Blick die Bergflanke empor. Dort bot sich ihnen ein komischer Anblick. Schnee fiel immer noch aus den stahlgrauen Wolken herab, doch er bewegte sich Richtung Tal, als würde er vom See magnetisch angezogen werden. Das war natürlich völliger Quatsch, wie Henry wusste, aber genau so sah es aus. Wie die Ahnung einer gewaltigen Säule, die zwischen den Bergen in den Himmel ragte.

Der Anblick ließ ihn erschaudern.

Kapitel 26

Im Halbdunkel der Notbeleuchtung lehnte sich Joris an eine Wand und spähte noch einmal zurück in den Flur, aus dem er gekommen war. Die Gänge sahen alle gleich aus, Betonschächte ohne Fenster, dafür mit grauen Türen und schwarzen Ziffernkombinationen darauf. Die schienen völlig willkürlich zu sein, mal stand dort AB, dann 0S oder 46. Es gab auch nirgends ein EXIT-Schild. *Warum auch, Dummkopf! Du bist in einem Berg und hast dich verirrt.*

Seine Selbstvorwürfe beruhigten ihn auch nicht gerade, sondern machten ihn nur noch unsicherer. Nach dem, was er von der Forschungsstation gesehen und was seine Mutter erzählt hatte, musste dieser Komplex riesig sein. Über zweihundert Leute hatten hier gearbeitet, gewohnt und von neuen Horizonten geträumt. Es musste also Unterkünfte, Küchen, Waschräume, eine Krankenstation und Freizeiteinrichtungen geben. Noch hatte Joris nichts davon gefunden, nur diese grauen Gänge voller Türen, die sich ständig zu wiederholen schienen.

Er ging den Flur zurück bis zur letzten Abzweigung. War er von links oder rechts gekommen? Er biss sich auf die Unterlippe und wandte sich nach links. Endlose Türen zogen an ihm vorbei, aber es war nichts zu hören. Keine Unterhaltungen, keine simmenden Geräte, gar nichts. Warum war er auch so dumm gewesen, tiefer in die Station vorzudringen? Was hatte er sich nur dabei gedacht?

Ich wollte wissen, was es hier alles gibt, nachdem mich keiner haben wollte. Ja, seine Neugierde trieb ihn an. Die Neugierde der DeWitts. Und es war noch etwas anderes, das ihn tiefer in den Berg vordringen ließ: Carlos. Verrückterweise war er offenbar der Einzige, der ihn ernst nahm. Joris hatte dagegen erwartet, dass die Kultisten ihn, Joris DeWitt, mit offenen Armen empfangen würden.

Kinder haben hier nichts verloren.

Joris erreichte ein stockfinsteres Treppenhaus am Ende des Flurs. Einzig die Notbeleuchtung erhellte die ersten Stufen.

Er war also in die falsche Richtung gelaufen, denn das letzte Treppenhaus war beleuchtet gewesen. War er doch von der anderen Seite gekommen?

Unschlüssig stand er da, bis er von irgendwo weit unten Geräusche hörte. Ein leises, rhythmisches Klopfen, Pause, dann wieder: *tonk, tonk, tonk!* Vermutlich war es eine Maschine, überlegte er, und wo Maschinen waren, waren meist Menschen, die sie warteten. Auf den Feldern hatten sie auch eine Werkstatt gehabt, und dort war immer einer der Männer gewesen mit ölverschmierten Händen.

Joris entschied sich dafür, dieses Treppenhaus hinabzusteigen. Immer einen Fuß vor den anderen setzend, die Finger am Geländer, ging es hinunter bis zum ersten Treppenabsatz und dann zu noch einem und noch einem.

Dort fiel Joris auf, dass er nun Schatten sehen konnte: seine ausgestreckte Hand, das Geländer, das Rechteck einer Tür. Und genau von dort drang der Lichtschimmer heraus, ebenso das *tonk, tonk, tonk!*

Beinahe wäre er gegen das Glas der Tür gelaufen. Seine Finger fanden einen Griff, und er zog daran. Die Türdichtungen seufzten, das *tonk!* wurde lauter. Feuchte Wärme puffte ihm entgegen.

Vor ihm lag jetzt ein weiterer, kurzer Flur, der in einen Raum mündete. Aus dem stammten das Licht und die Geräusche. Es war offensichtlich ein Maschinenraum des Kühlsystems. Riesige Rohrleitungen führten in den Berg hinein, dazu gab es Anschlüsse, Terminals, Schränke und eine Werkbank. An einem Neunzig-Grad-Knick waren zwei Rohre mit faustgroßen Muttern miteinander verbunden. Dort arbeitete ein Reparaturroboter. Die passende Nuss schob sich an einem Schwenkarm auf eine der Muttern, der Arm begann sich zu drehen, rutschte jedoch ab und schlug gegen das Rohr. *Tonk! Tonk! Tonk!*

Fasziniert näherte sich Joris dem anscheinend defekten Roboter. Ein warmer Wind strich über seine Wangen, als er aus dem Flur in den Raum trat. Er wehte aus einem etwa fünfzig Zentimeter breiten Spalt zwischen Rohr und Berggestein heraus und brachte den Geruch von Schnee mit sich.

Ein Ausgang?

Unschlüssig stand Joris da. Sollte er dem Spalt nach draußen folgen? Käme er so wieder zu einer Stelle, an der er sich auskannte? Oder sollte er doch lieber wieder in die grauen Flure hinaufsteigen und so lange weitersuchen, bis er einen Weg zurück in den Kuppelraum fand?

Tonk! Tonk! Tonk! Der Roboter rotierte um neunzig Grad zur Seite. Eine Computerstimme sagte: »Reparatur fehlgeschlagen. Initiiere neuen Versuch.« Die Maschine rotierte zurück, setzte die Nuss an und rutschte erneut ab. *Tonk! Tonk! Tonk!* Sogar etwas Flüssigkeit sprühte aus dem Verbindungsstück auf Höhe der Verschraubung.

Joris konnte das Elend nicht mit ansehen. Er trat neben den Roboter, um zu erkunden, was den Fehler verursachen könnte. Wäre doch gelacht, wenn er nicht eine Mutter und eine Nuss repariert bekäme und dadurch das Leck schließen könnte. Er hatte ja sonst nichts zu tun.

Kinder haben hier nichts verloren.

»Pfff!« Joris krempelte die Ärmel hoch und machte sich ans Werk.

Carlos hielt den Piezo-Funkschalter mit der einen Hand in die Höhe und rief Marco quer durch die Werkstatt zu: »Ist Saft drauf?«

Der schüttelte den Kopf. »Das Messgerät macht keinen Zucker.«

»Gut. Und jetzt?« Carlos drückte den Schalter des Kästchens. Man konnte damit kabel- und batterielos Funksignale an einen Empfänger versenden. Den Empfänger hatten sie ans Ende eines ordinären Verlängerungskabels gesteckt.

Marco nickte. »Jetzt hab ich zweihundertdreißig Volt.«

»Wunderbar. Das nutzen wir als rudimentären Fernzünder.«

»Und wie willst du damit den Sprengsatz detonieren lassen?«

»Mit einer Übertragungsexplosion.« Auf Marcos fragenden Blick erklärte Carlos: »Wir lassen was Kleines in unmittelbarer Umgebung des Sprengsatzes explodieren. Das reicht als Auslöser.«

»Und so was trägst du in der Hosentasche herum?«

Carlos lächelte verschlagen. »Nee, aber ihr habt hier genug Material herumliegen.«

Marco sah sich in der Werkstatt um. »Ich seh nichts Explosives. Dürften wir wegen des Domes und der Quantenanlage auch gar nicht hier lagern. Einzig die Raketen, und die sind entsprechend in der Anlage verplombt.«

Carlos kam herüber und zog einen Beutel Elektrobauteile aus dem Schrank. »Und was ist das?«

»Elektrolytkondensatoren zum Austausch auf den alten Platinen in der Reaktorbelüftung. Die brennen regelmäßig durch.« Der Kultist stutzte.

»Genau, mein Freund.« Carlos lächelte. »Wir packen einen Schwung dieser Elkos auf eine Ersatzplatine, schalten sie hintereinander und schließen sie dann verpolt an den Strom an.«

»Dann wird der Elektrolyt durch das Spezialpapier wandern und mit der Aluminiumoxidschicht reagieren.«

»Das Dielektrikum baut sich ab, der Strom steigt an, das Teil wird heiß, das Elektrolyt dehnt sich aus – und *Peng!*« Carlos grinste. »Das ist die einzige Physikschulstunde, an die ich mich noch erinnere – Bomben bauen.«

»Das glaub ich gleich. Also, was brauchst du?«

»Einen Lötkolben!«

Sie benötigten eine gute Stunde, um vierundzwanzig Kondensatoren in Reihenschaltung auf die Platine zu löten, und das zweimal. Danach umwickelten sie die Konstruktionen mit Klebeband. Einzig ein schwarzer und ein roter Draht spitzten noch hervor.

»Bereit für den Test?« Carlos verdrahtete eines der Päckchen mit der Kabeltrommel. Es lag inmitten der Werkstatt auf dem Boden.

»Ja, Mann!«

»Dann in Deckung. Ich stecke ein bei drei. Eins! Zwei! Drei!«

Es dauerte nur eine halbe Sekunde, bis erstes Spratzen ertönte. Das Päckchen bewegte sich, Rauch quoll hervor, Flammen folgten, und dann explodierte es mit einem ordentlichen Rums.

»Echt fett!« Marco wedelte den stinkenden Qualm beiseite. »Ich glaub, das reicht.«

»Mit Sicherheit.« Carlos packte schon die einzelnen Elemente in eine Tasche. »Und jetzt sollten wir uns sputen. Ich gehe jede Wette ein, dass Falkenberg bald aufschlägt, und dann will ich das Gate gekapselt haben.«

251

Henrys Helmvisier beschlug trotz der Nanobeschichtung. Die Luft, die ihnen vom Grat entgegenwallte, war aber auch dampfig und dunstig. Dazu kamen immer stärkere Windböen. Sie heulten in den Ohren und brachten mal heiße und dann wieder eisig kalte Luft mit sich.

Zum Glück kam etwa fünf Meter über Henry endlich der Grat in Sicht. Es war noch eine steile Kletterpartie, aber Henry trainierte nicht umsonst fünfmal die Woche, eine Angewohnheit, die er seit der Ausbildung kultivierte und auch in seiner Führungsposition nicht aufgegeben hatte.

Mit einem letzten langen Griff zog er sich empor und spähte über den Fels.

Etwa zwanzig Meter unter ihm lag der See in dichtem, wogendem Nebel. Auf der anderen Seite des Sees stieg das Gelände noch steiler an bis zur ehemaligen Wetterstation auf dem Larschenberg. Die bestand aus einem betonierten Plateau mit Fensterfront, das im Berg verschwand und von einem Überhang geschützt wurde. Darunter lag schattenhaft eine Art Kaverne hinterm Ufer. Alles war nur diffus zu erkennen.

Einer seiner Soldaten schob sich neben ihn und blickte empor. »Das geht ziemlich steil hoch«, sprach er das Offensichtliche aus.

Henry zeigte zum See. »Wir suchen uns unten einen Zugang. Den muss es wegen der Kühlung des Kernreaktors geben. Vielleicht in der Kaverne. Hätte natürlichen Schutz und wäre von Satelliten aus nicht einsehbar.«

Der Soldat nickte und gab den anderen Handzeichen. Einer nach dem anderen kletterte über den Grat und hastete geduckt Richtung Seeufer.

Während auch Henry folgte, meldete sich eine der anderen Einheiten über Funk. »Haben Sichtkontakt zum

Schacht der Raketenabwehranlage. Geografisch gut gewählt. Fast senkrechte Felsformationen. Sieht sogar behauen aus.«

»Trotzdem versuchen«, diktierte Henry laut über das Fauchen des Winds hinweg. »Dort muss es einen Zugang zur Anlage geben.«

»Verstanden!«

Henry erreichte das Ufer, wo die drei Einheiten Schutz hinter Felsen suchten. Auf sein Kommando hin warteten sie, ob irgendetwas geschah. Derweil studierte er den See und das Ufergelände. Er bemerkte neben den Kräuselungen durch die Windböen auch eine Art Fließrichtung; das Wasser schien auf ihrer Seite auf sie zuzufließen.

Er gab Handzeichen, dass es entgegen dem Strom weiterging. Wenn sie die Turbinen und Wärmetauscher fanden, dann auch einen Zugang. Das musste alles gewartet werden, und sicher nicht nur per Robotik.

Wieder setzten sich die knapp dreißig Frauen und Männer mit ihren Sturmgewehren in Bewegung.

»Mehrere Soldaten gesichtet«, plärrte eine Stimme aus Marcos Funkgerät. »Sind am Ufer, bewegen sich auf die Kaverne zu.«

Carlos blieb stehen, die Sprengkapsel in Händen. »Hab ich's mir doch gedacht.«

Marco nickte grimmig. »Sollen sie nur kommen. Dann werden sie ihr blaues Wunder erleben.«

Oder wir, ging es Carlos durch den Kopf. Ob die Wissenschaftlerinnen und Forscher gegen ausgebildete Soldaten standhielten? Ob sie kaltblütig töten konnten? Er war sich da nicht so sicher und packte die Bombe fester. »Komm! Wir müssen endlich das Gate versiegeln!«

Sie hasteten durch die stillen Flure, bis sie den Konferenzraum mit der Kuppel erreichten. Niemand war anwesend. Die Raketensprengkapsel platzierten sie direkt auf dem Glasboden über einem der schwarzen Dämpfer. Das Kondensatorpäckchen befestigte Carlos mit Klebeband direkt daran. Nur noch die beiden Drähte mit dem Piezofunkempfänger verdrahten und den am Strom anschließen.

Während er das Kabel zur nächsten Steckdose entrollte, fragte er Marco: »Sind alle im Gate, die dort sein sollten?«

»Ich frag nach!« Er eilte zum Monitor neben der Tür. Kurz darauf rief er: »Ja, alle sind unten!«

Carlos spähte durchs Glas hinab. Er entdeckte etliche Kultisten, darunter die glatzköpfige Deckard, ebenso die Hackerin, die die Hände über dem Kopf verschränkt hatte, als litte sie unter Schmerzen. Einen vermisste er jedoch.

»Wo ist der Junge?«, fragte er. »Ich seh ihn nirgends.«

»Keine Ahnung. Wird vermutlich irgendwo in der Quantenanlage rumspringen.«

Carlos war sich da nicht so sicher. »Frag bitte nach, wo er sich aufhält.«

»Ist er dir so ans Herz gewachsen?«

»Ja, verdammt! Ich hab ihm nicht mehrfach das Leben gerettet, damit er jetzt draufgeht!«

»Okay, okay, ganz ruhig, Alter!« Marco trabte wieder zum Monitor. »Sagt mal, ist der Junge auch unten?«

Stille.

Carlos ließ das Kabel sinken. Er hatte plötzlich ein ganz mulmiges Gefühl in der Magengegend.

Da zischte Marco: »Wie *nicht mehr?* Langsam, langsam! Ihr habt ihn hochgebracht in die Forschungsstation und dann? Was soll das heißen *keine Ahnung?* Hat keiner auf ihn aufgepasst?« Sein Blick traf Carlos, und er schüttelte andeutungsweise den Kopf.

Mit einem Ruck warf Carlos das Kabel zu Boden, sprang auf und eilte zum Ausgang.

Marco trat ihm in den Weg. »Hey, hey, wo willst du hin? Was ist mit dem Gate?«

Carlos schob ihn einfach zur Seite. »Das kapseln wir ab, sobald der Junge da unten ist! Keine Sekunde vorher!« Schon stürmte er hinaus, den Piezoschalter sicher in der Brusttasche.

Kapitel 27

Joris hatte das Problem identifiziert: Der Roboter nutzte eine zu kleine Nuss, weswegen sie von der Schraubenmutter abrutschte.

Während der Roboter in einer Endlosschleife festhing und immer wieder das falsche Werkzeug ansetzte, suchte Joris in den Schränken nach dem richtigen Aufsatz.

»Der könnte es sein«, murmelte er und zog das schwere Werkzeug aus einem Regal. Mit zusammengebissenen Zähnen schleppte er es zum Rohr. Jetzt musste er nur warten, bis der Roboter wieder seine Neustart-Pause einlegte, um ihn zu testen.

Tonk! Tonk! Tonk! »Reparatur fehlgeschlagen. Initiiere neuen Versuch.« *Jetzt schnell*, den Adapter hochheben und auf die Mutter schieben. Die war ganz verkratzt von den bisherigen Versuchen des Roboters, doch Joris schaffte es mit einigem Ruckeln, und das Werkzeug glitt komplett darüber.

Da rotierte der Roboter schon zurück und hielt mitten in der Bewegung inne. Sein Kameraauge surrte, Lichter blinkten, ein Laser leuchtete auf und tastete über die zu reparierende Stelle. »Veränderte Bedingungen«, sagte der Roboter emotionslos. »Werkzeug außerhalb der Standardeinstellung. Manueller Wechsel nötig.« Der Laser erlosch, und der Roboter fuhr surrend in eine Warteposition. Der bewegliche Arm verharrte in gut einem Meter Höhe in der Luft.

Da trug eine Windböe aus dem Felsspalt das Knallen von Schüssen in die Wartungskammer. Joris schluckte, eilte zum Spalt und spähte in die undurchdringliche Dunkelheit. Ob NOCOM hier eindringen konnte? Der Gedanke erschütterte ihn, und ihm kamen die ganzen leeren Flure in den Sinn. Er war offenbar der Einzige in diesem Teil der Anlage.

Konnte er den Spalt versperren? Er musterte den Reparaturroboter. Er wog mindestens vierhundert Kilogramm und war groß genug. Ober er ihn manuell in den Spalt steuern konnte?

Joris hastete zurück und studierte den Roboter genauer. Auf dem Hauptkörper befand sich ein Display, welches die Sprachausgabe zusätzlich in schriftlicher Form wiedergab. Dort gab es auch das Symbol für Einstellungen. Joris klickte darauf, und ein Menü öffnete sich. Er fand neben Reparaturlogbüchern und geplanten Tasks auch einen Punkt zur manuellen Bewegung der Einheit. Als er darauf klickte, öffnete sich eine Klappe, und eine Art Fernbedienung fuhr heraus.

Joris zog sie aus dem Slot und trat zurück.

Auf dem Display war der Roboter stilisiert abgebildet. Man konnte jeden Part einzeln auswählen und über Tasten bewegen. Joris probierte es aus, und tatsächlich, der schwere Schwenkarm bewegte sich rauf, runter, nach links und rechts. Dann die Werkzeughalterung: Linksrotation, Rechtsrotation. Zuletzt das Fahrgestell des Roboters. Schwenken um die eigene Achse, vor, zurück, Parkposition, Einsatzposition.

Joris grinste, ließ den Roboter sich um einhundertachtzig Grad drehen und zurück zur defekten Mutter rollen. Dort wechselte er manuell das Werkzeug und zog die Mutter per Roboterkraft fest. Das Rinnsal aus dem Rohr verebbte.

Wieder knallten Schüsse, und Stimmen waren in der Ferne zu hören.

Jetzt schnell, Joris! Roboter rotieren, zum Spalt fahren, Parkposition einnehmen. Schwenkarm hoch, neigen und damit den Zugang versperren.

Das Ergebnis gefiel ihm noch nicht. Eine schlanke Person konnte sich daran vorbeizwängen. Gab es noch einen zweiten Roboter?

Joris lief durch den Maschinenraum und öffnete alle Schränke, doch er fand keinen. In dem Moment hörte er das schwere Schnaufen.

Er fuhr herum, die Fernbedienung noch in der Hand und ging hinter Werkzeugkisten in Deckung. Durch einen Schlitz konnte er den Roboter und den Felsspalt sehen. In dem erschien ein Soldat. Auf dessen Helm stand NOCOM. Er spähte in den Raum, dann verschwand sein Kopf wieder in der Dunkelheit, doch seine Stimme war leise zu vernehmen. »Möglichen Zugang entdeckt! Niemand zu sehen. Ich versuche reinzukommen. Spalt ziemlich schmal.«

Wieder erschien sein Kopf, und er betrachtete den Roboter. In der Ferne fielen weitere Schüsse.

Joris hatte immer noch die Fernbedienung in Händen. Wenn er …

Der Soldat schob sich ein Stück weiter aus dem Spalt, und Joris drückte auf Rotation des Roboterarms. Surrend schoss der auf den Soldaten zu, die schwere Eisennuss eine funkelnde Faust im matten Licht. Der Kerl stieß einen erschrockenen Schrei aus, wich zurück, kam aus dem Gleichgewicht, rutschte ab und fiel hin.

Sein Funkgerät klapperte zu Boden und rutschte in den Maschinenraum.

Joris bewegte den Roboterarm erneut, diesmal nach unten.

Der Kerl schrie wieder, rollte zur Seite, stieß sich den Kopf am Rohr und erschlaffte ächzend.

Wieder knallten Schüsse, aber sonst blieb alles ruhig.

Joris zählte bis zehn, dann wagte er sich aus seinem Versteck. Sein Herz pochte heftig, als er sich dem Soldaten näherte, aber der war ohnmächtig geworden. Aus einer Platzwunde über der Augenbraue sickerte Blut.

Unschlüssig blieb Joris stehen, bevor er sich nach dem Funkgerät bückte. Er schluckte seine Aufregung hinunter, aktivierte die Übertragung und sagte heiser: »Doch Fehlanzeige. Kein Durchkommen, der Spalt ist zu schmal.«

Ein Kerl antwortete: »Verstanden. Dann zurückziehen, wir brauchen hier jeden Mann!«

»Verstanden.« Joris deaktivierte das Funkgerät und steckte es ein. Seine Finger zitterten, als ihm bewusst wurde, dass er gerade ein Eindringen des Feindes verhindert hatte. Nur, was sollte er jetzt mit dem Soldaten anstellen?

Er versuchte, ihn aus dem Spalt zu zerren. Zentimeter um Zentimeter ging es, und dann lag er im Maschinenraum, Arme und Beine von sich gestreckt. In seinem Gürtel steckte eine Pistole.

Joris starrte sie lange an, biss sich auf die Unterlippe, schüttelte den Kopf, fuhr sich durchs Haar, um am Ende stöhnend zu sagen: »Nein, das machst du nicht!« Stattdessen holte er eine Drahtrolle aus einem der Schränke und fesselte den Kerl an den Roboter. Die Pistole zog er ihm am Ende doch noch aus dem Gürtel und steckte sie ein.

Am Felsspalt sah Joris noch einmal zurück, eine Hand am rauen Stein des Bergs, bevor er in der Dunkelheit verschwand.

Carlos stürzte einen verlassenen Flur entlang, Marco im Schlepptau. Jede Tür riss er auf und warf einen Blick in den Raum dahinter. »Wo kann er nur stecken, verdammt?«

Marco wischte sich Schweiß von der Stirn. »Überall, Carlos! Die Forschungsstation hat mehrere Tausend Quadratmeter Fläche, und alle Bereiche sind zugänglich. Er kann überall hin sein!«

»Scheiße, scheiße, scheiße!« Carlos blieb an der Kreuzung zweier Flure stehen und drehte sich einmal im Kreis. »Herrgott, warum mussten die ihn aus dem Gate werfen?«

Marco wollte etwas antworten, doch sein Funk schlug an. »Angriff am Seezugang!«, schrie Locke schwer atmend. Im Hintergrund fielen Schüsse. »Wir brauchen hier jede Frau und jeden Mann!«

Marcos Blick traf den von Carlos. »Du hast es gehört.«

Der ehemalige Soldat rieb sich mit beiden Händen über Gesicht und Glatze. »Scheiße!«, wiederholte er. »Und der Junge?«

»Der hat nichts davon, wenn die Basis fällt.« Marco ging sogar so weit, den Soldaten an der Schulter zu fassen. »Ernsthaft! Die werden uns alle umbringen, wenn wir verlieren.«

»Ich weiß!« Carlos stöhnte laut. »Okay. Dann zum Seezugang.«

»Und das Gate?«

»Kapseln wir erst, wenn es nicht mehr anders geht.«

»In Ordnung. Also los!«

Jetzt stürmte Carlos dem Kultisten hinterher bis zu einem Treppenhaus. Es ging drei Stockwerke hinunter und dann durch spärlich beleuchtete Flure bis zu einer riesigen Werkstatt. Von deren Ende dröhnten die Schüsse her, und man sah Mündungen aufblitzen.

Zwei Kultisten hatten einen Rückzugsposten bezogen und versorgten die beiden Neuankömmlinge mit Maschinenpistolen. Weiter vorne befanden sich noch mehr Verteidiger.

Carlos lud sofort durch und stürmte weiter bis zum Ausgang, der in die Kaverne führte. Schwülwarme Luft wurde von draußen hereingepresst, als befänden sie sich in einer subtropischen Klimazone, doch das spielte jetzt keine Rolle. Carlos erfasste die Situation mit einem Blick, hob das Gewehr in den Anschlag und feuerte auf einen Soldaten von NOCOM, der sich nicht weit genug hinter einen Felsen duckte.

Locke, der an der Seite postiert war, entdeckte die beiden und winkte sie zu sich. Sein Haar war von Schweiß durchtränkt. »Sie haben sich am Eingang zur Höhle verschanzt. Ich glaub, die halten uns nur hin.«

»In Wirklichkeit suchen sie einen anderen Zugang.« Carlos spähte aus der Deckung hervor zum See. Draußen tobte der Wahnsinn. Regenschlieren stoben in Schwaden vorbei. Der Wind fauchte wie ein Raubtier.

»Den gibt's nicht«, schrie Locke gegen das Tosen, »und wenn der Sturm weiter zunimmt, müssen sie sowieso hier rein, um nicht vom Berg geweht zu werden.«

Carlos nickte. »Dann halten wir hier die Stellung!«

»Verstanden!«

Wieder fielen Schüsse, einige Kultisten wagten einen Ausfall, was mit einem Schmerzensschrei quittiert wurde. So ging es hin und her, ohne dass eine Seite Boden gutmachte.

Das Problem bemerkte auch Henry, der außerhalb der Kaverne den Einsatz leitete.

»Kein Durchgang südlich«, meldete eines der Suchteams. »Und auch keiner nördlich«, kam kurz darauf die zweite Meldung rein. Und auch Jakob hatte nichts gefunden, nachdem der junge Soldat in einen ziemlich schmalen Spalt bei den Kühlrohren geklettert war.

Henry wollte etwas erwidern, als ihm eine Sturmböe

261

beinahe den Helm vom Kopf riss. Fluchend duckte er sich tiefer hinter den Felsen und blickte zum Himmel empor. Der leuchtete mittlerweile in Grünblau und jagte prasselnden Regen auf sie nieder. Wenn ihn nicht alles täuschte, stand ihnen das Schlimmste erst noch bevor, sollte sich die Sturmzelle vollends entladen.

Die Einheit vom Klettersteig meldete sich und gab durch, dass sie umkehrten, weil der Wind am Hang zu brutal wurde. Einen Mann hatten sie schon verloren, weil er einfach von der Kante gewirbelt worden war.

Henry genehmigte die Umkehr zähneknirschend, rief danach aber in seinen Helm: »Wetterbericht! Ich brauch sofort ein Update, Carla!«

Die Stimme der Meteorologin war sofort in seinem Ohr. »Sieht ganz komisch aus, Chef! Fast nach … nach …« Carla schluckte. »… einem Tornado.«

»In den Alpen?«

»Ja, ungewöhnlich, aber alle Parameter deuten darauf hin.«

»Geht's noch genauer? Stärke? Gefahr? Wir stecken mittendrin!«

»Seh' ich an den Geopositionen. Wenn ich ehrlich bin, würde ich sagen: Verschwinden Sie von dort so schnell wie möglich!«

Henry schnaubte. »Dafür ist es zu spät.« Er wechselte den Kanal aufs Breitband, damit alle Einheiten seine Worte mitbekamen. »Bereit machen für Sturm des Seezugangs. Das Wetter lässt uns keine Wahl mehr. Alle Einheiten sammeln! Wir greifen sofort an! Einheiten auf dem Klettersteig versuchen, uns schnellstens zu folgen!«

Er wartete keine Antworten ab, sondern hob das Gewehr höher und rotierte aus seiner Deckung. Brüllend ballerte er eine Salve auf das Tor und stürzte vorwärts.

»Sie stürmen, sie stürmen!«, hallte es in *New Horizon* aus den Lautsprechern.

Xandy wurde noch blasser. »Erst siebzig Prozent der Qubits im temporären Speicher. *Siebzig!*«

»Wie lange noch?«, rief Selma herüber.

»Keine Ahnung. Ich hab alles abgeschaltet, damit das System sich auf die Qubits konzentriert. Wie lange haben wir noch bis zum Zeitfenster?«

»Vierunddreißig Minuten!«

Xandy rann der Schweiß den Nacken hinab. »Das wird verdammt knapp.«

Selma kam grimmig zu ihm. »Können wir irgendwo noch was rausholen? Was ist mit dem Kernreaktor? Fahren wir auf Volllast?«

»Jein.« Xandys Finger huschten über die Tastatur. »Wir sind auf neunzig Prozent Last, dann drosselt das System automatisch runter. Roter Bereich. Ein Schutzmechanismus.«

»Dann umgeh ihn, verdammt noch mal!«

»Das will das System nicht.«

Selma fuhr hoch. »Es ist mir scheißegal, was das System will! Fahr den Reaktor auf Volllast!«

Xandy nickte wortlos und gab entsprechende Befehle in die Konsole ein. Viermal musste er das Abschalten der Sperre bestätigen. Danach sank er zurück auf den Bürostuhl, als hätte er einen Dauerlauf hinter sich. »System fährt in den roten Bereich. Jetzt können wir nur noch beten, dass das gut ausgeht.«

»Bete lieber, dass Jessie das Passwort rauskriegt! *Jessie! Wie sieht's aus?*«

»Ich komm nicht durch!«, presste die Hagere hervor. »Keine Ahnung, was die damals gemacht haben, aber alle Versuche scheitern, oder das System bremst uns aus.«

263

Xandy und Selma tauschten einen Blick, danach sahen sie beide zur Brosche. »Willst du wirklich?«, fragte Xandy.

Selma blickte hoch ins künstliche Himmelszelt des oberen Kuppelraums. »Haben wir noch eine andere Möglichkeit?«

Niemand antwortete.

»Also dann.« Ihre Finger schlossen sich um die feine Silberkette. »Jetzt wäre es wohl an der Zeit, noch eindringlicher zu beten.«

»Ja, ja.« Xandy faltete eifrig die Hände vor der breiten Brust. »Vater unser, der du bist im Himmel wie auf Erden …«

Beim Wort *Himmel* zog Selma die Brosche aus dem Pult.

Alle hielten die Luft an.

Die Systeme liefen weiter.

»GOTT!« Xandy. »Wenn ich das hier ohne Herzinfarkt oder Schlaganfall überlebe, bau ich mit meinen eigenen Händen eine Kirche.«

Selma ließ das unkommentiert. »*Zerstören* hat der Junge gesagt, oder nicht?«

»Ja«, bestätigte Jessie. »Erst das Gate hochfahren, dann die Brosche zerstören.«

Selma musterte die Brosche, ob sie irgendwo einen Mechanismus hatte, fand jedoch keinen und schleuderte sie dann mit aller Kraft auf den Boden. Nichts geschah. Sie trat mit dem Stiefelabsatz darauf. Es knirschte, aber nichts geschah. Sie sprang mit vollem Gewicht darauf, aber nichts geschah. Nur ein paar Kratzer im Fußboden.

Mit grimmiger Miene hob sie die Brosche wieder auf. Höhnisch funkelte der Mond im Kunstlicht des Gates.

»Dir entlock' ich dein Geheimnis schon noch«, knurrte sie und rief lauter: »Hat jemand einen Hammer? Konrad? Ich brauche einen gottverdammten Hammer!«

Von überallher erfüllten Schüsse die Kaverne, und von überallher stürmten die Soldaten aufeinander zu, Carlos mittendrin.

Er hatte schon viel erlebt, aber dieser Kampf war blanker Wahnsinn. Zwei verfeindete Gruppen waren so nah aneinandergeraten, dass sie mit den Fäusten aufeinander einschlugen. Andere verschanzten sich hinter Felsen und feuerten aus der Deckung aufeinander. Ein Kultist hatte von irgendwoher einen Kanister geholt, in dessen Ausguss ein brennender Lappen steckte. Er schleuderte diesen riesigen Molotowcocktail auf die Soldaten in der Deckung. Der Kanister flog rotierend durch die Luft, spuckte in alle Richtungen Feuer, bis er an der Felskante zerbarst. Eine Flammensäule stieg empor, erhellte die Kaverne mit flackernden Schatten und erfüllte sie mit noch mehr Schreien.

Ein Soldat tauchte direkt vor Carlos auf. Er donnerte dem Kerl den Waffengriff gegen das Visier. Es splitterte. Der Kerl schrie, geblendet von Visiersplittern, und ballerte irgendwohin. Carlos wich der Schussbahn aus, brachte den Lauf seiner Maschinenpistole hoch und drückte einmal ab. Im Helm spritzte Blut gegen die gezackten Überreste des Visiers.

»Hintermann!«, schrie jemand, und Carlos bekam schon einen Schlag in den Nacken. Er taumelte vorwärts, behielt aber das Gleichgewicht und fuhr herum.

Es war Hannah, eine Soldatin, die er selbst ausgebildet hatte. Sie war keine fünfundzwanzig, schlank und hatte das Leben noch vor sich. Sie blinzelte, als sie ihn erkannte. »Carlos?«

Er brachte die Pistole hoch und zielte auf ihr Gesicht. »Wenn du lebend aus der Nummer rauskommen willst, dann hau ab!«

Hannah starrte ihn mit weit aufgerissenen Augen an,

das Gesicht von Blut gesprenkelt, bevor sie auf dem Absatz kehrtmachte und davonstürmte.

Carlos hatte keine Zeit, ihr länger hinterherzublicken, da ihn ein anderer Soldat mit einem Messer angriff. Den ersten Schlag blockte er mit dem Gewehrlauf, dem zweiten wich er aus, den dritten Stich spürte er brennend an der Schulter, aber dadurch kam er nah an den Angreifer heran und schlug ihm von unten die Handkante ans Kinn. Der Kerl taumelte rückwärts, und als er den Mund aufmachte, fielen ihm die Zähne heraus. Sein Blick ging irritiert hinab, wo sie auf dem Felsenboden landeten, dann schoss Carlos ihn zweimal in die Seite, und der Kerl gesellte sich zu seinen Zähnen.

Eben entwand Carlos dem Toten das Messer, als er eine bekannte Stimme schreien hörte.

Marco saß in der Falle. Er stand unweit des Eingangs zur Kaverne in einer Felsennische, umgeben von zwei Soldaten, und hielt eine Pistole in der Hand, doch der Schlitten war nach hinten arretiert – er hatte keine Munition mehr. In der anderen Hand schwang er ein Messer.

Bevor die beiden ihn bemerkten, legte Carlos an und erschoss den einen von der Seite. Der andere wirbelte herum, entdeckte Carlos, feuerte auf ihn, ohne zu treffen, und vergaß, dass er nun Marco im Rücken hatte. Der trat rasch von hinten an ihn heran und schnitt ihm mit dem Messer die Kehle auf.

Carlos eilte herüber. »Alles in Ordnung?«, brüllte er, beinahe taub vom Kampflärm. Marco nickte, blickte jedoch auf den Mann am Boden. Der krallte die Finger in seinen Hals, aus dem hellrotes Blut quoll. »Nicht an dich ranlassen!«, riet Carlos und zerrte Marco weg. »Es ist nur Fleisch und Blut.« Zumindest hatten das seine Ausbilder immer gesagt. *Nur Fleisch und Blut … welch schlechter Witz.*

Die Kämpfe hatten sich verlagert. Die größte Bedrohung bestand nun in einer Gruppe NOCOM-Soldaten, die als geordneter Verbund von der Seite her angriffen. Marco stürmte sofort los, einem der Toten die Waffe entreißend. Auch Carlos musste auf seine Munition achten. Nur noch zwei Schuss. Er hastete zum nächsten Toten und hob dessen Gewehr auf, als ihn eine unsichtbare Faust in den Rücken traf. Er dachte erst, er würde gerade niedergeschossen, doch da wurde er hochgehoben und drei, vier Meter durch die Kaverne geschleudert. Stöhnend krachte er zu Boden, rollte auf den Rücken und blieb liegen.

Über ihm waberte die Decke in seltsamen Schlieren. Das machte wenig Sinn, denn sie bestand aus Stein.

Schwärze.

Als er wieder zu sich kam, wirbelten Schnee und Regensalven herein. Carlos blickte, immer noch benebelt vom Schmerz, zum Eingang der Kaverne. Die vorher gezackten Umrisse verschwanden hinter Dunst und Schlieren. Wasser peitschte in großen Schwallen herein. *Der Sturm tobt immer heftiger. Wie lang war er weg gewesen?*

Carlos stemmte sich stöhnend auf. Sie kämpften immer noch ums Werkstatttor, doch NOCOM schien allmählich die Oberhand zu gewinnen; die Kultisten hatten sich schon ins Innere zurückgezogen. Es war vermutlich nur noch eine Frage der Zeit, bis die Werkstatt fiel. Wie spät war es? Carlos hatte keine Ahnung und keinen Kommunikator. Er kam auf die Beine und sah sich nach einem Toten mit Uhr um, als er den Jungen bemerkte.

Carlo blinzelte. Er musste halluzinieren. Hatte einen Schlag auf den Kopf bekommen, anders konnte es gar nicht sein. Aber nein, es war tatsächlich der Junge. Er stand abseits zwischen Felsen, blass und schmal und so voller Unschuld. Trotzdem hielt er eine Pistole in der Hand und zielte auf einen Soldaten, der vor ihm auf dem Boden kniete.

»Nicht, Junge!« Carlos stolperte los. »Du wirst es bereuen!«

Joris schien ihn nicht zu hören. Er hielt zitternd die Pistole, einen Glanz in den Augen, wie ihn nur verlorene Seelen besaßen.

Carlos sah ihn schon schießen, bekam im selben Moment ein herumliegendes Gewehr zu fassen, legte an und drückte ab.

Der Soldat kippte vornüber, bevor die Mündung von Joris' Pistole erblühte. Verwirrt musterte Joris den Toten, dann seine Pistole und dann Carlos.

Der warf das Gewehr weg, rannte die letzten Meter und nahm den Jungen in die Arme. »Alles okay«, sagte er. »Du bist in Sicherheit. Du bist in Sicherheit.«

Der Junge war wie erstarrt, bis er sich doch bewegte. »Nein!«, schrie er. »Alles ist verloren! Sie sind drin! Sie sind drin!«

Es stimmte. NOCOM war in die Werkstatt eingedrungen. Die Türen schlossen sich gerade hinter ihnen. Joris und er waren draußen.

Carlos fühlte erst Ohnmacht in sich aufsteigen. Er wusste auch nicht mehr weiter, doch da fiel ihm der Piezoschalter ein, und er holte ihn aus der Jackentasche.

»Was ist das?«, fragte Joris.

»Ein Funkschalter für das Gate. Um es zu kapseln.«

»Damit niemand mehr reinkommt?«

»Genau dafür.« Carlos' Finger spannten sich um den Schalter. Aber wenn er drückte, dann würde die Bombe hochgehen, und er und der Junge würden draußen im Sturm bleiben müssen.

Da legte sich Joris' Hand über seine und drückte zu.

Nichts geschah.

Carlos drückte noch dreimal ohne Ergebnis, dann begriff er. »Wir sind zu weit weg. Wir müssen näher ran.« Er wollte Richtung Tor, doch wieder war es Joris, der ihn zurückhielt.

»Es gibt eine Abkürzung«, rief er. »Einen Spalt. Wenn du dich schlank machst, passt du durch.«

»Einen Spalt? Was für einen Spalt?«

»Einen Spalt in einen Wartungsraum. Und von dort kommt man rein.«

Jetzt begriff Carlos und sah sofort, welche Möglichkeiten ihnen das eröffnen würde. »Dann los, Junge! Wir müssen ins Gate, bevor NOCOM dort eindringt.«

Kapitel 28

Henry trat über eine tote Kultistin hinweg. Das Zentrum seiner Welt war nur noch der rote Punkt des Laservisiers. Sobald er etwas berührte, das sich bewegte, drückte Henry ab. Seine Hände und Arme waren schon taub von den vielen Rückstößen und Erschütterungen.

Aber sie waren jetzt drin in der Forschungsstation. Die Werkstatt lag hinter ihnen, und ein paar verzweifelte Kultisten versuchten noch, sie von hinten her aufzuhalten, aber das waren keine ernst zu nehmenden Gegner mehr.

Vermissen tat er nur Carlos Evertim. Der Mann war ausgezeichnet, und er hatte ihn kurzzeitig in der Kaverne gesehen, aber dann wieder aus den Augen verloren. War er gefallen, oder versuchte er noch irgendwie, sie aufzuhalten? Wundern würde es Henry nicht. Carlos Evertim schien eine Katze mit sieben Leben zu sein. Wie viele hatte er davon schon verbraucht?

Etwas bewegte sich durch den Laser, und Henry drückte ab. Eine Frau schrie und fiel zu Boden.

Henry lief auf sie zu, schlug mit dem Fuß ihre Pistole weg und prüfte mit einem Blick, ob sie tot war. Nein, sie lebte noch und hob Hilfe suchend die Hand. Henry hielt ihr den Gewehrlauf hin, als sollte sie danach greifen, und drückte ab.

Wieder stieg er über eine Leiche und drang mit seinen Männern tiefer in das Gebäude vor.

Vor ihm lag ein Treppenhaus. Nichts bewegte sich, abgesehen von seinem Laserpunkt. Er wanderte über Geländer und Stufen und dann hinauf, hinauf, hinauf. Eine Tür.

Aufdrücken und daneben warten. Nichts passierte. Rum ums Eck. Nichts bewegte sich, weiter.

Henry musste zugeben, dass er die Action vermisst hatte. Selten hatte er sich wieder so lebendig gefühlt wie in den letzten Stunden. Jetzt musste er nur noch den Teleport verhindern, und dann würde endlich Ruhe einkehren. So schwer konnte das doch nicht sein.

Der Flur vollführte einen sanften Bogen und endete in einer offen stehenden Tür. Henry ging daneben in Deckung und spähte hindurch. Eine Halle lag vor ihm. Er sah zwei gläserne Aufzüge und eine Doppeltüre. Dahinter schimmerten Lichter.

Er gab seinen vier Soldaten Handzeichen, und schon huschten sie zu fünft durch die Halle wie schwarze Geister. Henry erreichte die Doppeltür. Ein gewaltiger kuppelförmiger Konferenzraum spannte sich über ihm auf, sternengleiche Lichter in den Wänden. Nun doch beeindruckt, trat er ein. Seine Männer schwärmten hingegen im Flur aus, um die vielen Türen und Räume zu prüfen. »Raum leer!«, hörte er einen rufen. »Ebenfalls verlassen.« »Hier auch!« »Weiter!«

Henry bestaunte immer noch die Kuppel, und dann senkte sich sein Blick hinab.

Unter ihm lag *New Horizon*. Er wusste es sofort, die Anmutung, die Terminals, der Raum an sich. Und die Leute, die dort arbeiteten.

Eine davon kannte er: Selma Deckard.

Einmal waren sie sich persönlich gegenübergestanden, als er Ella DeWitt festgenommen hatte, doch auch damals war eine Glasscheibe zwischen ihnen gewesen. Selma hatte als DeWitts rechte Hand fungiert und konnte beim Zugriff fliehen. Sie war die Einzige, die Henry je entkommen war. Aber jetzt hatte er sie ja wieder gefunden.

Als ob sie seinen Blick spürte, hob sie den kahl rasierten Schädel. Entsetzen und Verzweiflung huschten über ihr Gesicht, sobald sie ihn erkannte.

Sein Herz schlug schneller. *Sie haben den Teleport also noch nicht aktiviert, sonst würde die süße Deckard nicht so verloren dreinblicken.* Er war also noch rechtzeitig gekommen.

Das ließ Henry Falkenberg lächeln, und er winkte ihr freundlich mit den Fingern zu.

Carlos musste seltsamerweise an diesen alten Klassiker im Netz denken, Dinner for One, in dem ein Butler beim Servieren immer wieder über einen Tigerkopf stolperte. So flach wie das Tigerfell wollte er auch sein. Er zog den Bauch ein und schob sich am Eisenrohr zentimeterweise entlang durch die Dunkelheit. Allerdings verjüngte sich der Spalt immer weiter, und plötzlich blieb etwas hängen.

»Junge!«, rief er. »Langsam! Ich komm nicht weiter. Die Weste. Sie hat sich irgendwo verkeilt.«

Joris war sofort bei ihm. »Wir haben es fast geschafft. Nur noch ein bisschen.«

»Keine Chance. Die Weste trägt zu dick auf.«

»Kannst du sie ausziehen?«

»Wenn du die Schnalle öffnest. An der Hüfte. Ein Zwei-Punkt-Polymerstecker.«

Joris kam näher. Carlos konnte seine Körperwärme spüren. Und schon hörte er etwas klicken, und der Zug um seinen Bauch lockerte sich.

»Der Stecker ist offen. Kannst du sie ausziehen?«

»Keine Ahnung.« Carlos verdrehte sich wie ein Aal im Spalt und bekam den Arm frei. »Jetzt nur noch der Kopf.« Er dachte wieder an den Butler und das Fell und machte sich ganz flach. Zentimeterweise sank er in die Knie und schob den Kopf aus der Weste. »Gleich … ja, jetzt!« Ihm

272

entwich ein Stöhnen, als er sich neben der Weste wieder aufrichtete. »Ich bin durch.«

»Gut! Dann weiter! Wir sind gleich da!« Joris ging schon wieder voraus, nur ein umrisshafter Schatten. »Siehst du schon das Licht? Da vorn ist es!«

Carlos tat es um die Weste leid, aber sei's drum. Er schob sich weiter durch den schmalen Tunnel, stieß sich irgendwo das Knie und riss sich die Hände am Fels auf. Er spürte warme Feuchtigkeit auf dem Handrücken. »Bist du sicher, dass ich da durchpasse?« Er blieb für einen Moment stehen, Felskanten im Rücken und atmete flach ein und aus.

»Ja! So dick bist du nicht.«

Die Worte ließen Carlos trotz allem schmunzeln und den Kopf schütteln, was er sofort bereute, weil ihn etwas am Hinterkopf schmerzhaft kratzte. Er atmete noch einmal tief durch, dann schob er sich weiter.

Der Spalt vor ihm wurde heller und heller, und endlich kam ein Maschinenraum in Sicht. *Nur noch ein paar Meter, Carlos,* sprach er sich Mut zu. Er verspürte selten Furcht, aber die Vorstellung in diesem Felsspalt stecken zu bleiben und zu sterben, trieb ihm den Schweiß auf die Stirn. Er riss sich zusammen und schob sich vorwärts.

Der Junge hatte das Ende erreicht und kletterte in den Maschinenraum. »Komm! Gleich hast du's geschafft.«

Carlos leckte sich die Lippen, vorwärts, vorwärts, Bauch rein und vorwärts, und dann war auch er am Ausgang. Erstaunt bemerkte er den gefesselten Soldaten. »Warst das du?«

Joris nickte verhalten.

»Saubere Arbeit.« Carlos zog sich ächzend aus dem Spalt und blieb einige Sekunden mit geschlossenen Augen stehen. »Du erstaunst mich immer mehr.«

»Man tut, was man kann.«

»Das stimmt.« Carlos kontrollierte fix die Fesseln des Soldaten, bevor sie ins Treppenhaus eilten. Ständig zwei Stufen auf einmal nehmend ging es hinauf, doch Carlos wurde immer langsamer. Sein Rücken brannte, die Hüfte stach, und seine Schulter pochte.

»Brauchst du Hilfe?«

»Es geht schon.« Carlos nahm sich zusammen. »Bin nur keine vierzehn mehr.«

»Du blutest. Hier und hier und hier.«

»Ja, wird schon wieder.« Carlos bemühte sich um ein Lächeln, und dann ging es weiter bis zu einer beleuchteten Etage.

»Hier habe ich mich verirrt«, gestand der Junge.

Carlos sah sich um und rief sich den Plan ins Gedächtnis. Wenn ihn nicht alles täuschte, mussten sie in »Diese Richtung!«.

Endlos zogen Türen an ihnen vorbei, und das alles in Stille.

»Wir umrunden das Gate von Norden her, NOCOM von Süden«, erklärte er.

»Du meinst, hinter diesen Wänden liegen die beiden Kuppeln?«

»Ja, irgendwo dahinter. Und da bring ich dich hin.«

»Und du?«

»Ich komm natürlich auch mit. Wir werden das Gate kapseln, und dann wird NOCOM nicht mehr reinkommen, und wir können den Mond zurückholen. Klingt doch gut, oder?«

»Ja, das wäre schön.«

Der Flur beschrieb wieder einen Knick und noch einen, und dann sahen sie ein hell erleuchtetes Rechteck am Ende. »Der Hauptbereich!«, rief Joris begeistert. »Jetzt kenn ich mich wieder aus!«

»Aber langsam, langsam.« Carlos hielt den Jungen zurück. »Ich geh voraus.« Er zog die Pistole, die er Joris abgenommen hatte, und sicherte die Tür, wie er es seinen Auszubildenden immer beigebracht hatte. Egal wie sehr die Zeit drängte, man rannte nicht blindlings ins Verderben.

Die Halle dahinter war allerdings verlassen. Aber von irgendwoher drangen Rufe zu ihnen: »Raum leer!« »Ebenfalls verlassen.« »Hier auch!« »Weiter!«

NOCOM. Carlos ballte die Hände zu Fäusten und flüsterte: »Los! Schnell! Dort vorn sind die Aufzüge zum Gate.«

Gemeinsam liefen sie los und durchquerten die lang gezogene Halle. Aus der ging es auch in den Kuppelraum, wo Carlos den Sprengsatz mit ihrer verrückten Kondensatorzündung deponiert hatte. Er wurde sich des Piezosenders in seiner Jackentasche deutlich bewusst, aber erst musste er den Jungen in Sicherheit bringen!

Sie waren keine drei Meter vom Aufzug entfernt, als er den Schrei hörte. »Carlos Evertim!« Ohne Vorwarnung traf ihn das Projektil in den Rücken. Keuchend taumelte Carlos vorwärts und schob den Jungen in den Aufzug.

Der hatte Schuss und Schrei ebenfalls gehört und rief entsetzt: »Carlos! Vorsicht!«

»Fahr runter, Junge, und hol den Mond zurück!« Carlos schlug mit blutverschmierten Händen auf die Taste fürs Gate, welche sofort die Türen schloss. »Tu, was du tun musst!«

Der Junge war schlau und begriff sofort, Tränen in den Augenwinkeln. »Nein, Carlos!«

»Du schaffst das.« Schon gingen die Türen zu, und eine zweite Kugel traf ihn in den Rücken.

Carlos sackte gegen das Glas des Aufzugs und rutschte

daran herab. Seine Hände hinterließen blutige Schlieren. Trotzdem lächelte er den Jungen durch die Scheibe an und hob den Daumen. Dann fuhr der Aufzug ruckartig nach unten.

»Carlos Evertim!«, tönte es wieder durch die Halle. Falkenberg.

Carlos spukte Blut und wandte sich um. Dafür bekam er eine dritte Kugel in die Brust.

Sein ehemaliger Chef stand vor dem Eingang zum Kuppelraum. Vier seiner Soldaten strömten hinter ihm in den Flur, und alle legten auf Carlos an. Keiner schoss, denn Falkenberg hob die rechte Hand: »Der Verräter gehört mir!« Er verabreichte ihm eine vierte Kugel in den Bauch.

Carlos wurde schwarz vor Augen, aber er blieb bei Bewusstsein. Er schmeckte Blut. »Ihr seid der wahre Verräter«, stieß er hervor. »Der Verräter an Euren Soldaten, an der ganzen Menschheit. Ihr lügt sie alle an! Ihr wisst, dass man den Mond zurückholen kann.«

»Niemals!« Falkenberg gab seinen Soldaten Handzeichen, dass sie stürmen sollten.

Da zog Carlos den Funkschalter aus der Tasche.

Die Männer raunten. Einer schrie: »Er hat irgendwas in der Hand!«

Falkenberg schnaubte höhnisch. »Einen beschissenen Lichtschalter.«

»Ja«, sagte Carlos. »Der euch das Licht ausknipst.« Er drückte drauf.

Falkenberg zog die Augenbrauen nach oben. »Toller Effekt.«

»Kommt noch.« Ein müdes Lächeln. »Mit besten Grüßen von Joris.«

Wie auf Kommando ertönte ein Knistern und Spratzen

aus dem Kuppelraum. Alle fuhren herum und sahen Rauch und Flammenzungen. Es knallte laut, und dann erst explodierte der eigentliche Sprengsatz und riss sie alle von den Füßen.

Joris lehnte mit dem Kopf an der Scheibe des Aufzugs und weinte. »Nein! Nein! *Nein!* Das ist nicht fair! Nicht auch noch du!«

»*New Horizon*«, sagte die Aufzugsstimme. »Herzlich willkommen im Tor zu neuen Welten!« Die Türen öffneten sich hinter Joris.

»Nein! Nein! Nein!« Er rieb sich über das Gesicht und wollte wieder nach oben fahren, als es dort orangehell aufblitzte.

Schlagartig wurde der Aufzug in rotes Licht getaucht, und eine Alarmsirene brüllte los. »Detonation erkannt. *New Horizon* wird gesperrt. Verlassen Sie umgehend den Aufzug!«

Joris brach wieder in Tränen aus und sank zu Boden.

»Verlassen Sie umgehend den Aufzug!«, wiederholte die Stimme, doch Joris hörte stattdessen Carlos sagen: *Tu, was du tun musst!*

Und dann sagte seine Mutter: *Du musst ins* Earth Gate. *Aktiviere dort mit der Brosche den Computer. Du brauchst danach noch einen Code.*

Und dann sagte sein Vater: *Geh! Jetzt bist du in Sicherheit!*

Und dann wieder seine Mutter: *Er steht in der Brosche. Hörst du?*

»Ja, ich höre euch!«, schrie Joris in plötzlichem Zorn, rappelte sich auf und taumelte aus dem Aufzug. »Ich höre euch alle!« Seinen Vater, seine Mutter, Schorsch, Gerald, Pete, Sarah, Tilmann, Marco und wie sie alle hießen. Zusätzlich sah er ihre Gesichter in den Hochglanzzylindern der Quantencomputer, als er den Flur zum Terminal entlangschritt. Sie alle waren da, selbst Frau Maier und Prince, und sie sollten nicht umsonst gestorben sein. Keiner von ihnen.

In der umgedrehten Kuppel flirrte ebenfalls das Alarmlicht über die Wände und tauchte alles in einen pulsierenden roten Schein. Viel absurder mutete jedoch der Blick durch die Glasdecke an. Die obere Kuppel fehlte auf einmal. Überall lagen Gesteinsbrocken und Schutt herum, die der Wind davonwirbelte. Er kam aus einem dunklen Himmel, der von einer wabernden Säule begrenzt wurde.

Was ist das?, fragte sich Joris. Es sah wie ein Tornado aus. Aber warum tobte draußen eine riesige Windhose? Und warum lag das *Earth Gate* direkt im Auge des Sturms?

»Der Jüngste Tag ist angebrochen!«, murmelte jemand. Joris entdeckte die hagere Hackerin am Geländer des Stegs. Sie starrte empor in den Wahnsinn.

Auch Xandy war da, aber auf seinem Stuhl nach hinten gesackt. Die rechte Hand lag auf seinem Herzen, während ihm Speichel aus dem Mundwinkel tropfte.

Tu, was du tun musst!

Joris betrat den Steg und schritt zum Terminal. Es war, als watete er durch Wasser.

Vor dem Terminal weinte Selma Deckard. Neben ihr lag die Brosche, in mehrere Trümmer zerschlagen und wieder wie ein Puzzle zusammengesetzt. Daneben blinkte auf einem Display: ZEITFENSTER OFFEN. SCHLIESST SICH IN 30 SEKUNDEN. BITTE PASSWORT FÜR TELEPORT EINGEBEN. EIN VERSUCH ÜBRIG.

Noch dreißig Sekunden …

Selma Deckard sah aus verquollenen Augen auf. »Du hier? Was willst du? Glaubst du etwa, du kannst was ausrichten?«

Joris ließ die Worte einfach an sich abprallen, wie sein Vater es immer getan hatte. Er berührte das Pult und die Brosche.

Auf die Innenseite war mit geschwungenen, fein ziselierten Lettern ein Spruch eingraviert:

WO AUCH IMMER DU BIST, WIRD ... SEIN.

Noch zwanzig Sekunden.

»Ich habe es mit *Leben* probiert«, greinte Selma. »Und mit *Hoffnung*, aber beides ist falsch, und wir haben nur noch –«

»Magie«, sagte Joris bestimmt. »Wo auch immer du bist, wird *Magie* sein.«

Sie musterte ihn mit offenem Mund. »Magie?«

Noch zehn Sekunden ...

Joris nickte. Seine Finger berührten die Tasten aus mattiertem Edelstahl. »Ganz einfach Magie.« Er tippte die fünf Buchstaben ein und drückte Enter.

Der Bildschirm wurde schwarz.

Sekunden verstrichen.

Sekunden, in denen auch das *Lunar Gate* aktiviert werden musste. Würden die Menschen auf dem Mond überhaupt zurückwollen? Würden sie das Risiko eingehen? Würden sie die Reise zur Erde antreten?

Ein Rauschen erfüllte plötzlich den Saal. Es hörte sich fast an, als würde eine Funkverbindung hergestellt werden, aber keine Stimme war zu vernehmen.

Zwei Herzschläge später erstrahlte der Mond am Firmament. Er war einfach plötzlich da, ein blasses Auge über dem Zentrum des Sturms. Und er war so schön, sogar noch viel schöner, als seine Mutter immer behauptet hatte.

Wahrlich pure Magie. Der Nachthimmel getaucht in grelles Mondlicht.

Überall auf der Nordhalbkugel der Erde wurde es still.

Menschen sahen hoch zum Firmament. Einige fielen auf die Knie und bekreuzigten sich, andere begannen zu jubeln, zu lachen und zu tanzen, und wieder andere fielen sich einfach in die Arme und weinten zusammen.

Der Mond. Pure Magie.

Ohne ihn hätte es nie Leben auf der Erde gegeben.

Ohne ihn wäre die Menschheit entzweit geblieben.

Ohne ihn stünde die Welt am Rande des Chaos.

Seine Rückkehr vermochte viel, nur eines vermochte sie nicht: die Toten wieder lebendig zu machen. Und trotzdem erschien es für einen Moment so, denn Celine De-Witts Leichnam, vom Sturm von den Klippen getragen, lag inmitten eines Gehölzes auf dem Rücken. Ihre Augen standen offen, starrten direkt hoch zum Erdtrabanten, und in ihrem Augenwinkel bildete sich noch eine letzte, funkelnde Träne.

Kapitel 29

Drei Wochen später.

Selma Deckard hatte sich die Haare frisch rasiert, sodass ihre Glatze wie flüssiges Silber schimmerte. In einem grau melierten Hosenanzug stand sie unter freiem Himmel vor den Kameras eines errichteten Freiluftstudios. »Es ist mir eine große Ehre, zu verkünden, dass der Rückteleport des Mondes ein voller Erfolg war.«

Lauter Jubel brandete unter den Versammelten auf, die sich ebenfalls im Studio aufhielten. Sogar Joris klatschte lächelnd in die Hände, auch wenn er sich recht unwohl unter all den Leuten fühlte.

»Der Mond hat sich mit einer vernachlässigbaren Abweichung in die ursprüngliche Mondbahn eingeordnet und rotiert wie vor zweihundert Jahren um die Erde.«

Wieder Jubel.

»Unseren bisherigen Messungen und Berechnungen nach«, fuhr Selma fort, »wird sich die Erdrotation in circa zweiundzwanzig Jahren stabilisieren und dann die Rotationslänge eines Tages wieder bei vollen vierundzwanzig Stunden liegen. Die Zeit des Übergangs ist diesmal absehbar! Und es ist nicht der einzige phänomenale Gewinn, den wir durch den Teleport verzeichnen. Ich habe bereits mit Vertreterinnen und Vertretern vom Mond videotelefoniert, und was sie mir erzählt haben, übersteigt unsere kühnsten Erwartungen und Träume. Menschen leben in Androiden! Einige konnten sich kurz nach der Katastrophe scannen und in den Quantenspeicher flüchten! Sie sind zweihundert Jahre alt! Wissen Sie, meine Damen und Herren, was das bedeutet? Der Mond bringt uns das ewige

Leben!« Selma schüttelte lachend den Kopf. »Es ist so aufregend! Es wird in den nächsten Jahrzehnten viel zu entdecken und zu reparieren geben. Und einer Person möchte ich in diesem Zusammenhang besonders danken: Joris DeWitt!«

Der Jubel wurde noch lauter, und nun war es an Joris, aus der ersten Reihe vor die Kameras ins Scheinwerferlicht zu treten. Sein Herz pochte dabei wie eine Trommel, und er fühlte sich so wacklig auf den Beinen wie seit dem Klettersteig nicht mehr.

»Joris DeWitt!«, rief Selma abermals, und der Applaus der anwesenden Kultisten hüllte ihn ein.

Wie einstudiert faltete er die Hände vor dem Bauch. Sein Blick richtete sich auf die Kamera. Sie übertrugen die Ansprache live in alle Welt.

Vermutlich sehen mir gerade drei Milliarden Menschen zu.

Er musste trotz seiner Aufregung lächeln, und allein das quittierten die Anwesenden mit Applaus. Auf sein Räuspern hin wurde es dann still. Das Knistern des Zettels mit seinen Notizen war überdeutlich zu hören.

»Ich«, begann er, »weiß gar nicht so recht, was ich sagen soll. Vor einem Monat war ich noch ein vierzehnjähriger Junge, der zur Schule ging, und heute stehe ich hier, den Mond über mir.« Er deutete in den Himmel. Die Kamera folgte seinem Fingerzeig und fing den Vollmond in all seiner Pracht ein.

»Das wäre nie ohne Hilfe möglich gewesen«, fuhr Joris fort, »und daher gehört dieser Moment all jenen, die mich unterstützt haben. Ohne die es keinen Mond am Himmel gäbe. Ohne die die Nächte weiterhin dunkel wären.« Tränen stiegen ihm in die Augen, aber er blinzelte sie nicht weg. »Es waren meine Eltern, die all das möglich gemacht haben. Mein Vater, der mir gezeigt hat, dass man immer das Bestmögliche geben muss. Meine Mutter, ohne die es vermutlich nie eine Rückholaktion gegeben hätte, deren Glaube an den Mond wahrlich Berge versetzen konnte. Dann ist da aber auch noch ein Soldat von NOCOM zu nennen, ohne den ich nicht hier stehen würde: Carlos Evertim.«

Niemand sagte ein Wort, nicht einmal zu husten wagte man. Alle hingen an Joris' Lippen.

»Carlos ist der eigentliche Held!«, fuhr Joris fort. »Vom kaltherzigen Killer wandelte er sich zum aufopferungsvollen Helfer. Nur dank seines Opfers konnte ich das Gate vor NOCOM erreichen und buchstäblich in letzter Sekunde den Teleport aktivieren.« Joris' Stimme brach, und er brauchte eine Pause, um sich zu sammeln. Um nicht schreiend davonzurennen, wenn er daran dachte, wie viele Leben dieser Wahnsinn gekostet hatte. Ob es das wert gewesen war? Er wagte es nicht, diese Frage zu beantworten. Denn das überstieg seine Vorstellungskraft.

»Daher …« Joris schluckte hart. »… möchte ich Sie alle bitten, mit mir eine Gedenkminute einzulegen. Für Carlos und all die anderen Heldinnen und Helden, die ihr Leben gaben, damit wir die Magie des Mondes wieder erleben dürfen.« Joris senkte das Haupt und schwieg, und sie alle schwiegen mit ihm.

»Vielen Dank!«, sagte er nach der Minute heiser und verließ den Posten vor der Kamera.

An den Rest der Veranstaltung erinnerte er sich im Nachhinein nicht mehr. Nur daran, dass er in den Himmel gestarrt hatte, bis sein Nacken schmerzte, und dabei die reparierte Brosche in der Hosentasche so fest gedrückt hatte, dass der eingravierte Mond einen tiefen Abdruck in seiner Handfläche hinterlassen hatte.

»Du willst wirklich zurück ins Wannental?«, fragte ihn am nächsten Morgen Selma in ihrem Büro.

»Ja, die Entscheidung steht.«

Sie musterte ihn aus ihren grauen Augen, und irgendwie erwartete er einen Widerspruch, wie das Erwachsene immer taten, aber schließlich nickte sie nur. »Reisende soll man nicht aufhalten, nicht wahr? Ein Helikopter steht jederzeit für dich bereit, Joris.«

»Ich weiß. Er gehört ja auch mir.«

Ihr Gesichtsausdruck war Gold wert.

Als sie ihn zur Bürotür begleitete, sagte er: »Schon irre, was so ein Nachname alles bewirken kann. Erst gesuchter Verbrecher, jetzt Retter der Welt.«

»Der Name DeWitt war schon immer etwas Besonderes.«

»Das mag sein«, gab Joris zurück, »aber am Ende bin ich nur ein vierzehnjähriger Junge, der auf einen Knopf gedrückt hat.«

»Nein«, widersprach sie nun doch. »Es ging nicht darum, nur auf einen Knopf zu drücken, sondern um den Weg dorthin. Und den konnte nur jemand Besonderes zurücklegen. So wie du jetzt wieder etwas Besonderes leisten willst – ich habe gehört, dass du nicht einfach nur zurück ins Wannental gehst, sondern Pläne schmiedest: für eine Schule, für Unterkünfte, für eine richtige Agrarkolonie.«

Joris bekam rote Wangen, und er spürte sein Notizbuch mit den Skizzen in seiner Jackentasche. Er dachte an Schorsch, der vermutlich allein im Wannental schuftete. Der Alte konnte Hilfe brauchen. Und ein bisschen Gesellschaft. »Noch sind es nur Ideen.«

»So hat Thore DeWitt auch angefangen. So fangen alle großen Menschen an: mit einer Idee.« Sie lächelte. »Der Unterschied besteht darin, dass nicht jeder den Mumm hat, sie in die Tat umzusetzen.«

Sie reichte Joris die Hand zum Abschied und neigte ihm gegenüber sogar das Haupt. Dabei konnte er sehen, dass ein Muttermal ihre Glatze zierte. Es hatte die Form eines ordinären Huhns, das ein Ei legte. Beinahe hätte er laut darüber gelacht. Aber nur beinahe. Er war ja jetzt ein Held, und für Helden ziemte sich so was nicht. Oder etwa doch?

E N D E

Nachwort

Liebe Leserinnen und Leser,

es ist mir eine Ehre, dass Sie mich ins Jahr 2300 begleitet haben. So weit habe ich mich noch nie in die Zukunft gewagt. Fast dreihundert Jahre weg von unserer Zeit und dann noch in ein dystopisches Setting ohne Mond. Ich habe ja schon viel geschrieben, von Serienmörderthrillern über schwarzhumorige Alpenkrimis bis hin zu historischer Fantasy, aber in den letzten Jahren habe ich eine immer stärkere Begeisterung für das Genre des Science-Fiction-Thrillers entwickelt. Die Verbindung von Wissenschaft und Action ist für jede gute Geschichte eine tolle Kombination. Ich liebe es, wenn man beim Lesen etwas dazulernt und zugleich abtauchen kann in eine packende Fiktion. Ist mir das mit Lost Moon gelungen? Da kommen Sie ins Spiel, denn das kann ich unmöglich beurteilen. Lassen Sie mich und andere doch bitte wissen, wie Ihnen das Buch gefallen hat, zum Beispiel mit einer Rezension.

Herzlichen Dank für Ihre Unterstützung!

Übrigens: Auf meiner Website www.timoleibig.de finden Sie neben vielen Informationen auch kostenlose Kurzgeschichten, darunter *Das Verschwinden*. Diese Short Story war der Auslöser für den Roman, den Sie soeben gelesen haben. Denn die Idee zum Buch hatte ich schon vor Jahren.

Auf meiner Website können Sie sich auch zu meinem kostenlosen und datenschutzkonformen Newsletter anmelden. Monatlich informiere ich darin über neue Buchprojekte oder anstehende Lesungen und erzähle Anekdoten aus dem Schreiballtag. Probieren Sie es einfach aus. Abmelden können Sie sich jederzeit wieder.

Und jetzt freue ich mich besonders, Danke zu sagen.

An Arne Burkert, ohne den es das Abenteuer um Joris überhaupt nicht gäbe. Es ist deine Geschichte, Arne! Genieße sie!

An Uwe Raum-Deinzer, der ein grandioses Lektorat abgeliefert und dem Text den letzten Schliff verpasst hat.

An Regina und Kathrin fürs Korrektorat. Merci, wie so oft!

An meinen Vater Klaus für ausführliche Beratung rund ums Hubschrauberfliegen (auch bei heftigem Schneetreiben).

Und zuletzt und ganz besonders an Matthias Matting alias Brandon Q. Morris, der sich auf die Kooperation mit mir einließ und mit *Lost Moon: Mondfinsternis* ein wunderbares Buch über die Geschehnisse verfasst hat, die sich parallel auf dem teleportierten Mond ereignen. Brandon schreibt im Gegensatz zu mir Hard Science-Fiction. Wenn Sie also noch mehr Wissenschaft und Technik lieben, sind Sie bei ihm genau richtig. Mehr finden Sie auch auf seiner Website unter hardsf.de.

Mit herzlichen Grüßen!
Ihr *Timo Leibig*

Jens Bühler

Meer der Stille

Im Jahr 2052 geht eine internationale Crew auf die zehnmona-
tige Reise zum Mars. Als Pilot Reyk Catana außerplanmäßig aus
der Kryptobiose erwacht, stellt er fest, dass die Hälfte der Besatzung verschwunden ist. Aber es gibt noch ein dringenderes Problem als diese verstörende Entdeckung: Das beschädigte Raum-
schiff steht kurz davor, sich in einen fliegenden Sarg zu
verwandeln. Die Menschen an Bord haben nun ein neues Missi-
onsziel – überleben.

Taschenbuch, 344 Seiten, € 12,99 [D]
ISBN 978-3-96357-162-6